JN068621
Don't let the detective
In the worst case scenario, the
探偵に推理を
させないでください。
最悪の場合、
世界が滅びる可能性が
ございますので。
夜方 宵
イラスト――美和野らぐ

「探偵だ！
大人しく両手を挙げて
その場を動かないでもらおうか！」

Don't let the detective make deductions.
In the worst case scenario, the world may be destroyed.

推川 理耶
Riya Oshikawa
寿 雨名
Una Kotobuki
万桜花 姫咲
Kisaki Yorozuouka

Don't let the detective make deductions.
In the worst case scenario, the world may be destroyed.
イリス
Iris
癒々島 ゆゆ
Yuyu Yuyushima
福寄 幸太
Kouta Fukuyose

「ふう……ギリギリセーフ」
「うっ……こ、幸太くん……？」

Don't let the detective make deductions.
In the worst case scenario, the world may be destroyed.

Don't let the detective make deductions.
In the worst case scenario, the world may be destroyed.

CONTENTS

探偵に推理をさせないでください。最悪の場合、世界が滅びる可能性がございますので。

夜方 宵

MF文庫J

口絵・本文イラスト●美和野らぐ

真実を語るがゆえに名探偵なのか。

あるいは、名探偵が語るがゆえにそれは真実たるのか。

なんて意味深な文言を並べて、いかにも真面目くさったミステリ小説を気取ろうなんてつもりは毛頭ない。

ただひとつ、僕がみんなに伝えておきたいのは、後者みたいな名探偵には絶対に推理をさせちゃいけないってことだ。

だって考えてもみてくれよ。

そんな名探偵がいたとしたら、場合によっちゃ世界を滅ぼしかねないだろ？

……え、いまいちぴんとこない？

そうか、だったらちょうどいい。是非とも、そのままページをめくって本編へと進んではもらえないだろうか。

そうすれば、きっと僕の言うことを理解してもらえるはずだから。

つまりこの物語は、まさにそういうお話なのである。

【1】推川理耶は本格的名探偵らしい

小さい頃から名探偵が好きだった。

何故そうなったのかは、今ではもう覚えていない。なにかきっかけがあったような気もするけれど、頭の片隅にはぼんやりとした感覚が残るばかりで、とうに記憶と呼べる代物ではなくなってしまっている。

それでも以前は、時折思い出したい気持ちに駆られたこともあったような気がする。どうして自分が名探偵を好きになったのか。

けれどそんな気持ちを抱くこともいつしかなくなった。だから僕は、特段、奇怪な殺人事件の解決に挑んだりだとか、あるいは不可解な謎の解明に勤しんだりだとか、そういった名探偵に憧れる少年らしい中二病的もしくは夢追い的な行動をしてきたわけじゃない。唯一やってきたことといえば、書店や図書館に足繁く通っては名探偵が活躍する物語――いわゆるミステリ小説を貪るように読むくらいのものだった。

要するに、今じゃ僕は単に本好きでミステリマニアな高校生というわけである。まあ趣味嗜好の始まりなんて、大概の人間にとってはそんなものだろうとも思う。

さて前置きが長くなってしまったけれど、そういうわけで僕は今日も今日とてミステリ小説を読んでいる。とうに放課後を迎えて橙色に染まった教室の中で独りひっそりと、この僕——福寄幸太は、名探偵が存在する素晴らしき世界へと心浸っているのである。

……浸っていたのだったが。

「君は本格派かな？　それとも変格派かな？」

不意に声をかけられて顔を上げると、窓から差し込む夕陽が彼女の右半身を燃やすように赤々と照らしていた。

目線を小さく左右に走らせる。帰りのホームルームを終えてからもう随分と経った教室内には、僕と彼女以外には誰もいない。

つまり、今の言葉は間違いなくこちらに向けられたものらしい。

そしてそれを証明するかのように、まるで鮮血の海を凝縮してつくったみたいな真紅の双眸が僕を真っ直ぐに見つめている。

彼女は続けて言った。

「まあ私は答えを知っているんだけどね、福寄幸太くん。君は間違いなく本格派だ」

透き通るように白い肌を掠めるようにして、肩まで伸びた艶めかしいプラチナブロンドの髪を微かに揺らし、彼女——推川理耶は、整いすぎて怖いくらいの容貌に微笑みをたたえてみせる。

……クラスメイトとはいえ、よく僕の名前を覚えているな。今まで言葉を交わしたこともなかったし、僕自身、クラス内で目立つようなことをした覚えもないはずなのに。

そんなことを考えつつ、僕は彼女を見返した。

「なんのことだよ。……えっと、推川（おしかわ）、さん」

読みかけの本に手探りで栞（しおり）を挟んで閉じ、表紙の上に右手を置き、僕は頬杖（ほおづえ）をつく。

すると彼女は「理耶（りや）って呼んでくれて構わないよ」と言いつつ、微笑を崩さないまま正面の席に腰を下ろした。

「よいしょっと。決まってるじゃないか。ミステリの話だよ」

まるで古典的な物語に出てくる探偵ぶった鷹揚（おうよう）な口調だ。

だけど、その声色にはどこか少女らしい無邪気さも感じられた。純粋な好奇心とほんの少しの緊張が混じったような、そんな響き。

僕は同じ高さになった相手の目を覗（のぞ）く。

「つまり本格ミステリと変格ミステリのどっちが好きかって僕に訊（き）いてるのか？」

「その通り」理耶は頷（うなず）く。

「どうしてそんなこと知りたいんだよ」

「ねえ幸太（こうた）くん。君が思う本格ミステリっていうのはどんなものかな？」

おいおい慌てるな慌てるな。まだひとつめの質問にも答えてないでしょうがよ。

僕は小さく息をつく。

「要するに僕が思う本格ミステリの定義を答えろと？」

「いかにも。君が思う本格ミステリの定義を答えよ」

どこか期待するような理耶の眼差し。けれど一体なにを求めているのかは分からなかった。てかそんなに見つめられると恥ずかしいんですけど。

僕は視線を窓の外へと移し、桜花もすっかり散って青々と繁る葉桜を眺めつつ考えを巡らせる。

「そうだな……。本格ミステリってのは、やっぱりフェアな推理小説のことを指すんじゃないか。作中で起こる殺人事件の犯人が誰なのか、またどういったトリックが使われたのか、そういった謎を解くために必要な手がかりのすべてが解決編に至るまでにきちんと読者に提示されていて、それらを正しく読み取ることができれば、僕たち読者だって作中の探偵と同じように真相を指摘することができる。そんな、いわば作者と読者との間で知恵比べが行なわれるような論理思考的頭脳ゲーム。それこそが本格ミステリの根幹を成すものだと僕は思うね。

ほら、『読者への挑戦状』ってあるだろ？　かの有名なミステリ作家・エラリー・クイーンが、デビュー作の『ローマ帽子の秘密』やそれを始めとする国名シリーズに用いたことで広く知られるようになり、今じゃ日本ではすっかり浸透して古典的作法にまでなった推理小説の技法だけど、あれなんか本格ミステリがなんたるかを示す最高の説明書たり得るんじゃないか。『現段階をもって謎を解くための手がかりはすべて提示されました。さあ、あなたに事件の真相を見破ることができますか？』ってね」

おっと、ついつい饒舌になってしまった。

まあでも向こうから訊いてきたんだし？　ちょっとくらい語っちゃってもよかろうもん？　などと思いつつ理耶へと視線を戻した僕だったが。

「……ふうーん」

「いやなんでそんなつまらなそうな顔してんだよ」

理耶は半目で睨むようにしてこっちを見ている。

「違う。がっかりしてるんだよ」

「せっかく真摯に答えてやったのにがっかりされるとか、それこそ心外なんだけど」

と言い返してやったものの、理耶は謝るどころか不満げに頰を膨らませると、ぷいっとそっぽを向いてみせた。おい、このやろう。

まったく一体なにが気に入らないんだか。確かに本格ミステリの捉え方は人それぞれだが、そんなにずれたことを言った気はしないんだけどな。

なんて内心で首を傾げながら頭の後ろで手を組み、天井をぼんやりと眺めていると、そのうちにふと考えが込み上げた。

「あ、そうだ。僕の思う本格ミステリの定義だけどさ、もういっこ大事な要素があったのを忘れてたよ」

すると理耶は、まるでふてぶてしいトノサマガエルのようにほっぺたを膨らませたままのそりと僕を見やった。

「……教えてくれたまえ」

教えてくださいゲコと言いたまえ。

と、それはさておき。

「探偵と助手の存在、かな」

僕は天井を仰いだまま言った。

「魅力的な謎と、それを解くための正確な手がかり、そして緻密な論理の提示によって得られるパズル的快感。それは確かに本格であるために必要な条件だけど、でもそれと同じくらいに探偵と助手あってこその本格ミステリだって僕は思うな。だってさ、普通の人間が普通に調査して普通に謎を解いたって面白くもなんともないじゃないか。やっぱり本格ミステリってのはさ、さっき言った必要条件を満たしたうえで、さらに頭脳明晰な名探偵と有能だけどちょっぴり無能な助手の生き生きとした活躍が描かれて初めて本格的な推理物の雰囲気を帯びるんだって、僕はそう思うんだよね」

まあこれは正直、僕の趣味嗜好によるところが大きいのだけど。

はてさて、そんな持論を述べたものだから、目の前のふくれ面少女のほっぺたもいよいよ限界を迎えて破裂しちゃいないかと心配しつつ目線を下げた僕だったが……。

「――本格的だよ、幸太(こうた)くん！」

思いのほか、推川理耶(おしかわりや)はものすごい勢いで目を輝かせていた。

それから彼女は、喜びを堪(こら)えきれないといった風に身を乗り出して、僕の鼻先までぬっと顔を顔を近づける。いや近い近い。

「やっぱり私の目に狂いはなかった。君は本格的に本格を理解している本格派だ！」

「何回本格って言うんだよ。あとさりげなく僕が本格ミステリ派だってことになってるけど、まだその質問には答えていないはずだけどな」

「問題ないね。それについては答えを知ってるって言ったでしょ」

「どうしてそう言えるんだよ」

すると理耶は平然とした顔で言った。

「だって幸太くんさ、入学してからずっと休み時間になるたびに本を読んでるよね」

おーっと高校に入学して約半月が経(た)つもいまだに友達のひとりもできない僕が早々に華々しい高校生活を諦めつつもしかし謎の見栄(みえ)を張り孤高の読書家を気取っては休み時間になるたび活字の世界に没頭することで現実逃避に走っているなんて言い出して心を抉(えぐ)ってくるつもりか？　そんな非人道的な行いは絶対に許されることじゃないぞ。

「本を読むことで脳が回復するタイプの人間なんだよ。悪いか」

「悪いはずがない。むしろ素晴らしいと私は思ったもの」理耶はさも喜ばしげに目を細めた。「だってこれまでに君が読んだ十二冊は、全部本格ミステリだったから」

自信に満ちた紅い双眼に見つめられて、僕は少しばかり背筋がぞっとした。

「十二冊って、ひょっとして僕がこれまで読んでいた本を全部覚えてるのか」

「もちろんだよ。私の観察力と記憶力を甘く見ないでくれるかな」

理耶は誇らしげに自身のこめかみを細く綺麗な人差し指でつついてみせた。

「最初に読んでいたのは『占星術殺人事件』。次が『斜め屋敷の犯罪』。それから『眼球堂の殺人』、『月光ゲーム』、『孤島パズル』、『殺しの双曲線』、『人形はなぜ殺される』、『オランダ靴の秘密』、『双頭の悪魔』、『ギリシャ棺の秘密』、『星降り山荘の殺人』、『体育館の殺人』。そして今そこにある『不連続殺人事件』で十三冊目。そうでしょ？」

え、なにこの人こわ。もしかしてストーカーだったりする？

「そうでしょって言われても、正直言って僕自身も覚えてない」

「安心して、絶対に正しいから」

なにに安心しろっていうんだよ。

「だから幸太くん、君は間違いなく本格ミステリが大好きな本格派だ。そうでない人間が十三冊も連続で『読者への挑戦状』つきの本格ミステリを貪り読むはずがないからね。しかもそれらの十三冊はどれも初読ではなかった。どの文庫本にも多少の焼けやよれ、読み皺ができてて何度も読み直しているのが容易に窺えたよ。まあ本の傷みに関してはご両親が古くから所有しているものを借りたという線も考えられなくはないけど、それにしたってわざわざ連日学校に持ち込んで読み耽ってる時点で相当の好事家であることに疑いを挟む余地はないよね。したがって君が本格派なのは確定的に明らかなわけなのさ。——以上、本格論理、展開完了」

　ちょっと待って、なんか謎の決め台詞まで持ち出してきちゃったんですけどこの子。いやまあ確かにえらく細かいところまで見てるし、記憶力もすごいみたいだけどさ。そして実際、僕は本格ミステリが大好きだ。

「まったく。理耶、君はまるで探偵みたいだな」

苦笑に交えて僕は言った。それはからかい半分の言葉だった。だというのに、理耶は一層誇らしげににんまりと笑んだのだ。

「みたいじゃないよ。私は本当に探偵だから」

「え？」

予想外の返答に僕はきょとんとしてしまう。本当に探偵だって？

そんな僕の顔を改めて見据え、理耶は今一度告げた。

「私はね、探偵なの。それもただの探偵じゃなくてね。この私、推川理耶は——本格的名探偵なんだよ」

　ほ、本格的名探偵……？

余計混乱する僕のことなどお構いなしに理耶は言葉を続ける。

「そして私は探してた。本格的名探偵たる私を補佐してくれる本格的な助手の存在をね。そこで君に目をつけたんだよ幸太（こうた）くん。結果、私の勘は正しかったことが証明された。君はこれ以上ないくらいに本格的だった。だからおめでとう、合格だ」

そして唐突な合格通知。いよいよわけが分からなかった。

疑問符ばかりが浮かぶ脳内の奥底から、僕はやっとの思いで言葉を引っ張り出す。

「……ということはつまり？」

すると理耶は、紅玉のような双眸（そうぼう）に生き生きとした輝きをたたえて言った。

「つまりはね、君は今日から私の助手ということだよ、福寄（ふくよせ）幸太くん」

そうして僕は、晴れて本格的名探偵・推川理耶の助手となった。

【2】推川理耶（おしかわりや）は自称・本格的名探偵らしい

「ところで私の助手になった気分はどうだい、幸太（こうた）くん」

　翌日の昼休み。推川理耶はさも当然のごとく昨夕と同じ席に腰を下ろすなり、そんな図々（ずうずう）しい質問を僕に投げかけてきた。

「別に。昨日までとなにも変わらないよ。強いて言うなら腹が減った、今はそんな気分だ」

　そう答えて、僕はランチバッグを机の上に置いて中から弁当箱を取り出す。

　すると理耶は不意に立ち上がり、机を前後反転させて僕の机にくっつけた。そして再び着席し、自らも昼食を机上に広げる。小さくて意外と可愛（かわい）らしい弁当箱だった。

「ひょっとして一緒に食べるつもりか？」

　思わず問うと、理耶はなにを言っているんだという顔になって、

「当然じゃないか。だって私と君は探偵と助手なんだから」

　いやなにそのルール。まったくもって初耳なんですけど。

「事件が起きたときに一緒にいなかったんじゃ意味がないでしょ」

　なるほどそういう理屈ですか。そりゃ実に意識の高いことで。けど、だからってここまで密接してなくてもいいとは思うけど。

　それに個人的には周囲の視線も気にならないではなかったが……結局、僕はそれ以上の

追及はしなかった。

互いに弁当箱のふたを外し、両手を合わせ、それぞれの昼食に臨む。

しばしのあいだ、カロリー摂取に集中するための静寂があった。

やがて沈黙を破ったのは理耶だった。

「……それにしても無感動だなあ君は。助手ってのはもっと喜怒哀楽が大きく出る人間であるべきだと思うよ。常に冷静沈着であるべきは探偵の方だ」

咀嚼した白米を嚥下しつつ彼女は言った。

「なんだよ急に。ていうか無感動ってなにがだよ」

「私の助手になってもなにも感じないこと」

どうやら探偵様はご不満らしい。わずかに口を尖らせてこちらを睨みつけてくる。

「それじゃどんな気分だって答えりゃ君は満足だったんだ」

「そうだね……気持ちが高まりすぎて今すぐ古びた洋館のそびえる孤島に向かいたい気分だ、くらいは言ってほしかったかな」

「いやそれ絶対嵐がくるやつじゃん。それで本土との連絡もとれなくなるやつじゃん。完全に外界から断絶された中で突然始まる凄惨な連続殺人事件じゃん」

「まさにその通り。クローズド・サークルの中で繰り広げられる連続殺人を解決しにいくのさ」

「嫌だよ、殺されちゃったらどうすんだ」

「大丈夫。その前に私が犯人を見つけ出してあげるから。本格的名探偵を信頼したまえ」

出た、本格的名探偵。

「というより探偵と助手が犯人に殺されることはないから安心だよ。そうじゃなくちゃ事件を解決できないからね」

「メタいことを言うんじゃない」

それにミステリでのお約束が通じるのは創作の中だけであって、現実世界ではそうはいかないだろ。

「ていうかそもそもさ。理耶、君の言う本格的名探偵ってなんなんだ」僕はついに堪(こら)えきれなくなって訊(たず)ねた。「まず君は自分を本物の探偵だって言うけど、それはつまりどこかの探偵事務所に所属しているとかか？　そこで数々の実績を上げていくうちに本格的名探偵だなんて呼ばれるようになったっていう、そんな話なのか？」

だとしたら本格的名探偵なんていうわけの分からない異名を考えついた奴(やつ)の顔が見てみたいわけだけど。

「いいや、私は探偵事務所に所属したりはしてないよ」理耶はさらっと僕の仮説を否定した。「本格的名探偵っていう呼び方は私が自分で考えたものさ」

はいもう既に名付け親のご尊顔を拝めてました、と。

「なんだよ、それじゃ君は探偵でもなんでもなくって、自分で勝手に探偵を名乗っている一般人じゃないか」

そりゃ感動のひとつも覚えるはずがないだろう。だって僕は一般人の助手なんだもん。というかもはや一般人から助手呼ばわりされてる一般人だよ。あー恥ずかし。

「なにを言ってるの幸太くん。君の好きなミステリにだって、職業探偵でない名探偵はたくさんいるはずでしょ。私はそういうタイプの探偵なんだよ。しかも本格推理を実践する本格的な名探偵。だから私は、自分のことを本格的名探偵と呼ぶことにしてるんだ」

確かにミステリ小説上の名探偵キャラには大学教授だったり、あるいは大学生だったり、はたまた高校生だったり、さらには小説家だったりと探偵を仕事にしていない人物も多くいるわけだが……。

「なんにせよ自称ってわけだな」

「私立探偵のようなものさ。私立探偵なんてのは結局、みんなが自称探偵なんだからね」

「ふうん。で、君はいつから本格的名探偵とやらを？　探偵を目指した理由はあるのか？」

なんの気なしに訊いたことだったけれど、何故か理耶は少し困ったように笑った。

「それはまあ、そうだね……」しかしすぐに余裕ぶった微笑に変わる。「秘密だよ。さあこの謎が解けるかな、幸太君？」

きっとなにを言ったところでああ言えばこう言うのだろうと諦観した僕は、弁当の残りを片付けることにする。……と思いつつも、だし巻き卵を飲み込んでもう一言。

「私立探偵と同じだっていうんならそれこそオフィスのひとつでも構えといてほしいもんだ。けどどうせそんなものはないんだろ」

「ないね」

はいそうだろうと思いましたよ。探偵を自称してるだけの一般女子高生に事務所を用意することができるはずもない。できて自宅の自室をそうだと言い張るくらいのものだ。

さて、というわけで僕も無事に一般人へと舞い戻ったわけだし、早いとこ弁当を片付けて『不連続殺人事件』を読み進めるとするかな。

そう思いながら弁当の残りをかき込む僕の正面で、理耶はまだ半分ほど残った弁当箱を凝視しつつ、小さく形良い顎に手を当ててしばし黙していた。

む、気分でも害してしまったか……？

なんてちょっとばかり心配になった僕だったけれど、どうも違うようだ。

「オフィス……事務所……拠点か。ふむ、確かに本格的名探偵ともあろう私が拠点のひとつも持たないのはおかしくはある」

いやなにその謎の根拠は。絶大なる自信家じゃん。

それからも「拠点、拠点、拠点ね……」と、さも深刻そうに繰り返していた理耶だったが、ついになにかを思い立ったらしく、弁当箱ごと机を蹴り飛ばさんばかりの勢いでにわかに立ち上がった。

「そうだ、拠点をつくろう！」

「は、なにをつくるだって？」

つい箸を止めて訊き返した僕に、理耶は嬉々とした微笑を向ける。

「流石は私の見込んだ助手だよ幸太くん。君の言葉は早速、私の助けになった。たとい職業探偵でなかろうと、本格的名探偵が拠点を持たないのは確かに不都合だ。これは私にとってではなく、私以外のみんなにとってだよ。だって誰かが本格的名探偵の力を必要としたとき、私の居場所が分からないと依頼者は大いに困るだろうからね。そしてそのせいで謎に出会えない、すなわち真実を明らかにすることができないとなれば、それこそ私にとっては生き様に関わる。だから幸太くん、私たちは私たちの『ベイカー街221B』を設けることにしよう」

ベイカー街221Bっていうのはシャーロック・ホームズが住んでいた下宿の住所である。要は事務所というか拠点というか、そういうことを言いたいらしい。

「それはいいけどさ、それじゃ僕たちにとってのベイカー街221Bは一体どこになるんだよ」

すると理耶はこともなげに言った。

「探してくる」

「は、探す？」

まさか不動産会社にでも行くってのか。

「あっそうだ。そして幸太くん、君も君なりに候補地を探しておいてくれるかな」

「は、なんで僕が？」

「え、だって君は私の助手でしょ」

いやなに当たり前だよね？　みたいな顔してんだよ。謎理論すぎて理解できないんですけど。

理耶の唐突な行動と一方的な指示に首を傾げる僕だったが、どうやら目的で頭がいっぱいらしい彼女は僕のことなどお構いなしに教室のドアへと向かっていく。

「お、おい理耶、ひょっとして今から探しに行くつもりか？」咄嗟に僕は理耶を呼び止めた。「弁当だってまだ食べかけじゃないか」

小ぶりで可愛らしい弁当箱の中身はいまだ半分ほど残ったままだ。

しかし、理耶はドアの引手に手をかけたまま振り返ると唇の端をきゅっと上げた。

「もう十分食べたから」

いやいやそれっぽっちじゃ絶対に足りないだろ。ていうか要らないなら要らないで片付けたまえよ。

「あ、食べたかったら食べていいよ。むしろ食べてくれるとありがたいな。私だって食べ物を粗末にするのは元来趣味じゃないもの」

「だったらなおさら僕に食べかけを押しつけるんじゃない」

「おや、でも幸太くんなら喜んでくれると思ったのに」

「僕はそんな大食漢じゃない」

「いや、女の子の食べかけのご飯とか好きかなって」

「僕はそんな変態じゃない！」

一体どこをどう見てそんな偏見を持ったというのだ。ひょっとしてすっごく気持ち悪い笑い方でもしてる、僕？

思いがけず心に傷を負わされた僕だったけれど、そんなことを気に留めるでもなく理耶はドアを開け放つ。

「それに空腹時の方が頭が冴えるからね。私は頭脳なんだよ幸太くん。ほかの部分はただの付属物にすぎないんだ。それじゃそういうことで」

今度はシャーロック・ホームズの台詞を引用ときたか。ていうかやっぱり食べ足りてないじゃんかよ。

そして理耶は颯爽と教室を後にした。ひとり残された僕は小さく溜息をついて食事を再開し、結局、理耶の弁当箱も空にしてやったのだった。

【3】本格の研究（スタディ・イン・パズラー）

教室を出ていった後、五限目の数学と六限目の古典を華麗にすっぽかし、ついぞ帰りのホームルームが終わるまで理耶が姿を見せることはなかった。

もしかして本当に不動産業者に突撃したってのか……？

なんて自称・本格的名探偵様の現状を案じつつ、ホームルームを終えた僕は教室を後にする。

「さて帰るか」

とは独りごちてみたものの、昇降口を出たところで不意に足が止まる。理耶の言葉にどうにも後ろ髪を引かれる感じがして、なんとなく帰る気になれない僕だった。

別にあんなわけの分からない命令を聞く筋合いは僕にはない。助手だのなんだのだって勝手に言われただけだし、そもそも彼女の本格的名探偵とかいう肩書きも所詮は自称にすぎないのだ。

ただこのまま無視を決め込んで家路についたことを後から理耶が知ったとき、彼女は一体どんな顔をするのだろうと少しばかり想像を働かせたが最後、どうにも寝覚めが悪くなりそうだなと僕は思ってしまったのだった。

「はあ」と、僕は覚悟の溜息をついた。「適当に探してみるか」

ふらふらと視線を彷徨(さまよ)わせたのち、とある建物に目を留めると、僕はそのままそれに向かって歩みを進め始める。

目指す先にそびえる建物とは……部室棟だ。

僕たちの通う私立学縁(がくえん)大学付属高等学校——通称『学付(がくふ)』は小中高大一貫校であり、それゆえに広大な敷地を持つ。そのうえ高等部は県内の私立高校の中でもトップクラスの進学校であり、さらには私立ゆえの自由な校風とも相まって人気が高く、お金持ちのお坊ちゃまやらお嬢様やらが多く通う学校としても有名なのだ。そんな背景があって当校の敷地内には三階建ての立派な部室棟がそびえているという次第である。

そういうわけで、拠点の候補地、と考えて最有力候補として思い浮かんだのがここである。探せば空き部室のひとつやふたつあってもおかしくはないだろうと思ったのだ。

しかし目的の建築物に足を踏み入れて十五分後。僕が手に入れたのは、予想が外れたという事実と足裏の痛みという徒労ばかりだった。

「部室全部埋まってるじゃん……」

見事にすべての部室がなんらかの部活動のために使用されていたのだ。都合良く空き部屋があるような漫画や小説じみた展開なんて、現実世界じゃやっぱりないらしい。

せっかくの放課後になにをやってるんだと自嘲的な気分になりながら、僕はえっちらおっちらと階段を下っていく。

やがて一階に降り立ち、そのまま部室棟の外に出ようとして……と、不意に僕は視界の端に陰を認めた。

廊下の隅っこに見えたその陰の奥に、なにやら空間の気配を感じた僕はそちらに足を向けてみることにする。

するとそこにあったのは。

「こんなところに階段が……」

闇に紛れるかのようにしてひっそり地下へと伸びる階段だった。真っ直ぐ下った先には扉がひとつ見える。

「一体なんの部屋だ？」などと呟きながら、結局、僕は階段を下りてみることにした。

地下一階に隠れるように存在したその扉。そこには表札が掲げてあり、

「事務員室……」

と書かれていた。どうやらこんな場所に事務員室があったらしい。ただ、確か校舎の方にも綺麗で立派な事務員室があったような気がするけど。

と、そこで僕の中にとある考えが浮かぶ。

「ってことは、ひょっとしたらこの部屋は空き部屋だったりするのか？」

可能性はある。今は使われておらず、物置代わりにでもなっているのかもしれない。

思わず手がドアノブに伸びる。まさか鍵が開いてるなんてことはないだろうけど……。

ところが……がちゃり。まさかのまさか、ノブは抵抗なくすんなりと回ったではないか。

「鍵が開いてる……！」

ひょっとして見つけてしまったかもしれない。拠点の候補地を。

別に拠点が欲しかったわけじゃない。でも、なんとなくにしても探していたものが見つかったかもしれないという状況は、少しばかり僕の心を躍らせた。

「一旦、中の様子を確認してみるか……！」

だから僕は、そのまま外開きの扉をぐっと手前に引っ張った――。

きっと色んな道具が埃を被って散乱しているのだろうと想像していたが、目に映った室内は意外にも整然としていて綺麗だった。長机にパイプ椅子が五脚とふたり掛けの小さなソファーが一脚、壁際にはこぢんまりとしたキッチンと食器棚と、それから洗濯機やロッカーが並んでおり、また隅には簡素なシングルベッドがちょこんと据えられていた。

そしてそんな空間の中、ソファーに腰掛けてカップアイスに舌鼓を打つひとりの少女の姿がそこにはあった。

ほんの小さな幸せを噛み締めるかのような表情を浮かべていた少女は、やがて僕に気づくと陰気な顔になってこちらを見やる。

「え……誰？」

深みのあるエメラルド色をたたえた瞳を怪訝そうに細めて首を傾げる少女。肩辺りで二

叉に束ねられた銀色にも似た淡い緑の長髪がふわりと揺れる。ボリュームのある前髪から覗く面立ちは非常に整っていて、まるで天使のように可憐だった。しかし、目の下に刻み込まれた大きな隈と全身から醸し出される鬱々とした雰囲気が神秘的な外見とは絶妙に矛盾していて、なんというかとても不可思議な少女だった。

また、彼女に奇異性を感じる点はもうひとつあって。

「……ナースさん？」

彼女はナース服を着ていた。白基調に薄いピンクを交えたロング丈のナース服に身を包み、頭には小さなナースキャップをちょこんと載せているのである。どうして地下にひっそりと隠れた事務員室にナースさんがいるのか、そして何故、彼女がこんな場所でアイスを食しているのか、僕にはまるで理解できなかった。

困惑を抱きつつ立ち尽くしていると、徐々にナースさんの表情が焦りと動揺に染まっていく。

「ていうかまずい、これはまずいよお……まさかここに来る人がいるなんてえ……。ああこの場所を知られたらお終いだあ、わたしの平穏な生活が音を立てて崩れ去るんだあ……」

なんかめっちゃ絶望顔でぶつぶつ呟いていたナースさんだったが、不意に視線が手に持つアイスに落ちたかと思うと、次いで彼女はおもむろにそれを僕に差し出した。

「あの……どうにかこれで手を打ってくれないかなあ……？」

いや食べかけのアイスで一体どんな手を打てというのだろう。

「君、なんだかこういうの好きそうだし……ふへへ」

ちょっと待て、僕ってそんなに女の子の食べかけが好きそうな人間に見えるのか？

「え、遠慮しておきます」

ぎこちなく苦笑しながら胸の前で小さく手を振る。するとナースさんは一層の絶望をたたえて大きく肩を落とした。

「そ、そんなあ……それじゃやっぱりわたしのことを学校に告発するつもりなんだあ、そうやってわたしから安息の地を、安寧の日々を送るための生活基盤を無慈悲に奪い取るつもりなんだあ、それはつまりマイライフ・イズ・エンドなんだあ～……！」

なんだなんだ、そんなに嘆いてどうしたというんだこのナースさんは。事務員室にいるところを見られたくらいで人生が終わったような顔になっちゃって。

彼女の狼狽（ろうばい）の理由が気になった僕は思考を巡らせる。

事務員室にいるところを目撃されたらまずい理由……いや違う。彼女が危惧した本質はそこじゃない。だって彼女は言った。この場所を知られたらお終いだ、と。つまり彼女にとって憂慮すべきなのは、事務員室にいるところを目撃されたことではなく、事務員室の存在そのものを他者に認知されたことなのだ。

次いで彼女の様子を思い起こす。彼女はふたり掛けのソファーに座ってアイスを食べていた。幸せそうな顔をして、まったりと。そう、それはまるでプライベートな空間でくつろいでいるかのような気の抜き方だった。

　そしてここ、事務員室の内装だ。本来、誰も使用していない空き部屋であればもっと雑然としているべきだ。なのにこの部屋はとても綺麗に片付いている。まるで誰かが日常的に使っているかのように。また、この部屋には家具類や調度品が種々用意されている。机、椅子、ソファー、キッチン、食器棚、洗濯機、ロッカー、さらにはベッド――。

　僕はひとつの仮説に行き着いた。事務員室の使用感。ナース少女のリラックスしていた様子。そして事務員室の存在を知られたことに対する動揺。それが指すのはつまり。

「ひょっとしてあなたは、この事務員室に住んでいるんですか……？」

「ぎくう！」

「流石は私の助手、本格的にいい推理だね幸太くん」

　唐突に背後から声がした。振り返ると、さも名探偵らしく悠然とした笑みをたたえた理耶の姿がそこにはあった。

「それに私は嬉しいよ。ちゃんと私の頼みを聞き入れて行動してくれてたんだね」

「理耶、どうして君がここに」

「それはもちろん、君がここにいる理由と同じだよ」そう答えながら、理耶は僕の隣に並び立った。「それじゃ目的を果たすとしようじゃないか」

「もう一体なにが起こってるのぉ……、ああもうめちゃくちゃだあ～……！」

理耶の登場にさらなる絶望顔をかたどるナース少女。

すると理耶はにやりと笑み、続けて懐から銃らしきものを取り出すと、それをナースさんに向かって突きつけた。

「探偵だ！　大人しく両手を挙げてその場を動かないでもらおうか！」

おいおい、なんだ急に声を荒らげて。まるで犯人のいる現場に突入してきた警察官みたいな振る舞いじゃないか。

「ひ、ひえええ……！　た、探偵さん？　探偵さんがわたしに一体なんの用があるっていうの……？」急に怒鳴られて体を硬直させたナースさんだったが、やがて目を凝らすようにして首を伸ばした。「ていうかそれって本物……？」

「こら！　その場を動くなって言ったでしょ！　フリーズ！　両手を挙げなさい！」

「は、はひいい……っ！」反射的に両手を挙げるナース少女。「ごめんなさいぃ、お願いだから殺さないでえ……！　ああでも絶対に殺されちゃうんだあ……わたし、ここで死んじゃうんだあ……儚い人生、終えちゃうんだあ～……！」

「おい理耶どうしたんだよそれは……」

「大丈夫。ただのエアガンだよ。ただし、素肌に当たればすっごく痛いだろうけどね」

そりゃ本物なわけはなかろうが、というかなんでそんなもんを持ち歩いてるんだよ。

「午後のうちに調達してきたのさ」

　拠点の候補地探しのために授業をサボったかと思ったら、まさかエアガンの買い出しにまで行っていたとは。ファンキーすぎるだろこいつ。

　ああそうだ、僕の知ってる小説だとこんな場面ではきっとこう言うだろうな。

「やれやれ……」

「ちょっと幸太くん、助手が探偵に殺人を教唆するのはよくないよ」

「殺れ殺れじゃねーよ」

　半ば呆れつつ、僕はエアガンの銃口が示す先に視線をやる。

「ねえ、どうしてこんなことするのぉ……。わたしなんにも悪いことしてないよぉ……ああそうだ、きっと理由なんてないんだ、だけど無意味にあっけなくひっそりと、わたしは土に還るんだぁ～……」

　人生を諦めたような顔で泣きじゃくる少女。なんか僕まで申し訳なくなってきた。

「なあ理耶、一体なんのためにこんなことをするんだよ」

　窘めるように言う僕だったが、理耶は少しも気にした様子はない。

「おや、もう忘れちゃったの幸太くん。目的は既に伝えてるはずだよ」

　そう言って一瞬だけ微笑を浮かべ、理耶は目の前のナース少女を見据える。

「君が癒々島ゆゆちゃんだね。いいかい。君が部室棟の地下にある事務員室——つまりこの部屋を不当に占拠していることは、本格的名探偵であるこの私にはすべてお見通しだよ。だから私は君を摘発するためにここにきたんだ」

「て、摘発う……!?　い、嫌だあ、それだけはやめてよぉ……!　だってここを追い出されちゃったら、お治しできなくなっちゃうよぉ……!　ああ、でもきっと摘発されるんだあ……絶対問答無用で社会的に抹殺されちゃうんだあ～……」

なんとなく分かってきたがこのナースさん――癒々島さんは、えらくネガティブ思考な性格のようだ。なにかと勝手に悪い方向へと想像を膨らませる癖があるっぽい。

それでも懸命に抵抗を試みようと考えたらしい癒々島さんは、寝不足気味そうな瞳にちょっとばかり反抗的な色をたたえて理耶を見やった。

「お金ですか……?　ひょっとしてお金がお望みですか……!　でも残念だけどね、わたしを脅してもお金なんて全然持ってないよ、ほんとだよ……ふへ」

両手を挙げたままぴょこぴょこと飛び跳ねては、どや、と陰気な笑みを浮かべる癒々島さん。ほら小銭の音もしないでしょ?　的なアピールのつもりらしい。

しかしそんな彼女に理耶は優しく微笑みかける。

「心配する必要はないよゆゆちゃん。私たちが欲しいのはお金なんかじゃないから」

「お、お金じゃない……?　え、だったらやっぱり命じゃん……そうだ、そうなんだ、やっぱりわたしの命が目的なんだ、もうお終いだあ～……」

いやいや流石にネガティブ思考が行き過ぎなのでは。なにをやっても避けられない死みたいになっちゃってるじゃん。

とまあ、この世の終わりみたいな顔をする癒々島さんだったけれど、しかしそんな彼女を気にするでもなく、理耶は変わらぬ微笑をたたえつつナース少女を見やった。

「ねえゆゆちゃん、君はこの学校で学校保健師として働いてるんだよね」

「え？　う、うん……でも養護教諭の先生が別にいて、わたしはアルバイト的な感じなんだけどね……ふへへ」

なぬ、もしかして癒々島さんって保健室の先生的な人だったのか。てっきりコスプレした生徒かと思ってた。ていうか理耶の奴、年上相手にちゃん付けでしかもタメ口かよ。怖れ知らずというかなんというかだ。

「なるほど」理耶は面白そうに目を細めた。「ちなみに学校保健師として働くには保健師の資格が必要なわけだけど、これを取得できる年齢は最短ルートを通ったとして二十二歳だ。そうだよね？」

「あう、あー、え、えーっと……うん、たぶん？」

「それで、これもちなみになんだけど、ゆゆちゃんって何歳なのかな？　私の目には随分と若く……というよりも、幼く見えるんだけど」

「うえ？　あ、い、いや、あの、えっと、わ、わたしこれでも二十五歳……だよ？　む、昔から若く見られがちでねえ〜……ふ、ふへへ」

そう答える癒々島さんの目は暴れる回遊魚のごとく泳ぎ回り、その額やこめかみには玉の汗が滲(にじ)んでいる。

明らかに動揺している癒々島さんを見据える理耶の瞳が、獲物に狙いを定めた野獣のようにぎらりと光った気がした。

「ふうん。でもおかしいな……。今日、私がコンタクトを取った複数の人たちの話とはどうも食い違うようだ」

「はへ……？」

「いや、とある調査を行なったところ、何人かゆゆちゃんのことを前から知ってるって人が見つかってね、誰もがみんなゆゆちゃんの年齢は十七歳だって言うんだよ」

「あば、あばばばば……」顔は青ざめ、今にも泡を吹き出しそうになりながら、それでもなんとか堪(こら)える癒々島さん。「だ、誰かなそんなことを言う人は……！　で、でたらめだよ、うん、でたらめ、絶対そうに決まってるんだあ〜……！」

「えっと、証言してくれたのは隣の県に住んでる水銀流(みずかねながれ)玲さん、それからそのまた隣の県に住んでる天津暁(あまつあかつき)愛美(まなみ)さん、そのまた隣の県に住んでる戦火寄凶(いくさびよりおそれ)くんと、それから……」

「あばばばぶばばばばば……！」

完全に泡吹いちゃってるよ癒々島さん。本当に知り合いの名前だったらしい。ていうか理耶（りや）の奴（やつ）、午後の授業をサボった間にそんな調査を済ますとは大した探偵根性だ。それと今ので分かったが、理耶も早い段階でこの事務員室に目をつけてたんだな。

それはさておき、もうほとんど失神寸前のナースさんに、理耶は容赦なくとどめを刺しにかかる。

「さて、多数の証言をもとにゆゆちゃん、君は二十五歳の成人女性ではなくうら若き十七歳の少女だと判明した。それはすなわちなにを示すだろうか。そう、ゆゆちゃん、君は保健師の資格なんか持ってやしないんだ。つまり、君は勝手に事務員室に住み着いたばかりでなく、あまつさえ学校に虚偽の申告をして雇用契約を結ぶという超がつくほどの大罪を犯しているということだよ。――以上、本格論理、展開完了」

また出た謎の決め台詞（ぜりふ）に突っ込む暇もなく、己の罪業を暴き出された癒々島（ゆゆしま）さんはドラマに出てくる殺人犯ばりに迫真の様子で膝から崩れ落ちた。

「うわあああごめんなさいいいいぃぃぃ……！　わ、悪気はなかったんだよぉ、ただ、ただわたしはお治しのために、お治しのためにぃ……うわあああああん～……！」

えっと、なんかすっげえ泣いていらっしゃるところ申し訳ないんだけど、さっきからちょくちょく言ってるお治しってなんなのだろうか？　と気になる僕である。と、理耶は号泣ナースさんのもとへと歩み寄り、片膝をついて優しく彼女の背中に手を置いた。そして慈悲の眼差（まなざ）しを向けつつ語りかける。

「泣かないでゆゆちゃん。確かに嘘をつくのはよくないことだけど、君の志そのものは本格的に素晴らしいものだ。だから私たちは、別に問答無用で学校に君の不正を通報しようなんて考えてないよ」

「え……？」涙でぐしゃぐしゃになった顔を上げる癒々島さん。

「でもそれにはひとつ条件がある」と言って理耶は人差し指を立てた。「この部屋――つまり君の家を、私たちの拠点とさせてほしい」

「わたしのお家を、あなたたちの拠点に……？」

「うん。実をいうとね、私たちも世の中のお治しが使命なんだよ。この私、推川理耶は本格的名探偵でね、主に難事件の謎を解き明かし真実を明らかにすること――いわば世界に巣くう病魔を取り除き、その健康を取り戻すことが務めなんだ。ねえゆゆちゃん、それってすなわち君の言うお治しと同義だと考えられないかな」

え、そうなのか？

そうなんですね。

「お、おんなじだあ……！」

「それでね、君がこの部屋を貸し出してくれたあかつきには、私と幸太くんはここを拠点にして世界のお治しに励みたいと思ってるんだけど、そのときには是非ゆゆちゃんにも私たちの仲間になってほしいって思うんだ」

「わたしを仲間に……？」絶望していた癒々島さんの瞳に希望が浮かぶ。「い、いいの……？　わたしなんかが理耶ちゃんの仲間に入れてもらっても、そしてこれからもお治しを続けてもいいの……？」

「もちろんだよ。正直、本格的名探偵の私に助手はひとりじゃ足りないと思っていたところなんだ。だからゆゆちゃんには私の二人目の助手になってほしい」

なんだそりゃ。謎の根拠に基づいたことを当たり前のような顔をして言う奴だ。

「な、なる、なるます……！　わたし、理耶ちゃんの助手になるます……！」

そんなふたつ返事でいいんですか癒々島さん。あんまりおすすめできませんよ。

「よし。それじゃこれからこの部屋を拠点にして一緒に頑張っていこうね、ゆゆちゃん」

「うん、よ、よろしくね理耶ちゃん……。やったあ、社会的に死なずに済んだあ、わたし無事に生き延びたんだあ～……ふへ、ふへへへ」

九死に一生を得たような表情で喜びを噛み締める癒々島さんであった。

とにもかくにも、かくして自称・本格的名探偵様は強引かつ円滑（？）に事務員室の占有権を癒々島さんから奪取してみせたのである。

感心というか呆れというか、なんともいえない感情を覚えながら傍観していると、やがて立ち上がった理耶が満足げな笑みをたたえつつ僕の方に歩いてきた。

「うまくやったもんだな」

若干非難がましく言ったつもりだったが、理耶は全く気にしていないようで、

「本格的に華麗な手並みだったでしょ？」

と言ってウインクまで飛ばしてみせる始末である。こりゃもうなにも言うまい。

苦笑を浮かべる僕の横を通り過ぎ、そこでくるりと身を翻すと、理耶は僕と癒々島さんをゆっくりと見回した。

「さて、ということで今日よりここはこの私、本格的名探偵・推川（おしかわ）理耶と君たち助手の活動拠点、すなわち我々にとってのベイカー街２２１Ｂになった。これから様々な依頼が舞い込んでくることになるだろうから、みな心して活動に励むように。分かったかな」

果たしてそんなに依頼が舞い込むことがあるのだろうか。ないに一票。

と、今もなお床に座り込む癒々島さんがちょこんと右手を挙げる。

「えっと理耶ちゃん……ちなみにわたしたちがこれから活動するチーム名的なのはあったりするのかなあ……？」

「おっとそうだったね。んーと、そうだなあ……名前、名前、名前ね……」

しばらく考え込んでいた理耶だったが、やがて「そうだ！　これでいこう！」と表情を明るくして手を叩（たた）くと、誇らしげな顔をして告げた。

「決めたよ。私たちの名前は——『本格の研究（スタディ・イン・パズラー）』だ」

【4】集う助手希望者たち

「おかしい」

明くる日の放課後、『本格の研究(SIP)』の拠点(事務員室)(癒々島(ゆゆしま)さんの居室)にて、奪い取って二日目とは思えないほどふてぶてしい態度でふたり掛けのソファーに陣取った理耶(りや)は、腕を組み、なにやら深刻そうに考え込んでいた。

目線を上げてはみたけれど、なんか面倒くさいので無視することにする。

僕は読んでいた本を手に持ったまま、なんとなく室内に視線を彷徨(さまよ)わせた。

すると長机の向こうでパイプ椅子に腰掛けた癒々島さんがなにか一生懸命に作業していることに気づく。ちなみに放課後を迎えて既に仕事上がりの彼女だが、何故(なぜ)か今もなおナース姿である。まあ似合ってて可愛(かわい)いのでよしとする。

「なにしてるんですか、癒々島さん」

声をかけると、深い青緑をたたえた陰気な双眸(そうぼう)が遠慮がちに僕を見た。

「うえ?　ゆ、癒々島さんだなんて、そんなにかしこまる必要ないよ幸太(こうた)くん……ふへ。どうぞゆゆって呼んでね……ふへへ」

「いやそんな。癒々島さんは実質先生みたいなものですし、呼び捨てにするわけには」

と言って遠慮した途端、癒々島さんの表情が絶望的な悲壮をかたどる。

「そうだよね……わたしなんか名前で呼びたくないよね……だってわたしと仲良くしたっていいことないし、むしろデメリットしかないに決まってるんだあ～……」

まずいネガティブ思考が爆発しかけている。ここはどうにかせねば。

「ああいや！　名前で呼びたい！　是非とも名前で呼ばせてください、ゆゆさん！」

すると生まれて初めてかと思うほど不器用な笑みを浮かべるゆゆさん。

「ほんと……？　やったあ、嬉しいなあ……ふへ、ふへへへ。あっごめんね、それでなんの話だっけ……？」

「ああ、一生懸命なにをしてるのかなって思って」

「あ、これ……？」

自分の手元を見たゆゆさんは、彼女のものではない苗字のゼッケンが縫いつけられた体育服を掲げてみせる。目を凝らしてみると彼女の手には縫い針が握られており、それは細く白い糸を引いていた。

「体育の授業中に怪我した子が医務室に来てね、体育服が破けてたからお直しをしてるんだあ……」

お治しならぬお直しというわけですか。

「よく頼まれるんですか」

「頼まれるっていうか、自分から申し出てる感じかな……。どんな形だろうとお治しで人の役に立ちたいっていうのが、わたしの願いだから……。だから、困ってる人がいたら、わたしにできることがあればなんでもしてるって、そんな感じなんだあ〜……」

　どうやらゆゆさんという人は、自分に対しては異様に卑屈なところがある一方で、他人に対しては人一倍優しい性格の持ち主らしい。こんなにいい人を脅して部屋を侵略したなんて胸が痛くなってくる。

「幸太(こうた)くんもなにか困ったことがあったり、お治ししてほしいことがあったら、遠慮なく言ってね……？　ふへへ」

　いやほんとめっちゃいい人じゃん。余計に罪悪感がやばい。

「ありがとうございます、ゆゆさん」

　まるで日光を浴びたヴァンパイアみたいな心地を覚えながら、僕は読みかけの本に目線を戻すのだったが。

「本格的におかしい」

　再び理耶(りや)が呟(つぶや)く。はいはい分かりましたよ。無視するなってことね。

「なにがおかしいんだよ」

　すると理耶は顎に手をやりながら言った。

「依頼がこないことがだよ」

　なんだそんなことかよ。

「全然おかしくないだろ。昨日の夕方つくったばかりのＳＩＰだぞ。そんなにすぐ依頼がくるはずもない」

けれど理耶は不満げだ。

「だってここには私という本格的名探偵がいるんだよ？」

「けど宣伝をしたわけでもないだろ。まあ、できるはずもないけどな」

だって表向きには、ここは今も無人の事務員室のはずなんだからな。ＳＩＰの名前を大々的に出して宣伝したんじゃ学校から怪しまれかねない。

そのことは理耶自身も理解しているらしく、「それはそうだけど」と歯噛みする。

「ふむ、これはとんだ誤算だったね」と言いつつ、理耶の表情に諦めは見えない。「だったら能動的に動くしかないね。事件が起きたときには誰よりも早く現場へ赴くとしよう。そこで成果を出せば、ＳＩＰの名を出さずとも自ずと認知度が上がるに違いないからね」

つまりそのときには僕やゆゆさんも引き連れられていくってことか。今のうちから先が思いやられることだ。

なんて考えて溜息をつきたくなっていると、不意に部屋の扉をノックする音が響いた。

どんどん、どんどんどんどん。

その途端、理耶の表情がぱあっと明るくなる。

「どうやら今のは杞憂だったようだね。早速、依頼者のお出ましだ」

「まさか本当に依頼者が？　でもそんなはずは……」

ＳＩＰの存在を知る生徒なんているはずがないんだけどな。

しかし理耶は微塵も疑いを持っていないようだ。自らは居住まいを正しつつ、理耶は僕の方を見る。

「幸太くん。依頼者をお迎えしてくれたまえ」

探偵らしくどんと依頼者を待ち構えたいわけね。

「はいはい、分かりましたよ」

本に栞を挟んで長机の上に置き、僕は重い腰を上げる。そして扉のもとへと歩み寄り、僕はノブを回して押し開けた。

「どちら様でしょうかー？」

しかし扉を開けた先には誰もいない。視界に映るのは一階へ伸びる階段ばかりだ。

「あれ？」

ピンポンダッシュならぬノックダッシュでもされたのだろうか。

なんて思いつつ周囲を見回していると。

「お兄ちゃん、ここ、イリスはここかもしれないよ」

下の方から声が耳に届く。目線を下げると……そこにいたのは幼い少女だった。

着ている制服から見て、どうやら初等部の児童らしい。百四十センチにも満たないであろう上背だが、金銀のメッシュが入った白髪はほぼそれと同じくらいに長い。制服の上には水色のカーディガンを羽織っていて、少しサイズが大きめなのか袖が余ってしまっている。しかし、なによりも僕の目を引いたのは、彼女が目隠しをしていることだった。何故（なぜ）かは分からないが、黒布の目隠しで顔の上半分を完全に覆っているのである。

なんかまた変なのが現れたな……。

「君がドアをノックしたのかな？」

問うと、目隠し幼女はこくりと頷（うなず）いた。

「そうかも」

かもってなんだよかもって。

「それじゃ君はここがどんな場所か分かったうえで来たのかな」

「うん。ここは『本格の研究（スタディ・イン・パズラー）』のお部屋かも」

なに、まさか本当にSIPの名前を知っているとは。一体どこから聞いたのだろうか。

「ねえお兄ちゃん、イリスのことを中に入れてほしいかも」

袖余りの腕を振って催促する幼女。

うーむ。ＳＩＰの名前を出された以上、断るわけにもいかないな。

「分かったよ。それじゃどうぞ」

僕はドアを支えたまま体をずらして道を空けてやる。

「お邪魔しますかも」

相変わらず曖昧な語尾でそう言いながら、イリスなる幼女は室内へと足を踏み入れる。

「あてっ」

しかし、敷居に躓いて派手に転倒してしまった。

「おい大丈夫か」僕は咄嗟にしゃがみ込んで幼女を抱き起こした。「目隠しをしてちゃ敷居に躓くのも当然だろ。まずはその黒い布を外したらどうだ？」

目隠しの布は分厚く、どうやら本当になにも見えないのだろう。というか、そんな調子でどうやってここへたどり着いたんだよ。

「うう～あてて……。おでこ打っちゃったかも」黒布のせいで見えないが、きっと目を潤ませながら額に手を当てて訴える幼女。「でもこれは絶対に外せないかも。世界の真の姿に、イリスの両眼はまだ耐えられないかもだから」

どういうことだよ。なんかそういう設定ですか。もう中二病を発症しちゃってる？

「だ、大丈夫～……？」

そこへ心配そうな顔で駆け寄ってくるゆゆさん。

「ちょっとわたしに見せてね……」

幼女の正面に屈み込んだゆゆさんは、幼女の重たい前髪を右手でそっとかきあげた。

「ああ、少し赤くなっちゃってる……」

「うう、痛いかもお」

唇を歪めながら訴える幼女に、ゆゆさんは優しく微笑みかける。

「大丈夫、わたしがお治ししてあげるから……」

そう言って、ゆゆさんは左の手のひらを慎重に幼女の額にあてがった。

「痛いの痛いのとんでいけ～……」

めっちゃ古典的な慰め方だ。でも傷は癒えなくとも心は癒えるに違いない。これこそが彼女のお治しというわけか。

「うわあ、痛くなくなったかもー！」

自身の額を擦りながら嬉しそうにはしゃぐ幼女。ふむ、確かに額から赤みが引いた気がしなくもない。まあ実際は『病は気から』的な効果なのだろうが、なんにせよ幼女が元気になってくれたので万事オーケーだろう。

「ふへへ、よかったあ～……。それじゃ改めて部屋の奥へどうぞ……ふへ」

ゆゆさんもまた嬉しそうに微笑み、手を椅子の方へ差し向けて幼女を促す。

すると幼女はこくりと頷き、それから僕の手を握った。

「どうした」

「イリスはお兄ちゃんに連れてってほしいかも」

ああ、前が見えないから僕に誘導しろってことね。どうあがいてもその目隠しを外すっもりはないわけだ。

「仕方がないな。ほらこっちだよ」

僕はゆっくりと幼女の手を引き、空いていたパイプ椅子へと導いてやった。

「この椅子に座ってくれ」

そう言うと、幼女は黒布越しに僕の方を見やる。

「お兄ちゃんはどこに座るの？」

「僕はこっち」

見えないだろうけど、と思いつつも僕は隣のパイプ椅子を指さす。

「イリスもお兄ちゃんと一緒に座りたいかも」

「はい？　どうやってこんなちっちゃい椅子に一緒に座るんだよ」

「とりあえず椅子に座ってほしいかも、ね、座ってお兄ちゃん」

言われるがままにパイプ椅子へ腰を下ろす。

すると幼女は、「うんしょ」などと言いながら僕の膝の上によじ登ってきた。

「これで一緒に座れるかもー」

「どうしてわざわざ僕の上に乗っかるんだ」

「こっちの方が落ち着くからかも」

どういうこっちゃ。まあ無理に拒む理由もないし、別にいいけどさ。

「なんだか兄妹(きょうだい)みたいで微笑(ほほえ)ましいなあ～……ふへ」

胸元で小さくぱちぱち手を鳴らしながらにへらと笑うゆゆさんだった。

「さてと、それじゃ準備は整ったかな」

全員が席に着いたところで、鷹揚(おうよう)な口ぶりで理耶(りや)が言った。そして彼女は、僕の膝に乗っかっている目隠し幼女へと紅(あか)い双眸(そうぼう)を向ける。

「まずは君のお名前を聞かせてもらえるかな」

「はい。イリスの名前はイリスっていうのかも」

自分の名前くらい断言してよかろうに。どうあろうとその語尾は絶対遵守するわけね。

「イリスちゃんか。うん、実に良(い)い名前だね。私はとても気に入ったよ」

「えへへ、嬉(うれ)しいかも」

「イリスちゃん、その格好を見るに、君は初等部の子でしょ?」

「うん、イリスは四年生かも」

ということは今年で十歳か。そりゃ幼いわけだ。

イリスの返答にうんうんと頷(うなず)きつつ、理耶は質問を続ける。

「それでイリスちゃんはここ、『本格の研究(スタディ・イン・パズラー)』の拠点にどんな用件があって来たのかな。ひょっとしてこの私、本格的名探偵・推川(おしかわ)理耶に解いてほしい謎でもあるのかな」

自信満々の表情で訊(たず)ねる理耶を前に、目隠し幼女――イリスは、「えっとねー」と少しばかり逡巡する素振りを見せる。

「焦らなくてもいいんだよイリスちゃん。じっくりゆっくり話してみて。そうすれば私があっという間に真実を明らかにしてあげるから」

そう微笑みかける理耶だったが、しかしイリスはふるふると首を横に振った。

「違うの。イリスは依頼をしにきたわけじゃないのかも」

「おや、だったら私になにを望むのかな？」

「えっとね」イリスは意を決して言った。「イリスはね、イリスのことを『本格の研究』に入れてほしくてきたのかも」

「え？　おいおい本気か？」

思わず口に出してしまった。こんな得体の知れない非公式団体にこれまた得体の知れない目隠し幼女が仲間入りを希望してくるだなんて、そりゃまた一体どんな展開だよ。

「もちろん、イリスは本気かも」

すると理耶は、戸惑う僕とは対照的に愉快そうに口端を吊り上げる。

「面白い。本格的に面白い」

その瞳は、まるで湧き上がる好奇心を燃料として燃え盛るかのごとく、さらに真紅を増したように見えた。

「イリスちゃん、君はつまり、この私——本格的名探偵・推川理耶の助手になりたいということだね？」

「そうかも！　イリスは理耶(りや)お姉ちゃんの助手になりたいのかも！」大きく頷(うなず)くイリス。

彼女を見つめたまま、理耶は前屈(まえかが)みになり、膝の上に肘をついて口許(くちもと)に拳を当てる。

「分かった」

「分かったって、本当にこの子をＳＩＰに入れるつもりなのかよ理耶」

「私的には小学生だって助手になってくれて構わないと思ってるよ」理耶は軽い調子で言った。「ただし、まだイリスちゃんを私の助手にすると決めたわけじゃないけどね」

「どうしたらイリスを助手にしてくれるかも？」イリスは小さく首を傾(かし)げる。

「私の助手になるにはね、なにかひとつ大きな強みが必要なんだ。幸太(こうた)くんは本格を熟知している点で非常に有能だ。ゆゆちゃんは、えっと、お治しが得意だから医務担当の助手として必要だね」

　絶対に今考えただろ。ゆゆさんを仲間にしたのはこの部屋が欲しかったからだ。

「だからイリスちゃん、君の一番得意なことを教えてほしいな。それが私にとって有用なものだったら、喜んでＳＩＰへ迎え入れよう」

　するとイリスは下唇に人差し指を当ててちょっとばかり考える。

「うーんと、イリスは真実を暴くのが一番得意かも」

「ほう」理耶がわずかに目を見開く。

「イリスの眼(め)はね、絶対に本当のことが見えるのかも。イリスはまだちっちゃくて未熟かもだから、見えすぎると疲れちゃうかもなんだけど」

なんだまたその設定の話か。一体どんなアニメに影響されたんだいお嬢ちゃん。

まさか理耶の奴(やつ)は真に受けないだろう。そう思った僕だったが。

「素晴らしい。『本格の研究(スタディ・イン・パズラー)』へようこそ、イリスちゃん」

「やったかもー！」袖余りの諸手(もろて)を挙げて喜ぶイリス。

「いいのかよ、そんな簡単に決めて」

随分とあっさり認めたじゃないか。本当に審査するつもりはあったのかね。

「いいんだよ幸太くん。正直、名前を聞いた時点で認めようと決めてたんだ」

「イリスの名前、そんなに気に入ってくれたかも？」

「うん。これ以上ないくらいに私好みの名前だよ」

「確かに綺麗(きれい)な名前だとは思うけどさ、一体どこがそんなに気に入ったんだよ」

「だってイリスちゃんの名前を並び替えるとさ、『スイリ』になるでしょ？　まさに私の三人目の助手に相応(ふさわ)しい名前じゃない？」

なるほど『推理』ってわけね。そりゃ気に入るわけだ、納得したよ。

「ということでこれからよろしくね、イリスちゃん」微笑(ほほえ)む理耶。

「仲間が増えてわたしも嬉(うれ)しいなあ……。よろしくねイリスちゃん……ふへへ」にへらと嬉しそうに笑うゆゆさん。

「うわーいよろしくお願いしますかもー！　一生懸命がんばるかもー」

それからイリスはぐいっと顎を上げて、目隠し越しに僕の顔を覗き込んだ。

「お兄ちゃんもよろしくかも」

ううむ、得体の知れない中二病目隠し幼女だけど、そんな風に見つめられては（目は隠れて見えないけど）なんだか可愛く思えてしまう。

「ああ、よろしくイリス」

さて、これでまさかの入会希望者来訪イベントも無事終了だ。

流石に設立二日目の非公式団体への来訪者が一日にふたりもあるはずがないだろうし、どうにかイリスには膝上から移動してもらって、のんびりと読書を再開することにしよう。

そう考えていたときだった。

――コンコン。と、さっきよりも控えめで上品なノックが室内に響いたのである。

「……マジかよ？」

言ってるそばからふたりめの訪問客とは。いくらなんでもスパンが短すぎるだろ。

「今度こそ依頼者かなあ……？」首を傾げるゆゆさん。

「おー、さっそくお仕事かもー？」イリスは足をぱたぱたと振る。

理耶は充実感に満ちた笑みを浮かべて僕に目をやった。

「今日はとても良(い)い日だね。それじゃ幸太(こうた)くん、お迎えをお願いできるかな」

やっぱりそれは僕の役目なのね。

「へいへい」

そう答えてイリスを抱えたまま起き上がろうかと思った僕だったが、しかしこちらの出迎えを待たずして、来訪者の手によって扉はゆっくりと開かれた。

「失礼いたしますわ」

見事に調弦されたヴァイオリンのように澄んだ声音が、貴族を思わせる上品な語調を伴って室内に浸透していく。

そして背筋をぴんと伸ばして優雅に入室してきたのは、桜花のように淡い桃色をした麗しい髪と紫水晶のごとき双眸(そうぼう)に華やかな煌(きら)めきをたたえ、まさにお嬢様然とした雰囲気をまとった美少女だった。

さらにその後ろには、底深い海のように濃い青髪とサファイヤ色の瞳をしたメイド服姿の美少女を従えていた。主人の入室後、彼女は物音ひとつ立てず丁重に扉を閉めた。

……今度はお嬢様にメイドさんですか。えっと、ここには変わった人間しか来ちゃいけないっていう決まりでもあるんでしょうか？

「ごきげんよう。わたくしは高等部二年の万桜花(よろずおうか)姫咲(きさき)と申しますわ。そしてこちらは高等部一年でわたくしの専属メイドを務める寿(ことぶき)雨名(うな)と言います。えっと、こちらが『本格(スタディ・イン)の

『研究』様のお部屋で間違いないかしら？」

お嬢様な女子生徒——万桜花先輩は、丁寧な自己紹介を済ませるとそう訊ねた。てかなんでこの人もSIPを知ってるんだ。ひょっとして密かに話題になってたりする感じ？

理耶は微笑と一緒に小さく頷く。

「いかにも。ここが私、本格的名探偵・推川理耶と私の自慢の助手たちが成すSIPの拠点だよ。それで、ひょっとすると君は私に謎の解明もしくは事件の解決を依頼するためにここへやってきたのかな」

またもや平然と年上にタメ口な理耶だったが、万桜花先輩は目くじらを立てることもなく笑むと首を横に振った。

「いいえ違いますわ推川さん。実はわたくし、この雨名ともどもSIPに入れていただきたくてここに来たのですわ」

おいおい、まさかの入会希望者とは。一体どうなってるんだよ。こんな意味不明で非公式な団体のなにが人を惹きつけてるのかまったくもって理解できないんですが。

己の頭脳が持ち得る想像力を遙かに凌駕した展開に混乱する僕の傍らで、しかし理耶はまったく動じることなく片眉を上げてみせる。

「へえ。ということはつまり、君たちふたりとも私の助手になりたいということだね」

「ええ、その通りですわ」万桜花先輩は上品に頷く。

「そうでやがりますです。お嬢様とボクをあなたの助手にしやがれです」メイドの雨名も万桜花先輩に続けてそう言った。え、なに、君ちょっと口悪くない？

「なるほどね」

理耶はソファーの背もたれにゆったりと背中を預ける。

「君たちの用件は理解したよ。けれど私には既に三人もの助手がいてね。いかに本格的名探偵の私といえど、流石に五人ともなるとねえ……」

流石の本格的名探偵様も助手五人は多いと感じるらしい。基準がよく分からん。

すると万桜花先輩は、悲しげな顔をするでもなく、むしろ余裕を感じるような微笑みを浮かべてみせた。

「ねえ推川さん。SIPの活動には、それなりの資金力と権力というものが必要ではないかしら？」紫色の瞳を薄く細め、万桜花先輩は続ける。「その点、わたくしであれば多少なりともお役に立てると確信しているのですけれど」

ぴくり、と理耶の眉が微動した。

「……名前を聞いた瞬間に思い至ってはいたけど姫咲ちゃん、君はやっぱりあの万桜花一族の血縁なんだね」

理耶の言葉を聞いて僕もはっとする。

「万桜花一族……って、あの万桜花グループのお嬢様ってことか？」

　万桜花グループとは、現在の日本において最も勢力を持つ一族経営の企業グループである。俗にいう財閥的なやつだ。元々それなりに大規模なグループではあったのだが、自動車産業におけるEV化への過渡期に新規参入し、これが大成功を収めたことで今の地位を確立。今じゃ日本どころか世界中の道路を桜の花を模したエンブレムをつけた車が埋め尽くしている。まあ要するに、万桜花家とは超がつくほど大富豪の一族というわけである。

「今頃気づきやがりましたですか」雨名が冷徹な表情のまま口を開いた。「姫咲お嬢様は、グループの母体企業である万桜花商事の現会長・万桜花万歳（ばんざい）様のお孫様であり、現代表取締役社長・万桜花万開（まんかい）様のご息女であらせられるお方です」

　会長の孫で、しかも社長の娘……。

「それって、つまり万桜花家の中でも本家本元のご令嬢ってことじゃないか」

「そうです」雨名の肯定。

「普段はあまり自分からは言わないようにしているのですけれど」万桜花先輩は少し恥ずかしそうに頬（ほお）を赤らめて、ハーフアップに結った髪の毛先を指で弄んだ。「ええ。雨名の言った通り、わたくしは万桜花本家の娘なのです。そして、父には日頃から『子供のうちから金の使い方と人の使い方を覚えろ』と教えられておりまして、ですからお金については多少の自由が利くのですわ。それに人も……万桜花の一族には、政界や警察などでそれなりのポストに就いている者が少なからずいますから」

万桜花先輩の最強じみた自己PRを聞き終えた理耶は、しかし冷静な態度を貫き、やがて目を伏せて口許に薄い笑みをたたえた。

「ふっ……」

そして理耶は万桜花先輩を見据える。

「いやあちょうどよかったよ姫咲ちゃん。実はやっぱり助手は五人がベストだと思ってたところなんだ。君と雨名ちゃんを入れてぴったり五人。まさに完璧だね」

本格的名探偵も金と権力には勝てなかったか。

「まあ、ありがとうございます推川さん。深く感謝いたしますわ」万桜花先輩は満開の笑顔を咲かせた。

「感謝してやりますです」雨名は無表情のまま言った。

「こちらこそよろしくね、ふたりとも」そして理耶は僕たちの方を順に見やった。「それから君たち以外の助手を紹介させてもらうけど、この子が癒々島ゆゆちゃん、そしてこの子がイリスちゃん、最後に彼が福寄幸太くんだよ」

理耶の紹介にあずかったゆゆさん・イリスのふたりは、それぞれに姫咲先輩や雨名と挨拶を交わした。ということで僕も挨拶をさせていただくことにする。

「これからよろしくお願いします、万桜花先輩、と雨名も」

すると万桜花先輩の笑顔が僕に向いた。

「こちらこそ仲良くしてくださいね、幸太さん。それとわたくしのことはどうか名前で呼んでくださいな。雨名ばっかり名前呼びでわたくしのことは苗字じゃ妬けちゃいますわ」

「分かりました。それじゃ姫咲先輩って呼ばせてもらいますね」

「ええ、是非に」と小首を傾げながらまた笑んで、姫咲先輩は雨名へと目をやる。「ほら雨名、あなたもご挨拶してちょうだいな」

ご主人様に命じられた専属メイドは、やはり無表情を保ったまま僕の顔を見た。

「よろしくお願いされてやりますです」

そっけないが嫌悪などは感じない。どうやらこれが彼女にとっての普通らしい。

雨名の挨拶を姉のような温かい微笑で見守ってから、姫咲先輩は右手を挙げる。

「それでは晴れてメンバーとして認められたことですし、早速ですけれど少しばかり貢献をさせていただきたく思いますわ」

「こーけん？」イリスが首を傾げる。

「まずはこのお部屋を『本格の研究』の名に相応しく仕立て上げましょう」

そう言って、姫咲先輩は指をぱちんと鳴らした。

途端に部屋の扉が開き、黒いスーツを着た男たちが各々なにかを抱えてはぞろぞろと雪崩れ込んでくる。

「なんだなんだ……？」我知らず言葉が零れる。

「ひょえ、家具の持ち込み……？」ゆゆさんはおろおろ視線を彷徨わせた。

「お引っ越しみたいかもー」イリスは目隠しをしたまま楽しそうに言った。

「模様替えですわ」姫咲先輩は答えた。そして、そのまま彼らの作業を静観する。

そんな主人の代わりに監督を担ったのはメイドの雨名だった。相変わらず感情は表に出さないが、「それはあちらに置きやがれです」「それはこちらに並べて据えつけやがれです」とてきぱき指示を出していく。ふむ、専属なだけあって実際に有能なようだ。

おかげで部屋の模様替えは瞬く間に完了し、男性使用人たちは風のように去っていく。

そうしてできあがったのは、部屋の最奥に重厚な両袖机、中頃には大理石天板の応接テーブルとそれを囲む革張りのソファー、そして両壁の隙間を埋め尽くす巨大な書架などで設えられた、さながら豪奢な洋館の書斎のような室内装飾だった。ちなみに質素だったゆゆさんのベッドも立派なふかふか高級ベッドに差し替えられていた。

「拠点の改装が完了しやがりましたです、お嬢様」

「ご苦労様、雨名」それから姫咲先輩は僕や理耶のいる方へ目を向けた。「わたくしの思う探偵事務所らしい雰囲気に仕立ててみたのですけれど、いかがかしら」

すごすぎて半ば呆気にとられてしまっていた僕だったが、対する理耶は立派な両袖机に着席するや、とても満足げに口角を上げた。

「申し分ないよ姫咲ちゃん。これで君と雨名ちゃんの不可欠性は本格的に証明されたと言わざるを得ないね」

あー完全に買収されちゃってますねこれ。まあいいけどさ。

「さて、これで我らが『本格の研究（スタディ・イン・パズラー）』はついに完全体と相成った」

理耶は、探偵というよりはどこぞの社長みたいに背もたれに体を預けつつ言った。

「つまり、こちら側は万全の態勢を整えたということだ。だからきっと、あちら側だって遠からずやってくるに違いないね」

「なんだよあちら側って」

「奇怪な殺人事件、あるいは不可解な謎だよ」

そんなもんが都合良く自分たちの前に転がってくるものかねえ。

「間違いなくやってくるさ」理耶は自信満々の表情で言った。「だって、せっかくこうしてＳＩＰが立ち上がったのに全然事件が起こらなかったとしたら、却（かえ）ってそっちの方が変でしょ？　いつまで経（た）っても本題に入らないミステリなんてちっとも本格的じゃないよ」

だから現実とフィクションは違うってのに。まったく、こいつは自分を物語の主人公かなにかだと信じて疑っちゃいないらしい。

……でも、何故（なぜ）だろうか。

根拠のない確信を抱く真紅の双眸（そうぼう）は、しかし見つめているうちに、なんとも言いがたい説得力をもって納得させてくるような、そんな奇妙な感覚を僕に抱かせるのだった。

【5】屋上への墜落死事件Ⅰ

「マジかよ」

翌日の午前十時を回った頃。僕は、動揺のあまり落ち着かない両足をなんとか部室棟に向けて動かしていた。

「マジかよマジかよ」

今日はもう授業はない。登校するやいなや全校集会が開かれて、それについての説明が行なわれた後、ほとんどすべての生徒はそのまま下校を指示されたのだ。

「マジかよマジかよマジかよ」

そんな中、僕たちSIPのメンバー一同は、帰宅せず拠点（事務員室）へ集合するように理耶から言い渡されたのである。彼女自身は少し遅れて向かうとのことだった。

「マジかよマジかよマジかよマジかよ」

部室棟に入り、暗がりの中を地下へと伸びる階段を急いで下った僕は、手汗でべっとりした右手でノブを握り、扉を開け放った。

「マジかよ！」

そして一番に視界へ飛び込んだのは、床に四つん這いで跪くメイド姿の雨名と、その背中にどっしりとお尻を乗せて座る姫咲先輩の姿だった。

「マジかよ!?」

どんな光景だよこれは。

「き、姫咲先輩、これは一体何事ですか……？」

恐る恐る訊ねると、腕を組み脚を組み偉そうな態度で座する姫咲先輩の顔がこちらに向く。その表情は、昨日とは打って変わって品がなく尊大なものだった。

「おうおう小僧！　どいつもこいつも朝っぱらから大騒ぎだったなあ！　そんでなんだあ？　あのなんとか名探偵とかいう小娘にここに呼び出されてよお！　ひょっとしてあれか？　これから俺様たちの出番ってわけかあ？　ったくよお、待ちわびてたんだぜ俺様はよお！　あーはやくぶっ倒してやりてえぜえ！　ギャハハハハハハ！」

ちょっと待ってください、あなた本当に姫咲先輩ですよね……？

「姫咲先輩……？」

すると彼女は勢いよく立ち上がり、僕の胸ぐらを掴んだかと思うと、互いの鼻先が擦れるくらいの距離まで乱暴に引き寄せた。

「おい小僧！　俺様をその名前で呼ぶんじゃねえ！　俺様の名前はなあ、そんないけ好かないお澄まし金持ち馬鹿娘みたいな名前じゃねえんだよ！」

いや自分で自分を罵っちゃってるじゃないですか。

「そ、それではなんとお呼びすれば……？」

苦笑しつつ問うと、姫咲先輩は謎に勝ち誇った顔になって、

「いいかよく聞け小僧、俺様の名前はダベルだ。どうだかっけえだろ」

いや別にカッコいいとは……しかし、ここは頷いておこう。

「あ、はい、ダベルさんですね。はい、カッコいいです」

「だよなあ！　人間どもが勝手につけやがったんだけどよお、正直この名前は俺様も気に入ってんだ！　なんでもよ、俺様の喋りがすんげえ最強だからそんな名前になったらしいぜ。やっぱり俺様は最強なんだよなあ！　ギャハハハハハ！」

大口を開けて高笑いしつつ、姫咲先輩はのしのしと雨名のもとに戻っていく。それから当然のように、どすん、と遠慮なく彼女の背中に座り込んだ。

「うぐっ」

衝撃に小さく声を漏らす雨名。流石に可哀想だし止めるべきか……。

「おら駄メイド！　ぐらつくんじゃねえよ！　てめえが椅子になりたいって言うから座ってやってんだ！　もっとしっかり踏ん張りやがれ！」

「も、申し訳ございませんお嬢様……っ！　……にゃぁ」

けどなんか心なしか嬉しそうなのは気のせいだろうか。

すぐ真顔に戻った雨名が訴える。

「今度こそ立派にお嬢様の椅子を務めてみせやがりますです……！　だから……！」

「御託はいいんだよ駄メイドがぁ！　椅子が喋るんじゃねぇっつうんだよ！　おらお仕置きだぁ！」

ぺしいっ！　と姫咲先輩が雨名のお尻に強烈な平手打ちをお見舞いする。いや流石の僕も暴力を許すわけには……。

「あううっ！　あ、ありがとうございますお嬢様……っ！　……にまぁ」

けど雨名のやつ、間違いなく嬉しそうだ。お仕置きどころか、まるでご褒美をもらったみたいな顔をしてやがる。

熟考の末、僕は口を出さないことに決めたのだった。

というかそれよりも。

「ふたりとも華麗にスルーを決め込んでるじゃないですか」

今日も今日とてナース服姿のゆゆさんは、新たに引き受けたらしい制服のスカートの修繕にいそいそと励んでおり、またイリスはといえば、絶対見えないくせに目隠しをつけたまま書架から持ち出したらしい本を広げているのだった。

ゆゆさんが手を止めて顔を上げる。

「あっ幸太くん。ごめんね、今朝の全校集会のことで気が動転しちゃって……こうしてなにかに集中して気を紛らわさないとって感じなんだぁ……ふへ」

そう言って申し訳なげな顔をしてみせる彼女。いやゆゆさん、今朝のこともありますけど、それより姫咲先輩のことは気にならないんですか。

「あ～……。確かに姫咲さんは今、ちょっと元気になってるみたいだね……」

「元気っていうか横柄っていうか、もはや別人になっちゃってますよ」

しかも自分は姫咲じゃなくてダベルとかいう名前だって言うし。

「えっとね、実際に今、姫咲さんはダベルさんっていう別の人格になっちゃってるって感じかなあ……」

「それってつまり、二重人格ってことですか」

「分かりやすく言えばそんな感じかな……ふへ」

まさか万桜花本家のご令嬢が二重人格者だとは。しかも裏の人格がやばいほど横暴というね。

「ご、ごめんね、姫咲さんのそれはわたしにもお治しできなくってね、だから元の姫咲さんに戻るまで待つしかないんだあ……う、ううぅ、お治しできないわたしなんて存在価値ないよね……うわあああん、こんなんじゃわたし、SIPを追放されちゃうんだあ、そして最期は道端でのたれ死ぬ運命なんだあ～……」

ふむ、彼女の言う通り、僕らにどうこうできることじゃないな。

「追放なんてありませんから心配無用ですよゆゆさん。分かりました、お淑やかで麗しい姫咲先輩が帰ってくるのを祈りつつ待つことにしましょう。雨名は……見た目ほど可哀想ってわけでもないようですし」

今もなお恐悦至極の顔つきで椅子になりきってるみたいだしな。

僕はダベルと人間椅子の後ろを通りすぎ、イリスの隣に腰を下ろした。

するとイリスは今まで座っていた椅子をひょいと降り、当たり前のようにして手探りで僕の膝に乗ってくる。

「おいイリス、だからどうしてわざわざ僕の上に乗るんだよ」

「お兄ちゃんお兄ちゃん、これ読んで聞かせてほしいかもー」

まったく、ちっとも聞いちゃいない。

「目隠しを取って自分で読めばいいじゃないか」

「これはたぶん、みすてり小説？　かもだよ。だからイリスが自分で読んじゃったらすぐ本当のことがわかっちゃうかも。だからお兄ちゃんに読んでほしいかも」

はいはい。弱冠十歳にして中二病設定を守り抜かんとするその姿勢、感服に値するよ。

「ったく、しょうがないな。ミステリ小説だって？　どれどれ、一体なにを読んで……」

それは我孫子(あびこ)武丸(たけまる)の『殺戮(さつりく)にいたる病』だった。

「これはイリスにはまだ早い。ほかのを読みなさい」

名作中の名作に違いはないけれど、十歳の幼女に読ませたらトラウマになりかねん。

「えぇーなんでー」とイリスは唇を尖(とが)らせる。

「もっと大きくなったら読んでやるから。今日のところは別の本にしておこう」

「ぶー。わかったかも。それじゃとくべつにお兄ちゃんに選ばせてあげるかも」

不満そうにほっぺたを膨らませながらも了承するイリス。

「まあそう拗（す）ねるなって。今から僕がとびっきりおすすめの本を探してきてやるから。これだけの蔵書なら、きっと僕一押しのミステリ小説だってあると思うしな」

そう言って立ち上がろうとしたときだった。

「わざわざミステリ小説を探す必要はないんじゃないかな幸太（こうた）くん。解き明かすべき本格的な謎は、既にこの現実世界、私たちの目の前に提示されてるんだから」

声の方に顔を向けると、部屋のドアを開けて立つ理耶（りや）の姿がそこにはあった。

「みんな遅くなってごめんね、ちょっとした情報収集をしていたものでね」

水素よりも軽い詫（わ）びを入れつつ、理耶は上座に据えられた両袖机に向かい、悠揚迫らぬ態度で席に着く。

そして僕は——大方察しはついていたものの——今の言葉で招集の意図を理解した。

「やっぱり事件解決に乗り出すつもりか、理耶」

「当然じゃないか」理耶は迷うことなく答え、挑むような微笑をたたえた。「私たちの通うこの学校の中で不可解な殺人事件が起こった。これは間違いなく本格的名探偵たる私への——ひいては我々、『本格の研究（スタディ・イン・パズラー）』への挑戦にほかならないよ」

……そう。

何故、朝一番に緊急の全校集会が開かれたのか。

そして何故、ほとんどの生徒がそのまま帰宅を命じられたのか。

何故、僕たちSIPメンバーがこの事務員室に集められたのか。

起きてしまったのだ。殺人事件が。この学校の中で。

しかもそれは単なる人殺しではなく、理耶曰く、不可解な様相を呈しているらしい。

「だから私たちは受けて立たなきゃならない。そして本格推理を実践し、本格論理をもって、本格的に犯人を突き止めてみせなきゃならないんだよ。さて、というわけで早速これから現場へ向かうことになるけど、みんな心の準備はできてるかな？」

理耶の問いに対する反応は様々だった。

「ひえぇぇ、殺人事件の捜査かぁ……。こわいけど世界のお治しのためにも頑張らないとだぁ……、はぁ、やるぞ～……」

ゆゆさんは顔色を蒼白にしながらも、溜息ひとつでどうにか決意したようだった。

「イリスも頑張って犯人さがしするかもー」

怖じ気づくことなく、袖余りの両腕を突き上げて意欲的なイリス。

「学校の安寧を取り戻すためにも、早急な事件の解決が望まれますものね。SIPの一員として、そしてあなたの助手として最大限尽力いたしますわ、推川さん。……あら、雨名ったらどうしてわたくしの下で四(よ)つん這(ば)いになってるのかしら?」

殺人事件を前にしても取り乱すことなく、冷静な面持ちで立ち上がる姫咲(きさき)先輩。そして人格が元に戻った。あと雨名(うな)が四つん這いなのはあなたが椅子にしていたからですよ。

「ボクはいかなる状況であろうとお嬢様にお従いしやがるのみです。あ、お嬢様……」

四つん這いのまま真顔で表明する雨名。と思ったらめちゃ名残惜しそうに姫咲先輩のことを見上げてるし。

なにはともあれ、やるしかなさそうだな。

「分かったよ。それじゃみんなで行こう」

最後に僕がそう答えると、理耶(りや)は満足げに笑んだ。

「素晴らしい。それでこそ私の助手たちだよ」

自称・本格的名探偵の一般女子高生と、そんな彼女に助手認定された一般高校生と小学生の出動である。

イリスを抱えて立ち上がりながら、僕は不意に理耶へ訊(たず)ねた。

「そういえば理耶、今君は不可解な殺人事件だって言ったけど、不可解な要素ってのは一体なんなんだ?」

というのも、全校集会では事件の詳細は語られなかったのだ。

すると、好奇と探求を秘めた真紅の双眸(そうぼう)が僕の瞳を覗(のぞ)く。

「詳しくは事件現場で語ることにするけど」と言って理耶は続けた。「不可解なのは被害者の遺体が発見された場所と、その死因の矛盾なんだ。──つまり、死体は屋上で発見されたのに、死因は墜落死だったんだよ」

【6】屋上への墜落死事件Ⅱ

理耶の颯爽とした足取りに従って、ＳＩＰ一行は不可解な殺人事件の現場へと赴いた。

そこは、高等部第二棟の屋上だった。

とはいっても、いきなり高等部第二棟なんて聞かされてたってどこだか分からないと思うので、まずは説明から入ろう。

学付は中等部棟・高等部第一棟・高等部第二棟が渡り廊下で繋がっている。また、高等部第二棟には中高共用の体育館が併設されているという造りである。

中等部棟、高等部第一棟、高等部第二棟はすべて四階建てで、体育館だけが三階相当の高さだ。また、渡り廊下については、中等部棟と高等部第一棟、高等部第一棟と高等部第二棟がそれぞれ三階部分の渡り廊下で連結されており、相互に行き来が可能である。

位置関係的には、中等部棟が西端、高等部第一棟がそこから少し東寄り、さらにそこから北東方向に高等部第二棟があるという具合である。なお、体育館は高等部第二棟の北部に併設されている形だ。そのまた北方向には大学の敷地が広がっている。

中等部棟と高等部第一棟は約十メートルの屋根付き渡り廊下で真っ直ぐ繋がっていて、高等部第一棟と高等部第二棟は一辺が約十メートルの逆Ｌ字型の屋根付き渡り廊下で連結している。

そのほか学付敷地内の構図について説明しておくと、高等部第一棟を中心にして東方向には第一グラウンドがあり、北西方向には第二グラウンドが設けられている。また、第一グラウンドを挟んだ向こう側には独立して初等部棟が建っており、その南方向には渡り廊下で繋がった初等部用体育館が建っているといった具合である。ちなみに、ＳＩＰが拠点を構える部室棟が建つのは高等部第二棟の東方向だ。

さて、高等部第二棟の位置について大まかな説明を行なったところで、次は事件現場である屋上の説明に移ろうと思う。

約二メートルほどの柵に囲われた高等部第二棟の屋上。その北東部には塔屋があり、南向きに扉が設けられている。

扉から屋上に出てすぐの正面にはＬ字型のコンクリート製障害物が向かい合う形でそびえており、その向こうには手摺(てす)りを伴ったスロープがつづら折り状に二列並んでいる。スロープを下りきった先には遊具コーナーが広がっており、鉄棒が二台、滑り台、ジャングルジム、シーソー、半円状のタイヤが設置されている。なお、屋上扉を出て右手には腰ほどの高さの障害物がランダムに五つ設置されていた。

とまあ一気呵成(いっきかせい)に説明してはみたものの言葉じゃ上手(うま)く伝わらないと思うので、それぞれ校内敷地と高等部第二棟屋上のイメージ図を次の通り示すことにする。各自参考にしてもらいたい。

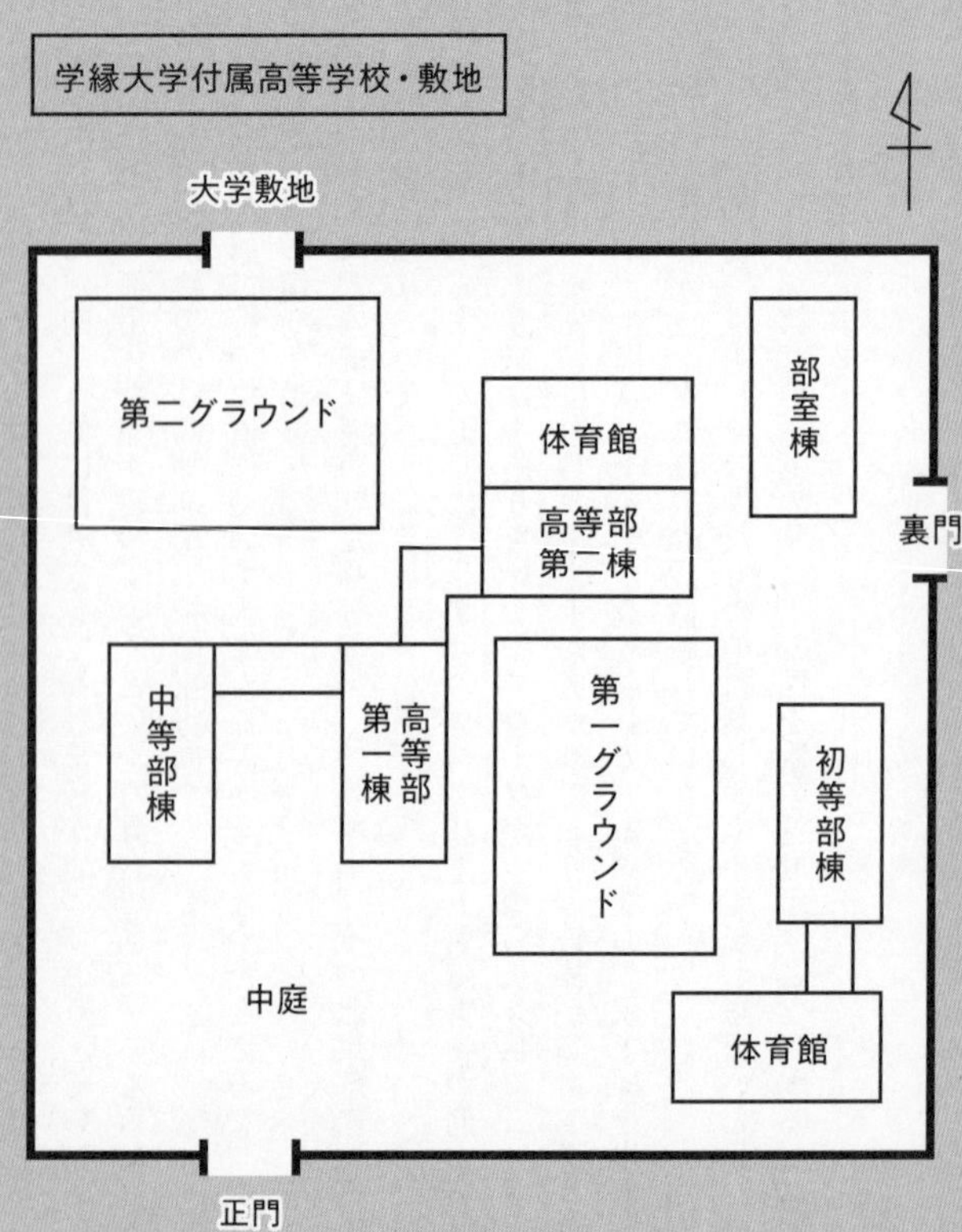
学縁大学付属高等学校・敷地
大学敷地
第二グラウンド
体育館
部室棟
高等部第二棟
裏門
中等部棟
高等部第一棟
第一グラウンド
初等部棟
中庭
体育館
正門

高等部第二棟・屋上

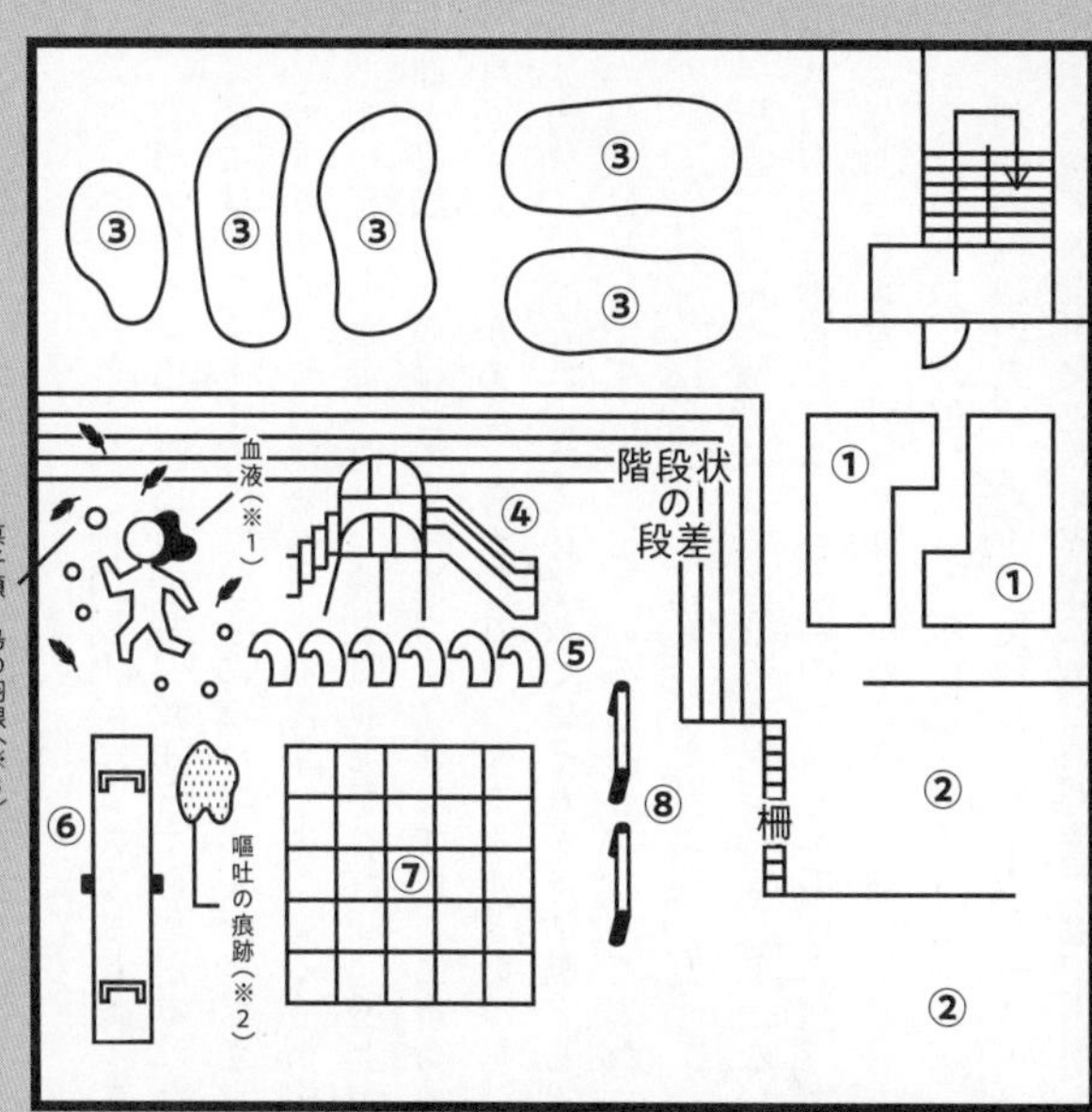

①……L字型のコンクリート製障害物
②……スロープ
③……コンクリート製障害物×5個
④……滑り台
⑤……半円状のタイヤ×6本
⑥……シーソー
⑦……ジャングルジム
⑧……鉄棒×2台

※1……頭部に裂傷・地面に衝突痕と血痕
※2……おそらく被害者による嘔吐物
※3……散乱した菓子類・鳥類の羽根

「……へえ、高等部第二棟の屋上ってこんな風になってたんだな」

　初めて見る景色を眺めるうち、我知らず言葉が零れた。

「ここはパルクール部の練習場になってるんだってさ」と理耶が答える。

「パルクール、って動画サイトなんかでよく見る、街中を縦横無尽に駆け回るあれか？」

　細い柵の上を走ったり、壁を蹴り上がったり、屋上から屋上へ飛び移ったり、とても人間とは思えないほどの身体能力を発揮して自在に市街地を駆ける人たちの映像を、僕は何度か見たことがある。確かあれをパルクールといったはずだ。

「うん、そうだね。うちの学校ではそれを部活動としてやってるんだよ」

「当校は私立ですから、珍しい部活動もあるのですわ」姫咲先輩は理耶の言葉を引き取った。「それなりに強豪で、時折全校集会で表彰を受けていた記憶がありますね」

　屋上に専用の設備をつくるなんて私立の学校じゃないと難しいだろうし、そうした恵まれた環境で練習に打ち込むことのできる選手は必然、実力も伸びることだろう。

「今回の被害者、村尾浩介氏はパルクール部の中でもエース選手だったようだね」

　そう言うと、理耶はおもむろに足を進める。

　理耶の視線の先——屋上の奥には、刑事らしきスーツ姿の中年男性がふたり、肩を並べて立っていた。僕たちの存在に気づいた彼らは、あからさまに眉間にしわを寄せるとドスの利いた声で怒鳴った。

「おいお前ら！　なに勝手に入ってきてるんだ！」高身長で痩せた半白頭の男の怒声。

「生徒は大人しく下校するように言われただろうが！」相方よりはやや背が低く、しかし逞しい体格をした黒髪の男が吠えるように声を荒らげた。

凄まじい剣幕だ。当然といえば当然だが。ただの素人高校生集団が殺人事件の現場に足を踏み入れることが許されるはずもない。

「わたくしにお任せください、推川さん」

姫咲先輩が前に進み出る。専属メイドを後ろに従え、彼女は優雅な足取りで強面の男たちのもとへと向かった。

怪訝な顔をしつつも威圧的な態度を緩めない男たち。

そんな彼らに対して姫咲先輩は澄ました表情でなにやら説明を行なう。距離があってなんと言っているかは聞き取れなかったが、彼女の言葉を聞くうちに男たちは驚いたように目を見開き、威嚇するようだった姿勢は正され、やがてへこへこと頭を垂れ始めた。そして片方の男が携帯電話を取り出してどこぞに確認を取ったかと思うと、いよいよ刑事ふたりは緊張の面持ちで姫咲先輩に向かって直立敬礼の姿勢をとるのだった。

話を終えて戻ってくる姫咲先輩。

「刑事さんたちとお話しをしてまいりました。白根木さんも重石さんも、わたくしたちＳＩＰによる事件の捜査を認めてくださるとのことですわ」

マジですか。万桜花家（よろずおうか）、すごすぎる。これが権力のパワーだ。

「素晴らしい働きだよ、姫咲（きさき）ちゃん。それじゃ刑事の人たちに現状持っている情報を話してもらうとしよう」

満足げに頷（うなず）き、理耶（りや）は僕たち助手一同を伴って刑事たちのもとに歩みを進めた。

ちょっとばかりびくびくしていた僕だったけれど、姫咲先輩の友人・同胞と認識されたためか、彼らは僕たちに対しても最初のように威圧的な態度はとらなかった。

「被害者は三年E組の村尾浩介（むらおこうすけ）。ここを使用しているパルクール部の部員で、実力は部内一との呼び声も高い優秀な選手でした」

部下、もしくは後輩なのだろう、黒髪の柔道家みたいな刑事の方——重石（おもいし）刑事が説明役を買って出ると、姫咲先輩の存在を気にしてか敬語で話し始めた。

「ただし素行はあまり良くなかったみたいですがね。とまあそれについては一旦置いておきますが、村尾少年の昨日の行動については次の通りです。

午後三時四十五分、帰りのホームルームが終了し、被害者は教室を後にしています。その後、これはパルクール部の部長である近藤英太（こんどうえいた）少年の証言によるものですが、被害者は近藤少年から屋上の鍵を借りたのち、ひとりで屋上に向かったようです。これが午後四時ちょうどくらいの時間だと思われます」

「ひとりで、ですか。つまり、昨日は部活がなかったということですか」

理耶の質問に重石刑事は頷く。

「はい。昨日は顧問教師の都合で休みだった模様です。パルクール部の部員は全員で十名ですが、被害者の村尾少年とキャプテンの近藤少年を除いた八人は放課後に揃って市街地へ遊びに出かけ、村尾少年だけが自主練をしたいからと近藤少年に鍵の貸し出しを願い出たとのことでした」

「まずひとつ」理耶が細く長い人差し指を立てる。「屋上の鍵はキャプテンの近藤くんしか持っていないんですか」

重石刑事は肯定の意思を示した。

「部員の中では、そうです。常に近藤少年が持ち歩き、管理しています。ただし鍵はもう一本あって、これは顧問教師の岩田守氏が管理しています。なお、こちらについては日頃、職員室にあるキーボックスにて保管されているとのことです」

ちなみにその二本以外に合鍵がつくられた履歴はないようだと、白根木刑事は補足した。

「もうひとつ。近藤くんは自主練には同行しなかったんですね」

理耶の追及。再び重石刑事は頷く。

「本人曰く、受験生なので勉強に励むため早々に帰宅したと」

「分かりました。続けてください」

理耶が先を促し、重石刑事は説明を続行する。

「実のところ、それ以降に生前の被害者を見かけた人間はいません。次に被害者が人の目に触れたのは、翌日——すなわち今日の午前七時前、朝練のために登校してきた部員たちが屋上の扉を開けたときでした。被害者が朝練の時間に集合場所へ姿を見せず、また扉には鍵が掛かっていたため職員室にある方の鍵を使って解錠したところ、扉の向こうには既に死体となった村尾浩介少年が倒れていたというわけです。……そのうえ、まるでもっと高い場所から屋上の床に向かって落ちて激突したかのような、非常に不可解な死に方をしているというおまけつきでした」

理耶も言っていた、屋上なのに死因が墜落死だったという話はどうやら事実らしい。一体、死体はどんな状況だったのだろうか。

「遺体の状況について聞く前に、ひとつ教えてください」

理耶が軽く右手を挙げて口を開く。

「被害者が近藤くんから借りたという鍵は見つかってるんですか」

すると重石刑事は、鋭いことを訊いてきたな、とでも言わんばかりに目に力を籠めた。

「見つかっています。鍵は、被害者が履いていた制服——スラックスのポケットの中にありました」

「なるほど」と頷きつつ、今度は理耶の瞳が鋭さを増す。「でも待ってください。被害者は制服を着ていたんですか。自主練のために屋上に向かったのでは？」

「それについてはのちほどの説明で納得いただけるかと思います」

「分かりました。それでは遺体の状況についてお話を伺いましょう」

重石刑事は小さく頷き、手で奥を示した。

「では、こちらにどうぞ」

彼の逞しい腕に促されて向かった先は、屋上西側の柵間際。

どこが死体の横たわっていた場所かはすぐに分かった。

当然、白いチョークで人の形をした白線が描かれていたから、というのはある。しかしそれよりも強烈だったのは、頭部が描かれた場所にこびりつく大量の血痕だった。まるで地面に叩きつけられたスイカが破裂したような痕跡が真っ赤に床を染めていて、まさにそこに人間の頭が激突したことを如実に主張していたのである。

「あぐ、は、はへええぇ血だあ……！　うううぅううぅ……」

おっとゆゆさんがノックダウンだ。

「大丈夫ですかゆゆさん」僕はどうにか彼女を抱き留めることに成功した。「しっかり、気を確かに持ってください」

「あ、ありがと、幸太くん……。実はわたし、血が苦手なんだあ……」

血が苦手な人がどうしてナースさんのコスプレをしているのだろうか。なんて気持ちは胸の奥にしまって墓まで持っていくことにしよう。

「だったらあまりここにはいない方がいいです。ひとまず医務室で休憩したらどうですか」

けれどもゆゆさんは弱々しく首を横に振る。

「だ、だめだよ、わたしは理耶ちゃんの助手としてお治しを頑張らなきゃだから……じゃないと追放に……そ、そうなったらわたし、お終いだあ～……」

いやだから追放にはなりませんって。あとその熱意は素晴らしいですけど、まずは自分自身をお治しするべきなのでは。

「大丈夫かも？　ゆゆお姉ちゃん」イリスがひょっこり上から覗き込む。

「無理することないよゆゆちゃん。医務室に行くのがはばかられるなら、一旦あそこにでも座って深呼吸してればいくらか気分も落ち着くんじゃないかな」

理耶は階段状の段差を上った先にある障害物たちを指さした。確かにベンチ代わりに使うことも可能なようだ。

「あう……うん、理耶ちゃん。それじゃお言葉に甘えさせてもらうよお……」

申し訳なさそうに頷き、おぼつかない足取りで段差を上っていくゆゆさんだったが。

「にょへえええええっ」

途中でなにかに足を取られて盛大に素っ転んだ。

「お菓子の袋を踏んで滑っちゃったよぉ～……あいたたたた」

「ああそうでした。どうやら被害者は菓子類などを持ち込んでいたようでして、そちらの方には食べかけの菓子たちが散乱しているんです。どうやら回収漏れの菓子袋があったようですね」白髪頭の白根木刑事が補足する。

「お菓子のほかにも鳥の羽根？　がたくさんで服が汚れちゃった……うう、わたしってば滑稽なほどにみじめなんだあ～……」

「屋上に食べ物が散乱していたものですから、近所のカラスなどが集ったせいで酷いありさまなんですよ」重石刑事が付け加えた。

潰れたスナック菓子やら砕けたポテトチップスやら鳥類の羽根やらにまみれたゆゆさんは、目尻に涙を溜めては「痛いの痛いのとんでいけ～……」と、自分で自分の頭を擦りながら障害物に向かって歩いていったのだった。なんか哀愁的な背中だった。

ゆゆさんが無事に腰を下ろすのを見守ってから、理耶は刑事たちの方へ向き直る。

「さて、それじゃ改めて遺体発見時の状況について教えてください」

理耶に促されて、重石刑事は表情を引き締め直して語り始める。

「被害者の遺体はここに仰向けの姿勢で倒れていました。頭部には大きな裂創が見られ、そこから大量に出血したこと、および頭蓋骨骨折を起因とした外傷性脳損傷が直接の死因とみられます。死亡推定時刻は昨日の午後六時から午後六時三十分までの間、というのが検視官の見立てです」

「そしてその頭部外傷は、高所から屋上の床めがけて落下し、頭から衝突したことによるものというわけですね」

「そうなります」と重石刑事は肯定する。

「待ってください。被害者の頭の傷ですけど、なんらかの凶器によるものとは考えられないんですか」

思わず言葉が口をついて出た。刑事ふたりの鋭い視線が僕を見る。ごくりと唾を呑んだが、やがて白根木刑事が口を開いた。

「もちろん、我々もその可能性は考えました。ただ、その血塗れの床には被害者の傷口付近の皮膚組織がべったりとくっついていたんです。これは被害者が頭部を激しく床面に叩きつけたことを示します。加えて現場で確認できる範囲でも、被害者が全身を打撲していること、少なくとも複数箇所の四肢骨を骨折していること、および内臓を損傷している可能性があることが分かっています。これはまさに転落死の特徴です。それに凶器らしき鈍器は今もなお発見されていません。したがって現状、我々は被害者の死因を高所からの転落死だと考えるに至ったんです」

白根木刑事の説明には納得できる。しかし、どうやったら屋上で墜落死できるというのだ。周囲にはここよりも高い建物は存在しない。ここに向かって落ちてくることなどできないのだ。

さらに僕は思う。そもそもの問題として、これは本当に殺人事件なのだろうか。

「……そうか」そこで僕はひとつの仮説を思いついた。「理耶が殺人事件だって言っていたからつい僕も端から殺しだと考えてしまってたけど、なにも殺人だと決まったわけじゃない。被害者は自分自身の不手際で床面に強く頭を打ちつけた結果、死んでしまった。こういうパターンだってあり得るはずだ。それこそ自主練中にゆゆさんがいる辺り——段差の上から跳んだ際、着地に失敗して頭から落ちた、なんてのはどうでしょう？」

高さの点で疑念の余地が残るものの、それなりに説得力のある仮説だと思ったが、刑事たちは険しい表情のままだった。

「いえ、これは間違いなく殺しなんですよ」

やがて重石刑事が重々しく言った。

「何故なら当時、被害者には意識がなく、自力で行動することが不可能だったからです」

「意識がなかった……？　どういうことですか」

僕の問いに重石刑事は続けて答える。

「先ほど被害者の村尾少年は素行が良くなかったと言いましたが、どうも彼は危険ドラッグを使用していたようなんです」

危険ドラッグ……？　それって要するに麻薬みたいな薬物のことか。

「巷じゃ合法ドラッグや脱法ハーブなんて呼ばれる代物ですがね。単に法規制の網を掻い潜っただけのもので、中身は違法薬物となんら変わりませんよ。とにもかくにも、どうやら村尾少年はその危険ドラッグの常用者でした。そして昨日もこの屋上で多量の危険ドラッグを摂取していたんです。つまりは自主練するつもりなんか端からなかったんですね。だから練習着ではなく制服を着用していたというわけですよ。ちなみに散乱した菓子類ですが、ドラッグがもたらす食欲増進効果のために持ち込んだものと推測されます」

「そのドラッグのせいで、被害者は意識を失っていたってことですか」

「その通りです」と重石刑事は頷いた。「昨日はかなりの過剰摂取を行なったとみられます。そこのシーソーの横辺りに嘔吐の痕跡がありますよね。それは生前の被害者によるものと思われます。いわゆるオーバードーズに陥っていた被害者は、ほぼ間違いなく意識を喪失していたと考えられますし、仮に意識があったとしても自力で動ける状態ではありませんでした」

両端に輪っか状のパイプ製取っ手がついた大きなシーソーの脇には、確かに嘔吐の跡らしき染みみたいなものが広がっていた。

だとしたら僕の考えた仮説は間違いということになる。

そして、それすなわち。

「納得したかい、幸太くん」理耶が真紅の双眸を僕に向けた。「だからこれは本格的に殺人事件なんだよ。何者かが村尾浩介くんを高い場所からこの屋上の床面に突き落として殺害したんだ」

　本当に、本当に誰かが被害者の体をこの屋上よりも高い位置に運び、そこから突き落として殺したというのか。まるで非現実的だが、しかしそれが事実だというのか。

「でも、一体誰がどうやってそんなことを……」

「……見えたかも」

　唐突にイリスがそう言った。目を向けると、彼女はこちらに背を向けてしゃがみこんでいた。どうやら血痕を凝視していたらしかった。しかも頑なに外さなかった目隠しを首元まで下ろしている。

「見えたって、なにが見えたんだよイリス」

　問うと、イリスは目隠しを元に戻してから立ち上がり、若干弱々しい足取りで僕のもとに歩み寄ってくる。そして僕の腰にぎゅっと抱きついた。

「抱っこしてほしいかも」

「は？　なんで急に」

「いいから抱っこしてほしいかも、お兄ちゃん」

　どうやら僕に拒否権はないらしい。

「仕方がないな、ほら」

　折れて抱き上げてやると、イリスは眠たそうな声で言葉を続ける。

「あのねお兄ちゃん。イリスは本当を見たかも。でもやっぱりイリスは未熟だから、とっても疲れちゃったかも。だからぜんぶは話せないかも。だけど聞いて」

ってまた例の中二病設定を持ち出すのかよ。

しかしどうやら本当に眠いらしく、イリスは僕の制服の胸元を握りながら頭を預けた。

「死んだお兄ちゃんはね、女の人のせいで死んじゃったかも。それでね、犯人はとんだのかも。だから死んだお兄ちゃんもうえにとんで……それで下に落ちちゃって……頭から落ちちゃって……」

どういうことだ。眠いからなのか、はたまた設定のために即興で話を作っているからなのか、いまいち話が要領を得ない。

「どういうことだよイリス。本当に事件の真相が見えたなら教えてくれ。つまり犯人は誰なんだ。誰がどうやって被害者を殺したっていうんだ」

「犯人、なは……はる……」

そこまで告げて、ついにイリスは眠りへと落ちてしまった。すうすうと寝息を立てる様は嘘(うそ)ではなく、正真正銘、睡眠状態に入ったようだ。

「……結局なにが言いたかったのか全然分からないし、ていうかマジで寝ちゃったよ」

「おそらく当分のあいだ、イリスさんが目覚めることはありませんわ」

姫咲(きさき)先輩は人差し指でちょんちょんとイリスのほっぺたをつつきながら言う。確かにまったく目を覚ます素振りはないけれど。

「どうして分かるんですか姫咲先輩」

「だってイリスさんは成長期ですもの。寝る子は育つ、ですわ」

そりゃそうでしょうけど、果たしてそんな理由で片付けられるものなのだろうか。

「そのまま寝かせといてあげなよ幸太くん」理耶は微笑を浮かべつつ言った。「それにイリスちゃんの言葉は十分なヒントを与えてくれたよ。思った以上に賢いね、イリスちゃんは。おかげで私の頭の中には既にひとつの仮説ができつつある」

なに、仮説だって。

「まさか犯人が分かったっていうのかよ」

しかし理耶は小さく首を横に振った。

「まだ断定はできないね。もっと手がかりを集めないと」

そして彼女は刑事たちの方に顔を向けると、臆せず堂々と言った。

「刑事さんたちが目をつけた人たちを全員ここへ呼んでください。私も直接話を聞かせてもらいます」

【7】屋上への墜落死事件Ⅲ

理耶の要求に応じた刑事たちによって屋上に集められたのは、五人の男女だった。

まずパルクール部顧問教師の岩田守。次に同部主将の近藤英太。そしてパルクール部とは関係のない一般生徒である小林誠と七瀬ゆかり、高柳春成が居心地悪そうに並んで立っている。

「それではひとりずつ話を聞かせてもらいましょう」

さながら推理小説に出てくる名探偵のような平静さで、理耶は五人からの疑るような視線を受け止める。

「どうしてお前に話をせんといかんのだ」

だいぶ生え際が後退してしまった額を脂で光らせながら、ジャージ姿の肥った中年教師——岩田守は、あからさまに不満を露わにした。

しかし、なおも理耶は顔色ひとつ変えない。

「それは私が本格的名探偵だからですよ、岩田先生」

「は？　本格的名探偵？　なんだそれは」

その反応はもっともです先生。僕だって分かりません。

と、そこで理耶の援護に出たのは姫咲先輩だった。

「岩田先生、推川さんは今回の事件について警察の方から捜査への協力を求められているのですわ。ね、そうですよね重石さん」

「あ、えっと、まあ、はい」

重石刑事は急に振られて戸惑いながらも肯定した。

「詳しい事情を説明して差し上げてもよろしいのですが、余計な時間がかかってしまいますし、ここはひとつご承諾いただいて、事情聴取にご協力してもらえないでしょうか」

「ううむ、刑事さんも頷いてるし嘘じゃなかろうが、しかし……」なおも渋る岩田氏。

「お嬢様の言うことが聞けないって言いやがりますですか」

雨名の鋭い眼光が刺し殺さんばかりの勢いで岩田氏を射貫く。

「ひっ」

おいおい雨名よ、そんな怖い顔して先生のことを睨むんじゃない。すげー殺意が漏れ出しちゃってるぞ。

「わ、分かった。とりあえず協力はしよう」

本気で命の危機を感じたらしい岩田氏は、ようやく不承不承ながらに頷いた。

「ありがとうございます先生」そして理耶は言葉を続ける。「では、昨日の放課後の行動について教えてください」

岩田氏は、額に浮かんだ汗と脂を脂肪で膨れた手のひらで拭ってから話し始めた。

「昨日はせんといかん雑務が多すぎたんで放課後はずっと職員室におった。四時前から八時過ぎまでおったな。ほかの先生たちに聞いてくれれば証言してくれるはずだ」

ちなみに職員室は高等部第一棟の三階、その中でも渡り廊下の近くにある。

「一度も職員室を出なかったんですか？」理耶(りや)が問う。

「いや……二回ばかり外に出た。一回目はトイレに行きたくなってな。五時過ぎに十分ほど出ていたと思う。それと二回目は六時十五分頃だったが、休憩がてら二十分ほど部屋を出たよ。でもそれだけだ。それ以外の時間は絶対に職員室にいた」

「今の話については、当時職員室にいた複数の教師たちの証言によって裏付けが取れています」白根木(しらねぎ)刑事はそう補足した。

「二回目に職員室を出られたとき、先生はどこにいらっしゃったんですか？」

今度は姫咲(きさき)先輩が上品な声音で訊(たず)ねる。

すると岩田(いわた)教師は露骨に渋るような表情を見せた。が、やがて不機嫌な声で答えた。

「タバコが吸いたくなったんだ。小中高の敷地は全面禁煙だからな。わざわざ大学の敷地にある喫煙所まで行ったよ。本当は勤務中のタバコそのものが禁止だが、どうにも我慢できんくなってな。仕方なかろう」

「今は就業規則違反についてどうこう言うつもりはないので安心してください」理耶はそう言ってから続けた。「なるほど先生の行動履歴については分かりました。そのうえで質問があるのですが、職員室にあるという屋上の鍵のうちの一本、それを先生は持ち出したりされましたか？」

　二本ある屋上の鍵のうち片方は被害者のズボンのポケットにあった。そして事件が発覚した朝、屋上の扉は施錠されていた。とすれば、屋上に出入りし、そして施錠した状態で屋上を去るには必然的にもう一本の鍵を使う必要がある。だから理耶は問うたのだ。

　随分と直球な訊き方だなと思ったが、案の定、岩田氏は不愉快そうに眉をひそめた。それから躊躇うように目線を彷徨わせたのち、言いづらそうに口を開いた。

「その鍵は……昨日はずっと俺が持っとった。キーボックスに戻し忘れてたんだ。帰るときに思い出して、そのとき所定の位置に戻して帰った」

　おっと、これは重要な事実かもしれない。

「つまり先生は昨日、職員室を出た際には二回とも屋上の鍵を持ち出した、ということですね」

「そうなってしまうが……しかし俺は昨日は屋上には行っとらんぞ！　本当だ！」

「なるほど。ですがたとえば先生、事件とは関係なく屋上に行ったりはしませんでしたか。施錠の確認のためだとかそんな理由で」

「いや！　どんな時間だろうと昨日は一切屋上には近づいとらん！　だから施錠なんぞもしとらんぞ！」

必死の形相で訴える岩田氏に対して、理耶はそれ以上の追及はしなかった。

「分かりました。これで一旦、先生への質問は終わりにします」


次に理耶が聴取の相手に指名したのは、パルクール部主将の近藤英太氏だった。

背が高く筋肉質な体つきの近藤先輩は、どうやら部活用と思われるジャージと指抜き手袋を着用しており、寡黙な雰囲気を漂わせながら佇んでいる。

「近藤くん、昨日の放課後における君の行動履歴について聞かせてくれないかな」

そう理耶が言うと、近藤先輩は切れ長の冷たい目を興味なげに理耶へ寄越した。

「別に話すほどのことはしていない。昨日は部活が休みだったんで帰ろうとしていたところに村尾が来た。自主練がしたいと言うから屋上の鍵を渡してやった。ただそれだけだ」

「それが午後四時前のことだね」

「そうだ」

「村尾くんに鍵を渡したのはどこで？」

「昇降口辺り」

「証言できる人は？」

「さあな。そのときちょうど周りには誰もいなかったように思う」

「君は鍵を渡してすぐに家に帰ったんだよね」

「ああ」

「それはどうして？　自主練に同行しようとは思わなかった？」

「俺は三年で受験生だ。部活が休みなら早く帰って勉強しようと考えるのは当然だろ」

「ちなみに家に着いたのは何時なのかな。そしてそれを証明できる人はいるかな。ご家族とか」

「家に着いたのは五時過ぎだ。証明できる奴はいない。親はどっちも仕事が終わるのが遅くて夜の八時過ぎにしか帰ってこない」

ふむ、放課後すぐ家に帰ったという点については証明できないようだが、行動それ自体に矛盾があるようには見受けられない。被害者のポケットから鍵が見つかった事実、屋上が施錠されていた事実、もう一本の鍵を岩田氏が所持していた事実を鑑みるに、被害者は近藤先輩から鍵を受け取ったと考えるのが自然だ。

理耶はしばらく黙考したのち、小さく頷いた。

「なるほどね。分かった。次の人に話を聞くことにしよう」

次の事情聴取相手に選ばれたのは、僕や理耶、雨名と同じ一年生の小林誠と七瀬ゆかりのふたりだった。どうやらこのふたりは付き合いたてのカップルらしい。

「小林くんと七瀬さんの両名は昨日、事件現場の屋上付近にずっといたようなんです」

　重石刑事が言った。それを横目に聞いてから、理耶は同級生の男女を正面に見据える。

「へえ。君たちは昨日、一体どこにいたのかな」

　怯えたように肩を寄せ合うカップルだったけれど、やがて小林が意を決した表情で一歩前に進み出た。

「ぼ、僕たちはなにもしてないよ……！　僕たちはただ、昨日は屋上に続く階段に並んで座って話をしていただけなんだ」

　すると興味をそそられたように理耶の紅い双眸がわずかに見開かれる。

「屋上に続く階段ってのは、要するに四階から屋上にかけての階段ってことかな」

「うん、そうだよ」小林は首を縦に振った。「僕とゆかりちゃんは四階から屋上に上る階段の途中に座って話をしてた。四時十分くらいから六時半くらいまでいたかな。そのくらいの時間になると外は日が落ちて、階段のとこもだいぶ真っ暗に近くなったから帰ったんだ。本当にそれだけだよ。まさか屋上で人が死んでるなんて思わなかったし、それに屋上に入ったりも絶対にしてないよ」

「ま、誠くんの言う通りよ。私たちはずっとお喋りしてただけで、屋上に忍び込んで人を殺すなんてことしてないわ。第一、屋上には鍵が掛かってたんでしょ？　だったらいくら屋上の近くにいたって、中には入れっこないもの」

　小林を援護する形で七瀬も訴える。

　確かに彼らの言う通り、屋上の扉に手が届くような距離にいたとしても鍵がなければ入れはしない。厳密にいえば本当に施錠されていたかについては一考の余地があるが……状況的に見て施錠されていただろうと僕は考える。

　果たして鍵なしに施錠を突破する方法があるだろうか。仮にあったとすれば、屋上の施錠状況や被害者のポケットに残された鍵について考慮する必要がなくなるのだが。

「私は別に君たちを特別疑ってるわけじゃないよ。あくまで本格的に真相を見抜くために必要な手順なんだ」

　と言ってから微笑を浮かべ、理耶は言葉を続ける。

「ひとつ教えてほしいんだけど、君たちが階段に座って談笑している間、誰かほかの人間が階段を上ってきたり、あるいは逆に屋上から下りてきたりはしなかったかな」

　その問いに、小林と七瀬のふたりはともに首を横に振った。

「いや、僕たちはずっと階段に座ってたけど、その間には誰も来なかったよ」

「ええ、絶対に誰も上ってきたり下りてきたりはしなかったわ」

　彼らの答えは、理耶の瞳にみるみる好奇心を湧き上がらせた。

「なるほど。それは本格的に興味深いね」

小林たちの証言が事実であれば、被害者の死亡推定時刻である午後六時から六時半にかけて屋上に出入りできた人間も、そして実際に出入りした人間もいなかったことになる。そして、それは同時にもう一本の鍵を持っていた岩田守教師が屋上に来なかったことを示すことにもなるわけだ。

けれど事実として屋上で殺人事件は発生している。一体、犯人はどうやって屋上に侵入し、どうやって被害者を墜落死させ、どうやって屋上から姿を消したのだろうか。

深まる謎に頭を悩ませる僕の傍ら、しかし理耶は満足げに頷いた。

「よし。君たちへの質問は終わりにしよう」

最後に聴取を受けることになった高柳春成は、殺人事件なんてどうでもいいとでもいうような顔をして、けだるげに理耶の前に立っている。

「彼は、どうやら昨日は午後の授業をサボった挙句、午後八時頃に警備員が巡回してくるまでずっと高等部第一棟の屋上にいたようなんです」重石刑事の言葉。

高等部第一棟の屋上か。今僕たちがいるここと直接行き来ができるわけではないが、けれども渡り廊下で繋がった建物の屋上にいたという事実は確かに気にかかる。

「高柳くん、君は昨日あそこで何をしてたのかな」

　理耶が訊ねると、高柳は人の目もはばからず大きな欠伸をしてみせた。

「なにって、だるかったからずっとあそこで寝てたんだよ。俺、別に大学なんて行く気ないし、みんなと一緒に受験勉強なんてやる必要ないから授業をサボってたんだ」

　おっともしかして三年生か。それでは高柳先輩と呼ぶことにしよう。

「そしてそのまま警備員さんに注意されるまで屋上に居続けたわけか。随分と長く居座ったものだね」

　理耶の追及を受けても高柳先輩の顔色に変化はない。

「だって家に帰ったら親がうるさいしさ。だからあそこで昼寝して、目が覚めてからはスマホでゲームしてた」

「ほう。だったら途中からは意識があったわけだね。何時頃から起きてたんだい」

「夕方の四時くらいからかな」

「目を覚まして以降、誰かが屋上に来たりはしなかった?」

「してないね」

「それは屋上の扉からだけじゃなくて、渡り廊下側からもだよね?」

「どういうことさ」

　意味を理解しかねて怪訝な表情をする高柳先輩。

「要するに、高等部第二棟の方から渡り廊下の屋根を歩いてきた人間はいないかってことだよ」

「そんなことできんの」

僕も高柳先輩と同様の感想を抱いた。理耶が言ったのは、つまり一方の屋上から渡り廊下の屋根に飛び降り、もう一方の建物へと移動したのちに、そちらの屋上へよじ上るというやり方だ。渡り廊下の屋根は高さでいえば四階の床面相当の位置にはなるだろうが、とて丸々一階分の高さをよじ上る必要が出てくるし、簡単なことじゃないだろう。

けれど理耶は澄ました表情で言った。

「地上から屋上へよじ上るのは無理でも、渡り廊下の屋根から屋上までなら現実的に可能だと思う。だから私はその可能性を考慮するまでさ」

「ふうん。けどまあ、そんなことをする奴なんていなかったよ。誰も渡り廊下の屋根を伝ってなんかこなかった」

「それはもちろん、君自身もやってないってことだよね?」

「当然だね。こう見えて僕は身体能力の低さに自信があるんだ。僕じゃ絶対にお前が言うような真似はできないよ」

「渡り廊下の屋根についてですが、我々警察が調べたところ何者かが歩いたような痕跡は見つかりませんでした。したがって、何者かが高等部第一棟と第二棟を渡り廊下の屋根を伝って行き来した可能性はないと思われます」

白根木刑事が補足すると、理耶はこれについても満足げに頷いた。

「なるほど分かりました。では、高柳くんへの質問を終わります」

【8】屋上への墜落死事件Ⅳ

全員への聞き取りが終了した。

ここで一度、これまでに得た各証言の整理を試みよう。

午後四時前、近藤英太（こんどうえいた）が屋上の鍵を被害者の村尾浩介（むらおこうすけ）に渡す。その後、近藤先輩は帰宅し、被害者はひとりで高等部第二棟屋上に向かう。

午後四時十分頃、小林誠（こばやしまこと）と七瀬（ななせ）ゆかりのふたりが事件現場屋上へと続く階段に現れ、並んで座り込み談笑に勤（いそ）しむ。それは午後六時三十分頃まで続き、その間、屋上に向かって上ってくる者も屋上から下りてくる者もいなかった。

一方、高等部第一棟の屋上には高柳春成（たかやなぎしゅんせい）がいた。彼は午後以降、八時頃に警備員から注意を受けるまで同屋上にいたが、なんら不審な人物は見かけなかったという。また、警察の捜査によって渡り廊下の屋根が使われた可能性はないことが分かっている。

そして岩田守（いわたまもる）についてだが、彼は屋上の鍵のもう一本を所持しており、昨日は午後五時過ぎに十分程度、そして午後六時十五分に二十分程度、職員室を抜け出している。施錠されていた（と思われる）屋上に出入りできたのは岩田氏だけということにはなるが、しかし小林と七瀬の証言により、推定死亡時刻の間に彼が屋上を訪れた事実はない。

広義的にいえば密室とも呼べる事件現場。犯人は、一体どうやってそこへ出入りし、さらにはどんな手口を用いて被害者を墜落死させたというのか。

「こんな殺人、どうやったら為し遂げられるっていうんだよ……」

とても現実に起きたとは思えない小説じみた事件の真相がちっとも見えてこず、僕は焦燥を覚える。

やがて僕は、なんとなくイリスの言葉を思い出しながら、屋上の景色や関係者たちを見回してみた。

背の高い柵に囲まれた屋上。パルクール部の練習場所。多種多様な障害物、スロープ、段差、滑り台、シーソー、ジャングルジム、タイヤ、鉄棒……。

鍵を持っていた岩田守。鍵を被害者に渡したという近藤英太。屋上への階段に座っていた小林誠、七瀬ゆかり。高等部第一棟の屋上にいた高柳春成……。

施錠された高等部第二棟の屋上。墜落死した被害者。ポケットには屋上の鍵……。

イリスの言葉。犯人はとんだ。被害者はとんだ。犯人、なは、はる……。

そのときだ。

「……待て、まさか」

僕の脳内に、ひとつの仮説が浮かんだのである。

しかし僕が仮説を語るよりも先に、自称・本格的名探偵が口を開いた。

「さて、これで必要な情報はすべて出揃いました」

そして理耶は真紅の瞳で全員を見渡す。

「よって、これから事件の犯人を指名させてもらいます」

理耶の宣言を聞いた刑事ふたり、事件関係者たちがそれぞれに驚きの声を漏らし、小さなどよめきをつくった。

ひょっとして理耶、君も僕と同じ結論にたどり着いたのか。

「おや、君も事件の謎を解いたのかい幸太くん。素晴らしく優秀だね」理耶は嬉しそうに目を細めた。「でも、申し訳ないけど推理を披露する役は私に譲ってもらうよ。だって探偵はこの私だからね」

「別に僕は助手で構わないさ」

それじゃ、ようやく本格的名探偵とやらのお手並みを拝見といこうじゃないか。

ある種の期待感や緊張にも似た感情を抱く僕の前に出て、改めて関係者たちを見回した理耶は、ついに推理を開演する。

「今回の事件で鍵となる点がふたつあります。まずひとつめに、犯人は高等部第二棟の屋上に出入りができた者であるということ。そしてふたつめに、犯人は周囲により高い場所がないにもかかわらず、被害者を墜落死させることができた者であるということです」

すなわち、屋上に出入りした手口と被害者を殺害したトリックこそが重要だということだ。その点は僕も相違ない。

理耶は推理を続ける。

「それらを踏まえて昨日、事件現場である高等部第二棟屋上がどのような状態にあったかを検証してみましょう。被害者である村尾浩介くんは、昨日の午後六時から六時半の間に屋上で墜落死しました。しかも鍵の掛かった屋上で。ああ、どうして当時鍵が掛かっていたと分かるのかについては、岩田先生の証言に基づいてます。二本ある屋上の鍵のうち、一本は被害者のズボンのポケットにありました。したがって事件発生当時、仮に屋上の扉に鍵が掛かっていなかったのであれば、ほかの誰かがもう一本の鍵を持って施錠しにこなくてはなりません。しかし、そのもう一本を所持していた岩田先生は、後述する通り午後六時半までは屋上に近づけませんでしたし、さらに事件とは関係のない時間帯に屋上を施錠した可能性についても否定されました。この証言については偽証する意味がないので信用に値します。それに、村尾くんが屋上に足を運んだ理由は自主練のためではなく危険ドラッグを摂取するためだということが分かっています。だとすれば、他者に現場を目撃されることがないよう扉に鍵をかけるのは至極当然のことと言えるでしょう。したがって、事件当時から屋上の扉には鍵が掛かっていたと見るのが妥当なわけです」

そうだ。僕の推理においても、当時の屋上は施錠されていたと結論づけた。

「では、その施錠された屋上に犯人はどうやって侵入したのでしょうか。まず、ひとつめのルートには屋上の扉が考えられますね。犯人はそこから出入りしたのでしょうか？　いえ、違います。昨日、午後四時十分から午後六時半にかけて、四階から屋上へ上がる階段には小林くんと七瀬さんが座っていました。彼らには鍵がありませんから屋上への侵入は不可能です。そして彼らの証言によれば、屋上に向かって階段を上ってきたり、あるいは逆に屋上から下りてきた人間もいなかった。当然、もう一本の屋上の鍵を持っている岩田先生も来ることはありませんでした。つまり、今回の事件において屋上の扉は犯人の出入口として使用されていません」

そこで一旦言葉を切り、一呼吸おいてから理耶はまた話し出す。

「次にふたつめのルートですが、これは少々荒技にはなりますが、渡り廊下の屋根の上を歩いて高等部第一棟の屋上から行き来をしたという可能性が考えられます。渡り廊下の屋根から屋上に上がるには一階分の高さをよじ上る必要がありますが、不可能とまでは言えないので考慮する必要があるでしょう。犯人はこの方法で出入りしたのでしょうか？　いえ、違います。高等部第一棟の屋上には高柳くんがいましたが、彼はそんなことをする人間は見なかったと言い、そしてもちろん自分も渡り廊下の屋根を伝うことはしていないと証言しました。さらには、警察の調査によればそもそも渡り廊下の屋根には何者かが歩いた痕跡はなかったのです。したがって、犯人はこの方法を用いてもいません」

異論ない。僕の考える犯人も、そんな場所から屋上に出入りはしていない。

そこまで語り終えた理耶は、より双眼に力を籠めた。

「さて、屋上の扉を使って出入りする方法、高等部第一棟側から出入りする方法、通常考え得る方法のどちらもが否定されてしまいました。それじゃ犯人は一体どこから出入りしたのでしょうか。まるで瞬間移動のようにして、どこからともなく降って湧いては煙のように消えてしまったのでしょうか？　いいえ、そうではありません。犯人は、この屋上特有のもうひとつのルートを使って出入りをしたんです」

「そ、それは一体……」思わず声を漏らす岩田氏。

　理耶は言った。

「それは――空、です」

ん？　そ、空？　スカイだって？

「おい理耶、どういうことだよ。犯人は上空から屋上に侵入してきたっていうつもりか」

唐突に自分と道を違(たが)えた推理に困惑を隠すことができず、僕は堪(たま)らず口を挟んだ。

けれど理耶は泰然として微笑を浮かべる。

「どうしたのさ幸太(こうた)くん。君も真相を見破ってたんじゃないのかな。この場に残された手がかりを考えれば、自(おの)ずと答えは導き出せるはずだけどね」

　そんな手がかりはどこにもなかったように思うが……。

「いいやちゃんとあるよ」と言って、理耶は階段状の段差の方に歩いていった。「まずはここに散乱している菓子類、そして散らかった鳥の羽根」次に理耶はシーソーとジャング

ルジムの間に移動した。「さらに嘔吐の跡。これらが事件の犯人を示すんだ」

一体それらのなにが犯人を指し示すというんだ。菓子が散乱しているのはカラスが集って食い散らかしたせいだろ。羽根はそのカラスたちのものだ。そして嘔吐の跡はオーバードーズに陥った被害者によるもの。なにひとつとして犯人に繋がるような事実じゃない。

「イリスちゃんの言葉を思い出してごらんよ、幸太くん」

そう言って、理耶は自信に満ちた眼差しをもって僕を見据えた。

「犯人の名は、はる。——幸太くん、君はハルピュイアという存在を知ってるかな」

「は、ハルピュイア……？」

なんだよ急に。わけが分からない。理耶、君は一体なにを言ってるんだ……？

「ハルピュイア。顔から胸までが人間の女性の姿をしていて、下半身が鳥の姿をした女面鳥身の怪物。その名前は『掠める女』を意味し、食欲が旺盛で食糧を意地汚く食い荒らしては汚物を撒き散らして去っていくという、非常に不潔で下品な生き物さ。さっき私が言った手がかりをもう一度思い出してみてよ。食い散らかされた菓子類、散乱した鳥の羽根、そして嘔吐の跡。これらはまさにハルピュイアの存在を示しているといえるでしょ？」

「いやけどさ、犯人がハルピュイアだなんて、空想上の生き物だなんて、そんな馬鹿げた推理があるかよ……！」

しかし理耶の堂々たる態度に変化はない。

「人間が事件現場に出入りするためには、屋上の扉もしくは渡り廊下の屋根を利用するほかない。けれどそのどちらの説も否定されたんだ。そうなれば、残る方法としては唯一開放された空間である上空を利用するしかないよね。そして、屋上に残された手がかりが存在を示すハルピュイアは翼を持ち、したがって空を飛ぶことができる。ゆえに屋上への出入りが自在だったうえに、被害者の体を上空に持ち上げて屋上めがけて突き落とすことだって容易だった。そう、ハルピュイアであれば屋上への出入りと被害者の殺害の両方がいとも簡単にできたんだよ。だから犯人はハルピュイアなんだ。——以上、本格論理、展開完了」

……いやいや！　お決まりの台詞まで持ち出してすっごく名探偵みたいな顔してますけどあり得ないから！　ここは現実世界だぞ。そんな馬鹿げた真相があってたまるかよ。

実際に刑事ふたりや容疑者の面々は呆気にとられた顔をして突っ立ってるし、きっとSIPのみんなも同じだろうと思って振り返ると……。

「なるほど、今回の犯人はハルピュイアでしたのね」神妙に頷く姫咲先輩。

「すぐに捜索態勢を整えやがりますです、お嬢様」雨名も全く動じず主人に頭を下げる。

「ハルピュイアかあ……。わたし、ちゃんとお治しできるかなあ……」いつの間にか戻ってきたゆゆさんが不安げな面持ちで身を縮こまらせる。

え、なんで平然と理耶のトンデモ推理を受け入れちゃってるんですか……？

「あ、あの皆さん……？」

おずおずと声をかける僕だったけれど、姫咲先輩は落ち着いた様子で理耶に歩み寄る。

「これで事件の真相究明は完了ですわね、推川さん」

「うん。これで殺人犯の正体は本格的に明らかになった。あとは犯人を捕まえさえすれば事件は解決だね」

「万桜花家の総力をもって殺人犯たるハルピュイアの捜索に当たりますわ」

「よろしくお願いするよ、姫咲ちゃん」

いやいないって。万桜花家の総力を動員したところで絶対見つからないって！

「それでは白根木さん、重石さん、今申し上げました通り、殺人犯の捜索についてはわたくしども万桜花家が全力でバックアップさせていただきますのでご安心ください。さあ、真相自体は明らかになりましたし、ひとまず屋上を出ることにいたしましょう」

「は、はあ……」

呆れ果てるあまり刑事さんたちときたら頷いちゃってるし。

そして理耶、SIPのメンバーたち、刑事ふたり、容疑者あるいは参考人だった五人はぞろぞろと屋上の扉に向かっていく。

僕は呆然としたままそれを見つめていたが、やがてはっと我に返り、最後に屋上を出ていこうとしていた彼を呼び止めた。

「待ってください、近藤先輩」

近藤先輩が立ち止まり、僕らを残して扉が閉まる。

ふたりだけ（実際は僕が眠るイリスを抱いているので三人か）になった屋上で、近藤先輩はゆっくり振り返って興味なげな視線をこちらに向けた。

「なんだ」

鍛えられた肉体と冷たい眼差しが発する威圧感に思わずたじろぎながらも、僕は真っ直ぐに彼を見返す。

「先輩は、本当に村尾先輩を殺したのがハルピュイアなんていう空想上の怪物だと思ってるんですか」

「さあな。あの女――本格的名探偵だっけか、あいつがそう言うんだからそうじゃねえの。特に興味ねえわ」

近藤先輩の表情からは感情が読み取れない。

けれど僕は言った。

「僕は分かりますよ先輩。あなたは今回の犯人がハルピュイアだなんて微塵も思っちゃいません」

「どうして分かるんだよ」

唾を呑(の)み、意を決して僕は言う。

「だって本当の犯人は――近藤先輩、あなたですから」

近藤先輩の瞼(まぶた)がぴくりと微動した。

「面白いことを言うじゃねえか。お前は俺が空を飛べるとでも思ってるのか」

「いえ、先輩は身体能力が高いだけの、普通の人間です」

そう、近藤先輩は人間だ。

「でも先輩には犯行が可能なんですよ。空を飛ぶ以外の方法で屋上に侵入し、村尾先輩を墜落死させ、さらには屋上から脱出もできたんです」

「やけに自信満々だな。だったらそのご自慢の推理とやらを話してみろよ」

「分かりました」

そこで一度言葉を切り、深く呼吸をしてから僕は語り始める。

「近藤先輩、あなたは昇降口で村尾先輩に屋上の鍵を渡した後、そのまま家に帰ったって言いましたよね。でもそれは嘘(うそ)です。あなたは村尾先輩に鍵を渡して帰ったんじゃない。村尾先輩と一緒に屋上に行ったんです。そして一緒に屋上に入った。それが屋上へ侵入した方法です」

昇降口でのやり取りについて証人はいない。そして小林(こばやし)・七瀬(ななせ)が屋上への階段に到着したのは午後四時十分頃だ。したがってこれは十分にあり得ることなのだ。

「それに、きっと自主練っていうのも嘘ですよね。おそらくあなたは村尾先輩が危険ドラッグを常用していることを把握していて、だから屋上で教えてくれ、みたいな話を事前に持ちかけたんじゃないですか。そして昨日、計画通りあなたは屋上で村尾先輩とふたりきりになることに成功した。それからは適当に話を合わせつつ、村尾先輩にドラッグを過剰摂取させるよう誘導して意識喪失の状態に陥れたんです」

無関心そうな表情で僕を見ていた近藤先輩は、不意に嘲るように唇の端を歪めた。

「想像力逞しいな。それで、ヤクのやりすぎでぶっ潰れちまった村尾を、俺はどうやって墜落死させたっていうんだよ。それに屋上の鍵は奴のポケットに入ってたんだぜ。つまり俺は屋上の扉を使って外に出ることはできない。そんな状況でどうやって屋上から逃げたっていうんだよ、なあ後輩」

問題ない。それを可能にする方法は、確かにある。

「あなたは、村尾先輩の殺害と屋上からの脱出を同時に実行しました。ある道具を使って」

イリスの言葉が蘇る。

犯人、なは……はる……。

「それは、縄——つまりロープです」

冷徹だった近藤先輩の双眸が、わずかに狼狽したように見えた。

僕は推理を続ける。

「近藤先輩、まずあなたは、オーバードーズで意識を失った村尾先輩の体をシーソーのこちら側に覆(おお)い被(かぶ)せるような形で寝かせました」

僕はシーソーの着座部のうち北側の方を示した。

「そして次にあなたは、前もって必要な長さに調整して用意していたロープを取り出した。必要な長さっていうのは、屋上から地上までの距離を二倍し、そこからあなたの身長×二倍の長さを引いたよりもさらに少し短いくらいの長さです。それからあなたは、それを反対側の着座部にある輪っか状の取っ手にくぐらせた。それから端を結ぶなどして、巨大なロープの輪っかをつくりあげたんです」

犯人はとんだ。被害者はとんだ。

「そして先輩、あなたはロープを手に握り屋上から跳んだんですよ。するとなにが起こると思いますか？　そうです、地上手前でロープは伸びきります。つまり縄が張るんです。そのおかげであなたは地面との衝突を免れ、一方で片側の力点に強い力を受けたシーソーは、もう一方の力点に覆い被さっていた村尾先輩の体を上空に跳ね上げました。――こうして村尾先輩は、空に向かって跳んだんです」

つまり、今回の事件は空を飛ぶ怪物による犯行などではなく、シーソーによるてこの原理を用いたトリックというわけである。

「空高く跳ね上げられた村尾先輩は、意識がないため無抵抗な状態で頭から屋上の床に激突しました。結果、今回のような状況ができあがったんです。そして無事に地上へと降り立ったあなたは、ロープの結び目を解くか、あるいは切断するかしてロープを回収し、なに食わぬ顔でそのまま家に帰った。……これが僕のたどり着いた事件の真相です」

　僕は近藤先輩を凝視する。

　彼はしばし黙していたが、やがてまた小さな嘲笑をかたどった。

「確かにお前の推理通りなら俺は村尾を殺せるな。……けどな、それって俺にしかできないことか？　俺じゃなくたって村尾と一緒に屋上に入り込むことはできるだろ。まさにお前が言ったやり方でな。そして俺じゃなくたって同じように屋上から逃げ出せるんだ。なのにお前は俺を犯人呼ばわりするのか？　俺は確かに村尾に鍵を渡したぜ。そしてそのまま家に帰ったんだ。その後、俺じゃない誰かが村尾と一緒に屋上に入り、シーソーのトリックを使って奴を殺して自分は屋上から逃げ出した。この可能性を否定してみろよ」

　近藤先輩の言うことは正しい。確かにこのトリックは、近藤先輩が村尾先輩に鍵を渡していた場合、誰にでも為し得る。

　だけれど。

「このトリックを使うのは、近藤先輩、あなたしかいないですよ」

　僕はそう断言し、さらに言葉を続ける。

「このトリックを近藤先輩以外の誰かが使ったとしましょう。その場合、一体どんなメリットがありますか？　命を危険に晒すような真似をして、犯人は一体どんな利益を得ることができるんですか？　今回のように村尾先輩と一緒に屋上に入るのを目撃されていない場合、ありません。犯人は普通に村尾先輩を殺して、普通に屋上から出ればいいんです。小林たちがいなくなるのを待って。わざわざ命を懸ける必要はないし、なんなら鍵を持ち出してどこかに捨てれば、本来の持ち主である近藤先輩に疑いをかけられる。仮に近藤先輩以外の誰かが鍵を奪ったと分かったたって、それが誰かを特定するのは容易じゃないでしょう。だからあなた以外の誰かが犯人なら今回のトリックを用いるはずがないんです」

僕は一度言葉を切り、息を吸う。

「でも逆にあなたには使う理由があります。シーソーのトリックが見破られない限り、屋上が密室であれば、あなたが村尾先輩に鍵を貸したという証言に信頼性を持たせることができる。本来あなたは、村尾先輩の死を薬物の過剰摂取による事故死に見せかけるつもりだったんじゃないですか？　失敗してしまったようですけど。けれど、もし偽装に成功していれば、鍵の本来の持ち主であるために警察からの追及を免れ得なかったあなたにとっては、絶大な利益になります。それこそがあなたが今回、死のリスクをとってまでトリックを実行した理由です」

しかし、なおも近藤先輩に屈した素振りは見受けられない。

「事故死を装うのが目的っていうんなら、それだって俺以外の奴がやったって同じだろ。そうすりゃ逮捕されなくて済むんだからな」

「言ったじゃないですか。あなた以外の誰かが犯人だったとして、普通に屋上から出ても誰が一緒にいたかを特定するのは非常に困難なんですよ。なのに失敗すれば即死に繋がりかねない危険を犯人が冒すと思いますか？　一方であなたは必ず容疑の最前線に置かれることになる。これは大きな違いですよ。だから命を懸けられるのはあなただけなんです」

近藤先輩の眉間にわずかにしわが寄る。

「なるほど屁理屈が上手いようだが、結局はお前の想像でしかないわけだ。それじゃ俺を捕まえることはできない。もっと確実な根拠を示してみろよ。できるならな」

苛立ちの籠もった近藤先輩の眼差しを、僕は見返した。

「そもそも今回のトリックを誰もが為し得るという前提が正しくありません。ロープを使った飛び降りには、高所からの飛び降りをこなす身体能力や、ロープが伸びきった際に手元に加わる大きな衝撃に耐える筋力を必要とします。それをクリアできるのは、やっぱり近藤先輩でしょう」

さらに僕は続ける。

「それに近藤先輩。どうしてあなたは今、部活用のジャージを着て、さらには手袋まではめてるんですか？　当然、今日は部活なんてあるはずもないのに。……理由を当てましょうか。きっとあなたは屋上から飛び降りたとき、ロープが伸びきった際の衝撃——摩擦によって手のひらに怪我を負ったんじゃないですか？　自主練のために屋上へ向かったわけじゃないですから、村尾先輩と同様、あなたも練習着ではなく制服を着ていたんだろうと思います。だから手袋も着けていなかった。まさかそんな怪我をすることはないだろうと甘く見ていたところに、トリックを使った決定的証拠になりかねない傷を負ってしまったんです。きっとあなたはそれを隠すためにわざわざジャージ姿で現れたんだ。手袋を着けていても不自然に見えないように」

近藤先輩の指先が怯えるように微動した。強く拳を握ろうとして、しかし傷の痛みを怖れてか断念する様が見て取れた。

僕は追及の手を緩めない。これが最後の一手だ。

「近藤先輩、想定外に重い怪我を負ってしまったあなたは、帰り道にどこかの薬局なんかに寄って薬や包帯を買ったりはしませんでしたか？　近隣のコンビニや薬局の監視カメラを片っ端から確認すれば、とうに帰宅したはずの先輩の姿が映っているかもしれませんね。そしてなにより先輩、トリックに使ったロープはもう処分しましたか？　それなりに丈夫なものが、長さにして約三十メートルほどは必要だったはずです。一晩のうちに処分できましたか。まさかこんなに早く見破られるとは思わずに、まだ先輩の部屋に隠してあったりはしないですよね？　まあ、それもこれも警察に調べてもらえば分かることですけど」

怒濤の勢いで述べ立てた僕は、それから黙して近藤先輩の様子を窺う。

しばらく無言のままにこちらを見つめていた近藤先輩は、やがてふっと息を吐くと、頭上に広がる空を見上げた。

「……ったくよ、どんだけ勘のいい奴なんだお前は。奴の体が思った以上に高く跳んだせいで偽装に失敗しちまったことも、ロープを握る手が衝撃に耐えきれずに滑ったせいで火傷みてえな怪我をしちまったことも、帰りがけに応急処置用の道具を買ったことも、ロープがまだ家にあることも、全部お前にはお見通しってことかよ。堪ったもんじゃねえぜ」

愚痴るように零した近藤先輩は、それからぽつり、ぽつり、と語り出す。

「……奴は、村尾は確かに才能豊かな選手だったが、素行面においてはとにかく手に負えないクズ野郎だった。わけの分からないクスリにハマって、自分でやるだけならともかく、同じようにクスリを欲しがる奴らに売りさばいて金儲けまでしてたんだ。……困らされちゃいたし、実際にやめろと言い続けてはいたが、追い出すまではしなかった。奴は部に必要な選手だったからな。実力さえちゃんとしてればいい、そんな風に思ってた時期もあったんだ。……でも、たったひとつだけ、どうしても許せないことがあった」

「……それはなんですか」

「……好きな子がいたんだ」近藤先輩は寂しげな顔で言った。「すげえ可愛い子でさ、歳は一個下だったんだが、あるとき俺のパフォーマンスを見てカッコいいって言ってくれて、ファンになりますって言ってくれて、色々とサポートしてくれたりするようにもなってよ。最初は妹的な感覚で見てたりもしたけど、いつの間にか好きになってた。明るくて、優しくて、とてもいい子だったんだ」

近藤先輩の瞳は、いつかの過去を見つめている。

「けど、そんな子を奴がぶっ壊しやがった。村尾は、半ば騙すようなやり口であの子をドラッグ中毒に陥れやがったんだよ。おかげであの子は変わっちまった。愛嬌に満ちて眩しかった笑顔は薄気味悪いものになって、人のことを思いやれる優しさはなによりもクスリを優先する病的な欲求に塗り潰された。だんだんと学校にも来なくなって、最終的には退学したよ。どうにか助けになりたいって思ったけど、特に親御さんたちが居づらくなったんだろうな、一家揃ってどっかに引っ越しちまった。今じゃどこでなにをしてるかも分からない。ひょっとしたら治療施設にでも入ってるのかもな」

そして僕を見る近藤先輩。後悔と憎悪と寂しさが入り混じった複雑な表情だった。

「だから俺は奴を殺したんだ。殺さずにはいられなかった。あの子の人間性を壊してしまった奴のことが、死よりも残酷な人生にあの子を陥れた奴のことが、そしてなにより、俺から大切な存在を奪った村尾浩介という人間が俺は憎くて堪らなかったんだよ」

語り終えた近藤先輩が浮かべた自嘲的で悲しげな笑みを前に、僕はなんと言うべきか言葉を探しあぐねた。

彼の気持ちを一方的に否定はできない。けれど、彼の行動を肯定することだって僕にはできない。人の命を奪うということは、どんな理由があろうとも決してしてはいけないことだと僕は思う。

悩み迷った末、最終的に僕が口にできたのはごくありきたりな台詞でしかなかった。

「……自首してください、近藤先輩」

幾許かの静寂。やがて近藤先輩は、ゆっくりと僕に背中を向けた。

「罪をなすりつけたくなるほど、俺はハルピュイアなんていう奴を恨んじゃいねえよ」

「……ありがとうございます」

僕は彼の決断に感謝を述べつつ、なおも眠り続けるイリスを抱き直して扉に向かう。

と、扉のノブに手をかけた近藤先輩が不意に振り返った。

「それにしてもよ」近藤先輩は目を細める。「お前はあの探偵女子の助手なんだよな。はは っ、俺にはお前の方がよっぽど探偵に思えるよ。あの女は自分のことを本格的名探偵だなんて言ってたが、とんでもねえ。誰が見てもありゃ本格的に迷探偵だぜ」

これには僕も苦笑せざるを得なかった。

「はい、それについては僕も同感です」

【9】夜空を駆ける怪物

その日の夜、自宅の自室にて、僕はベッドに横たわりぼんやりと時間を過ごしていた。

人生で初めて本物の殺人事件を目の当たりにして、どっと疲れたような心地だ。

人が人を殺したという事実と真っ向から対面し、そのうえで様々な手がかりを探り出して真実を見つけ出す。小説で読むときはワクワクするような場面も、現実でやるとなれば精神的にかなりの緊張を強いられるものだと実感した。

名探偵ってのは本当にすごい存在だ。

現実を知ったおかげで改めて名探偵というものの魅力に気づかされたような気持ちになりながら、僕は起き上がって窓際に移動する。

窓ガラスを開けてベランダに出る。手摺り(てす)に身をもたれて頬杖(ほおづえ)をつき、なんとなしに夜空を眺めながら僕は思った。

だけど、推川理耶(おしかわりや)はとんでもない探偵だ。

今日の一件で僕は確信したのだ。彼女は本格的名探偵などではない。自称どころか詐称の域に達していると言っても過言ではないだろう。

推川理耶は本格的迷探偵である。これが僕の出した結論だ。

だって考えてもみてほしい。

「まさかハルピュイアが犯人だなんて言い出すとはな……」

現実に起こった殺人事件を前に、そんな推理をする人間がこの世に存在するなんて思ってもみなかった。空想上の生き物が、存在しない存在が犯人だなんて言う探偵が一体どこにいるというんだ。

しかし実際にそんな探偵は存在したわけで、それはまさに僕を含めて五人もの人間を助手に従える自称・本格的名探偵の一般女子高生、推川理耶（おしかわりや）だったわけである。

肝心の探偵が迷探偵とあっては、我らが『本格の研究（スタディ・イン・パズラー）』の今後が危ぶまれるというものだ。いやほんと、仮にまた殺人事件に出くわすようなことがあって、また姫咲（きさき）先輩の権力を使ってずけずけと捜査に踏み込むようなことがあって、そこでまた理耶が今日みたいにトンチンカンな推理を披露するようなことがあったとしたら、僕はもう人様に顔を向けられたもんじゃないよ。

まったく、あれだけ本格本格と言っておきながら、その推理には一切本格要素がないのだから聞いていてこっちが恥ずかしい。というか、せめてあの決め台詞（ぜりふ）だけでもやめてくれないかな。——以上、本格論理、展開完了。とかいうやつ。

はてさてこれから推川理耶の助手としてどうするべきか。なんて殊勝なことを考え始めて一秒後、すぐに最優先事項は決定した。

いやだってむしろそれしかない。なんといってもそれしかないだろ。

まずは彼女に教えてやらねばならないのだ。

「そんな怪物が現実に存在するわけないだろ……」

という超当たり前な世界常識を。

そんな決意を胸に宿した、そのときだった。

「――キィイイィイエエェェエエアアアアァァァアアアァアアア!!」

この世のものとは思えないほどにおぞましい絶叫が響き渡り、どこからともなく羽ばたきの音が近づいてくる。

「な、なんだなんだ⁉」

困惑しつつ夜闇のあちこちを見回して元凶を探す。すると、やがて巨大な影の塊が凄(すさ)まじい速度でこっちに向かってきているのが見えた。

そして次の瞬間には巨塊が眼前を通過し、続けて突風が吹(ふ)き荒(すさ)ぶ。

「うぐわあっ！」

咄嗟(とっさ)に顔を腕で覆いながらも、再びその正体を目に留めようと懸命に瞼(まぶた)を開く。

僕は信じられない気持ちだった。

だって僕は見たのだ。今僕の目の前を過ぎていったのは。

顔は醜悪でありながら人間の女性のようだった。胸から下は羽毛に覆われていて形姿もまさに鳥のようだった。脚部には大鷲のように鋭い鉤爪を携え、腕部には巨大な翼を生やし、強烈な風を伴って夜空を駆けていた。そんな奇怪な異形の姿を、確かに僕は認めたのである。

その後ろ姿を改めて凝視するが、やはり認識に相違はない。

そこで僕は愕然とした。

何故ならば、その姿を僕は知っているのだ。今日だからこそ、僕は瞬時に理解できてしまうのだ。

だって、それはまさに。

「は、ハルピュイア……!!」

つい今し方まで存在しないと心中で断言していたはずの生物が、あろうことか僕の目の前に現れてしまったのである。

あまりの衝撃に呆然と口を開けたまま女面鳥身の怪物を見つめていると、なにやら怪物が苦しそうに身を捩らせながら飛んでいることに気がついた。

よく目を凝らしてみると、どうやら人のような形をしたなにかが怪物の体にしがみついているらしい。

それは暴力的な声音で喚き散らしていた。

「ごるぁあああ!! こんの阿呆鳥野郎がよお！ 大人しくしろってんだよ、ああ？ さもねえと丸焼きにして喰っちまうぞコラァ！ まあ大人しくしたところでこの俺様の超最強パワーでぶっ殺してやるんだけどなあ！ ギャハハハハハ！」

と、次いで夜空にもうひとつの人影が現れた。なにやらハンマーのようなものを抱えたように見える女の子らしき人影は、生身のまま自在に空を駆けて怪物を追っていく。

「ま、待ってぷりん～！ 早く世界をお治ししなくちゃだから、逃がすわけにはいかないんだぷりん～！」

そして人影は小さくなってゆき、その先にあった化け物の姿も夜空に紛れて、横暴な怒声もやがて聞こえなくなる。

静寂を取り戻した夜空を虚ろに見つめながら、僕はいつしか、我知らずぽつりと言葉を零していた。

「……え、これって夢？」

【10】真実にいたる眼差し

夜が明けて次の日を迎えても、巨大な人面怪鳥が現れたなんて話題がニュースで流れることはなかった。

すなわち、ありきたりでごく平凡な日常が平然とした顔で僕ら国民に朝を告げるばかりだったのである。唯一の例外的な話題といえば、国内の私立高校で生徒が殺害される事件が発生し、同じ学校に通う生徒が自首したというものくらいだった。

あんなに派手に夜空を飛び回っておいて、僕以外に気づいた人間が誰もいなかったというのか……？

それとも。

「やっぱり夢だったのか……？」

あまりに世界がいつも通りすぎて、次第に僕は自らの記憶に自信を失い、やがて本当にあれは夢だったのかもしれないと思えてきた。

だから僕はハルピュイアの出現について誰かに訊ねることもなく、平静を装って高校生としての一日を過ごしたのだった。

つつがなく帰りのホームルームまでが終了し、放課後を迎える。

支度を終え、さて我らが拠点たる事務員室にでも向かうかと立ち上がったところで、不意に理耶が歩み寄ってきた。

そういえば、今日はまったく彼女と言葉を交わしていなかったな。

「ごめんね幸太くん、今日のところは、私は拠点には寄らずに帰ることにするよ」

「おいおい、どうしたそんなに落ち込んだ顔をして。あれか、昨日の事件で推理を失敗したのが原因か」

「うん」理耶はしゅんとして俯く。「完璧に本格的な推理を実践したと思ったのに、私はまだまだ未熟者だったみたいだよ」

未熟者というか、そもそも本格とは真逆の方向に突き抜けたような推理だったけどな、とは流石に口に出さないでおいた。

常に自信満々かと思われた本格的名探偵様でも落ち込むことはあるらしい、などと考えながら、僕は慰めの言葉のひとつでもかけてやることにする。

「まあなんだ、シャーロック・ホームズだってすべての事件を解決できたわけじゃない。失敗した事件だってたくさんあるんだ。だからあんまり落ち込むなよ」

すると理耶は顔を上げて儚げに笑った。

「ありがとう幸太くん。君はとっても優しい助手だね。やっぱり私の目に間違いはなかったよ」

そして上目遣いに俺の目を見つめる。

「もっと頑張るから、理耶の助手、絶対にやめないでね？」

普段の理耶らしからぬ可憐さに思わず心臓が脈を打った。……ん、というか今、一人称が私じゃなくて理耶だった？

本人も気がついたらしく、慌てた素振りを見せる。

「あ、こほん！　わ、私の助手としてこれからも惜しみない協力をお願いしたいかな、うん」

などと誤魔化しつつ、理耶は紅潮した顔を見せまいとしてか身を翻した。

「それじゃこの後みんなにも連絡を入れておくから。幸太くんもなにか用事があればそっちを優先してくれて構わないよ。勝手で申し訳ないけど、じゃあまた明日」

そして理耶は軽く手を振って教室を出ていったのだった。

彼女の背中を見送りつつ、僕は思った。

推川理耶という存在は、案外、普通の女の子なのかもしれない。

理耶はああ言ったが、特になにか用事があるわけでもないので、僕はいつも通りに部室棟へと向かっていた。

一階の隅っこに隠れた薄暗い階段を下り、事務員室の扉を開ける。

住人のゆゆさんくらいしかいないだろうな、なんて考えていたが、意外にもそこにあったのはネガティブナースさんではなく白髪目隠し幼女の姿だった。

「なんだ、イリスも来てたのか。ゆゆさんはまだ仕事かな?」

今日も今日とて黒布で顔の上半分を覆ったイリスは、革張りソファーにちょこんと座って本を広げている。いやだから絶対読めないでしょそれじゃ。

こちらを向いたイリスは嬉しそうに顔をほころばせる。

「やったーお兄ちゃんだー。うん、ゆゆお姉ちゃんはまだ帰ってこないみたいかも。ねえお兄ちゃんはやくはやく。はやくこの本を読んでほしいかも。じゃないとお話がわからないかもー」

やっぱり自分じゃ読めてなかったんかい。

「分かった分かった」

イリスの隣に腰を下ろし、空いた椅子に荷物を置く。

すると、これまた例のごとくイリスはひょいと椅子を降りて僕の膝の上に乗ってきた。

「ねえお兄ちゃん、イリスはこれを読んでほしいかも」

「まあ慌てるなって」

そうして差し出された文庫本を僕は受け取る。

「えっと、どれどれ」

表紙を見てみると、それは今村昌弘の『屍人荘の殺人』だった。

「おお、いいチョイスじゃないかイリス。これはかなり面白いよ。現代における特殊設定ミステリの傑作だね」

「えっへん、イリスのセンスは超すごいのかも。けどお兄ちゃん、特殊設定ミステリってなに？」

「特殊設定ミステリってのは、現実世界にはない特殊なルールが導入された世界を舞台にしたミステリのことだよ。たとえば魔法が存在する世界だったり、超能力が存在する世界だったり、超進歩した科学技術が存在する世界だったり、あとは……現実には存在しない生き物が存在する世界だったり、とかさ」

そこで僕は昨夜の記憶を再び思い返した。

現実には存在しないはずの生き物。まざまざと脳裏に焼きついたあの怪物は、やはり夢か幻覚の類いだったのだろうか。

「ふうん。それが特殊設定ってことかもなんだね。なんかイリス、よくわかんないかも」

首を傾げるイリス。まだ十歳の幼女には難しいのかもしれない。

そこで僕は例を挙げてみることにする。

「たとえばだけどさ、昨日の事件で理耶はハルピュイアなんていう架空の怪物が犯人だって推理をしたわけだ。けどここは現実世界で、そんな怪物が存在するなんてことはあり得ない。事実、真犯人はハルピュイアじゃなくて人間だったしな。……ところが、実は推理通りにハルピュイアという怪物が存在していて、そいつが殺人犯でしたーとか、ハルピュイアの存在を利用した犯人がいましたー、ってやっちゃうのが特殊設定ミステリだね」

「なるほどなるほど、ちょっとわかったかも。イリスたちの住んでる世界にないのが出てくるミステリってことかも？」

「そうそう、そういうこと。イリスは頭がいいな」

褒めつつ頭を撫でてやると、イリスは猫みたいに気持ちよさそうな顔をした。

「ふにゃあ。でもお兄ちゃん、イリスたちの世界にあるものないものって、それは誰が決めてるの？」

おっと急に哲学的な話題を振ってきたな。

「うーん、それは……正直言って難しい質問だな。世間一般には存在を認知されていないけど、実はこの世に存在するものってのもあるだろうしね」

そこで僕は、何故だろうか、なんとなく昨日のことをイリスに話してみたくなった。

「実はさイリス、今言ったハルピュイアだって、ひょっとしたら現実に存在するかもしれないんだよ。……僕は昨日の夜、まさにハルピュイアみたいな怪物が空を飛んでるのをこの目で見たんだ。けたたましい鳴き声を上げながら、そいつは夜空の向こう側に消えてった。あとよく見えなかったけど、その怪物にしがみついてる人間？　がいたり、縦横無尽に空を走りながら怪物を追っかけていく女の子？　もいてさ。マジで非現実的な光景だったよ。あれが現実だったとしたら、きっとこの世には僕らの知らないなにかがたくさん存在しているのかもしれないな。ま、実際はただの夢だったんだろうけど」

そう言って僕は自虐的に笑った。幼女を相手にわけの分からない戯言を言ってなにがしたいのだろうか僕は。きっとイリスのことを混乱させてしまっただろう。

反省の念を抱きつつ詫びようした僕だったが、しかしイリスはこう言った。

「お兄ちゃんが見たのは現実かもだよ」

「……え？」

思わず素っ頓狂な声を出してしまった僕の顔を見上げるイリス。

「だからね、お兄ちゃんが見た怪物は夢でもなんでもないのかも。それは間違いなくこの世界に存在したかもなんだよ。昨日の夜、ハルピュイアは確かに現れた、それが真実なのかも」

「ちょ、ちょっと待ってくれイリス。それはどういうことだよ。君は今、単に僕の発言に同調してくれてるのか」

「違うかも」イリスは僕の言葉を否定した。「イリスはただ、本当のことをお兄ちゃんに教えてあげてるのかも」

そしてイリスは、さらに衝撃的な言葉を続けた。

「あのねお兄ちゃん、その怪物は——理耶お姉ちゃんの推理が生み出したかもなんだよ」

理解が追いつかない。言ってることが脳の許容を超えている。

「理耶（りや）があの怪物を、ハルピュイアを生み出しただって？　推理で？」

我知らず零（こぼ）した問いに、イリスは頷（うなず）く。

「理耶お姉ちゃんにはね、そういう力があるのかも。だからお姉ちゃんが推理をすると、それはイリスたちの住む世界での本当になるかもなんだよ。とってもすごくて、だからみんなが気になってる力——それが理耶お姉ちゃんの『名探偵は間違えない（ルールブック）』なのかも」

「ちょ、ちょっと待ってくれ」

思わず僕はイリスを制した。

「理解できないよイリス。つまり君が言うには、理耶には推理を現実世界へ反映させる力があるっていうのか。そんな漫画みたいな話が本当にあるってのかよ」

「だってお兄ちゃんはハルピュイアを見たんでしょ？　それが証拠かも」

僕は言葉に詰まった。確かに、僕は理耶が推理した通りの怪物を目撃したのだ。

イリスは僕を見上げながら話を続ける。

「あのねお兄ちゃん、さっきお兄ちゃんが言ってた特殊設定はね、ぜんぶちゃんとこの世界にはあるかもなんだよ。だから全然特殊じゃないのかも。イリスだってほかの人にはない力を持ってるかもだし」

　僕は彼女の中二病設定を思い起こす。

「君の眼(め)は真実を見抜くことができる……ってやつか」

「うん」

　イリスは肯定し、語る。

「この世界にはね、虚無・真実・詐偽・狂喜・激昂(げきこう)・悲嘆・愉悦・嗜虐(しぎゃく)・慈愛を司(つかさど)る体現者――『真理の九人』がいるのかも。真理の九人は、ひとりひとりが自分の担当する真理を体現する力を持つかもなんだけど、イリスが担当する真理は真実かも。だからイリスは呼ばれてるのかも――『真実の体現者(マニフェスト)』って」

　待て、待て待て待て。なんだよ虚無・真実・詐偽うんたらかんたらって。体現者ってなに？　真理の九人って何事？　真実のマニフェストってＷｈａｔ？

「だからイリスの左眼(さがん)は真相を見抜けるし、右眼は真実を暴き出すことができるかもなんだよ。それがイリスの力――『真実にいたる眼差し(トゥルーアンサーアイズ)』かも」

　とう、トゥルーアンサーアイズ……？　やばい、やばすぎる、中二病全開のワードだらけで頭がどうにかなりそうだ！

「分かった。分かったから一旦止まってくれイリス。君はそのトゥルーアンサーアイズとかいう力を持つ能力者ってことだな。そして理耶(りや)もルールブックとかいうとんでもない力を持つ能力者なわけだ。それでイリス、どうしてそんな能力者の君は同じ能力者の理耶に近づいた――つまり、理耶の助手になったんだ？　さっき君は、みんなが理耶の力を気にしている的なことを言ってたよな。それが理由なのか」

「そうかも」と頷(うなず)き、イリスは続ける。「普通の人たちにはないしょなんだけどね、イリスみたいに特別な力を持つ人たちの秘密の集まりがあるかもなんだけど、その名前は『ＱＥＤ』っていうのかも。そこの偉い人に言われて、イリスはＳＩＰに入ったのかも」

「きゅ、ＱＥＤ……？」

「うん。それでＱＥＤの偉い人たちはね、理耶お姉ちゃんの『名探偵は間違えない(ルールブック)』がすっごく気になってて、だから理耶お姉ちゃんを仲間にしたいって言ったり、逆に理耶お姉ちゃんは危ないからどうにかしなきゃって言ったり、とにかくたくさん喧嘩(けんか)してたんだけどね、でも最後はしばらく理耶お姉ちゃんのことを見守ることに決まって、だからイリスは理耶お姉ちゃんがめちゃくちゃな推理をしちゃって世界が大変にならないように、助手になってお助けするためにここにきたのかも」

「要するにイリス、君は理耶の能力が暴走しないよう、推理を補助するためにＱＥＤとかいう能力者組織から派遣されてきたってことか」

「そのとおりかも。お兄ちゃんは頭がいいかもー」

さっきのお返しのつもりか、僕の頭を袖余りの両手で撫でてくるイリス。

僕は考える。とりあえず話を聞いたはいいが、果たしてこれは事実なのだろうか。それとも、やはりイリスが考え出した中二病的な設定にすぎないのだろうか。

……正直、とても事実だとは思えない。だってそうだろう。彼女には推理を現実世界に反映させる力があります、あと実は自分も本物の異能力者です、しかも能力者たちの組織に所属していて、彼女を監視・補佐するために組織から派遣されてきました、なんて急に言われてさ、『ああそうなんですね、了解です』などと言えるわけがない。

しかし、それでもイリスの発言を一笑に付すことができないのは、やはり昨晩見た光景が今もなお鮮明に網膜の裏に貼りついているからにほかならないだろう。

「なあイリス。どうして君は、それを僕に教えてくれるんだ？　君の話によればＱＥＤってのは非能力者に対しては存在を秘匿している秘密の組織なんだろ。僕はなんの力もない一般人だぞ。そんな僕に色々と教えちゃってもいいのかよ」

するとイリスは唐突にくるりと身を翻し、僕と真正面から向き合う体勢をとった。

吐息を感じるほど、イリスの顔が近くに迫る。

「確かにお兄ちゃんは一般人に見えるかも」

と言ったイリスの視線は、しかし黒布越しでも分かるほど興味深そうに僕を見ている。

「でもね、たぶんお兄ちゃんは普通じゃないかもだよ。だって理耶お姉ちゃんが生み出しちゃったハルピュイアはもうこの世界にはいないかもだもん。ちゃんとイリスたちが対処したかもだから。だから世界は元に戻ってるのかも。だからね——本当はお兄ちゃんが覚えてるはず、ないかもなんだよ」

「覚えてるはずがない……？」

「そう」イリスは小さく頷いた。「理耶お姉ちゃんの力が世界に与えた影響をやっつけるとね、世界は元に戻るかもなんだよ。そしたらね、絶対に誰もそのことを覚えてないかもなの。だってね——イリスだって、覚えてないかもだもん」

「君も覚えていない……？　ハルピュイアを見たことを？　それを倒したことも？」

「そうかもだよ。なのにお兄ちゃんは覚えてるかも。それはとっても不思議なことなのかも。だから、きっとお兄ちゃんにはなにか力があるってことなのかも」

「ど、どんな力が僕に……」

戸惑う僕に、イリスは告げた。

「それを今からイリスが確かめてあげるかもだよ」

そして彼女の手が黒布にかかる。

僕は察した。外すのだ、目隠しを。昨日の屋上以外では頑なに外そうとしなかった目隠しを外して、今まで僕に見せなかった双眸を露わにしようというのだ。

イリスは黒布をゆっくりと下ろし——ついに彼女の瞳が僕を映す。

「――『真実にいたる眼差し（トゥルーアンサーアイズ）』」

その左眼（さがん）は、未踏の山頂に降り積もった新雪かのごとく潔い（いさぎよい）白銀色をしていた。これほど澄んだ瞳であれば、いかなる真相をも見透かすだろうと思わせるほどに。

そしてその右眼は、漆黒の宵に浮かぶ満月かのごとく神々しい黄金色をしていた。これほど荘厳な瞳であれば、いかなる真実をも暴き出すだろうと思わせるほどに。

その双眸のあまりの美しさに、僕は言葉を失い、呼吸すらも忘れ、ただただ見蕩（みと）れてしまっていた。

やがて放心状態だった僕の意識を呼び戻したのは、僕を見つめるオッドアイの幼女が発した言葉だった。

「……見えないかも」

イリスはそう言った。

「え？」

「見えないかも」イリスは少しばかり困惑した表情で再び言った。「お兄ちゃんはとっても不思議かもだよ。イリスの眼（め）でも本当が見えないなんて、今まで理耶お姉ちゃんだけだったかもなのに。……ほえ、疲れちゃったかも」

イリスは僕の胸に頭を預け、身を寄せる。

「お、おい、大丈夫かイリス」

「大丈夫かも。寝れば元気になるかもだから。起きたら本を読んでね、お兄ちゃん。イリス、楽しみにしてる……かもだから……すうー、……すうー」

そしてあっという間に眠りに就いてしまったイリス。

昨日と同じであれば、こうやって急に寝始めたイリスは当分のあいだ目を覚ますことはない。つまり会話はここで強制終了というわけだ。

イリスを抱き、僕は天井を見上げてひとつ大きな溜息をつく。

なんとも形容しがたい緊張、興奮、不安のような感情が心臓を暴れさせ、血流に溶け込んで全身を巡り、脳でバチバチと弾けているみたいな感覚だった。

くらくらするような目眩を覚えながら、僕は部屋の中で独りごちる。

「……ひょっとしてまだ夢を見てるのか、僕は？」

【11】天魔(ヴァイルイーター)を喰らいし者／地恵の魔法使い(ナースオブアース)

明くる今日は土曜日である。学付(がくふ)は土曜日にも隔週で登校日を設けているのだが、今日は休みの週だった。

普段なら飽きるまで惰眠を貪る僕だが、今日はといえば健康的な時間に起床し、身だしなみを整えては颯爽(さっそう)と外界へ足を踏み出した。踏み出した、といっても歩いたのは玄関から数歩くらいのもので、現在、僕は一生乗ることはないだろうと思っていた桜花エンブレムつきの超高級セダンの後部座席に乗って目的地へと運ばれているんだけど。

というのも昨夜、とある人物から連絡を受けたのだ。話したいこともあるし、一度自宅へ遊びに来てはくれないかとのことだった。その人物がこの超高級車での送迎を手配してくれたのである。もうこれだけで誰からご招待あずかったのかお分かりだろう。

「到着いたしました、福寄(ふくよせ)様」

驚くほど滑らかに停車するセダン。運転手の柔らかな声音とともに、僕の到着を待ち構えていたらしい男性の使用人が丁寧にドアを開ける。

「すみません、ありがとうございます」

日本人特有の謝罪アンド感謝コンボを華麗に決めつつ、僕は車を降りた。

「「「「ようこそお越しくださいました、福寄幸太(こうた)様」」」」

一斉に頭を下げる数十人のメイドさんたち。彼女たちが向かい合って二列に並ぶことで道をなし、それが巨大な門へと続く様は、まさに圧巻の光景だった。

次いで門が開かれる。目の前に広がったのは、青々として広漠たる庭園と、その奥に佇む西洋の居城じみた大邸宅、そして優美な微笑みをたたえて佇むご令嬢と、相変わらずの無表情で彼女に付き従う専属メイドの姿だった。

「ようこそ来てくださいましたね幸太さん。わたくしとっても嬉しいですわ」

僕を自宅へと招待してくれた人物――姫咲先輩は、グレーを基調としたチェック柄のロングワンピースを麗しげにひらめかせ、優雅な足取りで僕へと歩み寄る。

「あ、いえ、こちらこそこんな素晴らしいお家にお招きいただいて光栄です」

社交辞令などではなく超本音だ。世界に名だたる万桜花家の本家邸宅にお邪魔できる人間なんて、普通なら少なくとも大企業の重役以上の肩書きが必要なことだろう。

「まあ。こんな古びた家を褒めてくれるなんて、幸太さんはお優しいですわ。あら、ほら雨名、あなたも幸太さんにご挨拶してちょうだい」

「本日はお越しくださりやがって誠にありがとうございますです」

「はは、こちらこそ感謝するよ雨名」

「さあ幸太さん、こんなところで立ち話もなんですから、どうぞこちらへいらっしゃってくださいな」

「あ、はい、失礼します」

姫咲先輩に促されて、僕は門をくぐる。

綺麗に刈り揃えられた芝生と、その縁を彩る多種多様な花々、まるで湖のような池などを眺めながら、僕は姫咲先輩と雨名の後ろについていく。

「実は先客がおひとりいらっしゃっていますわ」と、不意に姫咲先輩がそう言った。

「先客ですか？」

首を傾げたところで、どうやら目的地らしい建築物へと到着する。それはまさに貴族のお茶会に相応しく、白塗りの柱に黒褐色で八角形の屋根を持つガゼボだった。

「あっ幸太くん、おはよぉ～……ふへへ」

胸の前で小さく手を振りながら遠慮がちにガゼボから出てくる少女。見慣れたナース服姿じゃなかったので一瞬分からなかったが、それはゆゆさんだった。

「なるほど、先客はゆゆさんだったんですね」

今日のゆゆさんはナースキャップではなく黒いベレー帽を頭に載せ、ピンクのオーバサイズニットと柄物のロングスカートを組み合わせ、足下は白の靴下にローファーという仕立てである。鬱々とした雰囲気をまといがちな彼女だが、私服は思いのほかゆるふわな感じだ。目の隈を除けば非常に可憐な彼女の容姿に似合っていて実に可愛らしい。

「うん、初めてお邪魔させてもらったんだけど、本当に綺麗なお家で感動だよぉ……。街からそう離れてないのに、なんだか空気まで綺麗に澄んでるような気持ちがするなあ……ふへ。すうー……。はあ、心がお治しされていくみたいな気分だあ～……ふへへ」

祈るように胸の前で手を組んで深呼吸し、幸せそうな表情を浮かべるゆゆさん。

そんな彼女を見て、姫咲先輩は小さく首を傾げながら微笑んだ。

「ふふふ。さあ、おふたりとも。まずは美味しい紅茶とお菓子でもいかがかしら。雨名、準備をお願い」

「承知いたしました、お嬢様」

ガゼボの中には、純白のクロスが敷かれた円テーブルとクッション柔らかな高級椅子が用意してあった。勧められるままに腰を下ろして待っていると、間もなく雨名がティーセット一式とケーキの載ったプレートを持って戻り、職人芸ともいえる手際の良さでテーブル上に準備を整えたのだった。

「ありがとう雨名。さあ幸太さん、ゆゆさん、是非とも召し上がってくださいな」

「それじゃいただきます」

「わあ、いただきまぁす……ふへ」

カップを手に取り、ひとたび口をつける。途端に舌が感動した。流石は万桜花家のお嬢様が出してくれた紅茶だ、今まで飲んだどの紅茶よりもダントツで美味い。

「ふぇわあ、めちゃくちゃ美味しいよぉ……。こんなに美味しい紅茶、わたし初めてかもだあ……ふへ、あー生きてて良かったあ～……」

ゆゆさんも僕と同様の感想を抱いたらしく、眠たげだった瞳を大きく開いて輝かす。

姫咲先輩は嬉しそうに頬を緩めた。

「気に入っていただけてとても嬉しいですわ。今日ご用意させていただいた銘柄は英国のもので、稀少なために日本国内の市場には出回っていないんです。でもわたくしもこの紅茶が一番大好きで、いつも現地から直接取り寄せているんですよ」

紅茶ひとつにそこまでするとは。姫咲先輩の話を聞くたびに、自分がいかに庶民かを思い知らされる。

「さあ、お茶の次はケーキもどうぞ。きっと美味しいですわ」

「ひょっとしてこれも超有名なお店から取り寄せたものだったりするんですか？」

訊ねてみると、意外にも姫咲先輩は首を横に振ってみせた。

「いいえ。こちらは当家専属のパティシエにつくらせたオリジナルケーキですわ。数々の国際コンクールで受賞した経歴を持つ高名なパティシエで、以前はフランスの有名なパティスリーにいたんですけれど、数年前に引き抜いてきたんですの」

いや想像の上をいってたわ。規格外すぎるよ万桜花家。

それから僕たちはしばし歓談に興じた。そうして落ち着いた頃を見計らって、僕はさりげなく姫咲先輩に訊ねた。

「そういえば姫咲先輩、話したいことって一体なんですか」

するとと姫咲先輩は意味ありげな微笑を浮かべ、何故かゆゆさんは両手で持ったカップを口許に寄せたままきょろきょろと忙しなく視線を右往左往させる。

「ふふ。幸太さんったら意外とせっかちですわね」

そして姫咲先輩は鷹揚な所作でカップに口をつけ、ゆったりとソーサーに戻す。

「本日、幸太さんをお招きしたのは、わたくしたちから大切なお話をさせていただくためですわ」

「大切な話……?」

「昨日、イリスさんから報告を受けました」

「イリスからの報告、ですか……?」

なんとなく訝しむような視線を姫咲先輩に向けると、彼女はその妖しくも美しい紫色の双眸で僕を見つめ返した。

「幸太さん、あなたはハルピュイアを目撃したその記憶を保持されているんですね」

おっとイリスの奴、まさか姫咲先輩に話をしていたか。

「あ、いや、そんな夢を見たに違いないって話で」

恥ずかしさを誤魔化すように後頭部を掻きながら僕は苦笑した。

「実際にはそんなことあり得ないって流石に分かってますよ。ただなんとなくイリスに話をしちゃったんです。そしたらイリスの奴、それは夢じゃなくて現実だなんて言い出してですね。しかも僕が見たその怪物――ハルピュイアを出現させたのは理耶(りや)の推理だ、なんて言うんですよ。イリスによれば理耶には推理を現実世界に反映させる力があるらしいんです。さらには自分もトゥルーアンサーアイズとかいうすごい力を持つ異能力者だとか言って、自分は理耶を監視・補佐するためにＱＥＤっていう組織から派遣されてきたんだって言うんですよ。いやあ、すごくつくり込まれた設定で感心しましたね。きっとあの子には漫画家か小説家になる才能がありますよ、はははは」

「なるほど。イリスさんは、既にある程度詳細な情報を幸太さんに提供されたみたいですね」

「ははは……はは」

「でしたらこれからするお話もすんなりご理解いただけると思いますわ」

「はは……は」

え、なにこの流れ。まるでイリスの話が本当みたいな感じになってるじゃん。

「あ、あの姫咲先輩、イリスの話は――」

「イリスさんのお話はすべて事実ですわ」

まさか姫咲先輩がそんなに力強く断言するなんて。お嬢様の中のお嬢様で、漫画だとかアニメだとか、そういったものとは無縁の存在に見える彼女が微塵(みじん)の躊躇(ちゅうちょ)もなく言い切ってしまうだなんて。

「どうしてそう言えるんですか……？」

　すると姫咲先輩は答えた。

「それは、わたくしたちもまた『資格を具えし謎の目的地（Qualified Enigma's Destination）』――すなわちQEDに所属する異能力者だからですわ」

　うっすらと予期していた答えだったが、しかしそれは、それでも強烈な衝撃を僕の脳味噌に与えるのに十分な威力を伴った。

「そんな、姫咲先輩たちも異能力者だっていうんですか……！」

「ええ。わたくしも、ゆゆさんも、そして雨名も、あなたを除いた推川さんの助手は全員がQED所属の異能力者ですわ」

「ゆゆさんも、そして雨名も……!?」

　瞠目しつつふたりを見やると、ゆゆさんは恥ずかしそうに頬を赤らめながら「じ、実はそうなんだぁ～……ふへ」とはにかみ、雨名は無反応だった。

　困惑する僕をちょっとばかり楽しそうに眺めた姫咲先輩は、やがて居住まいを正すと改めて僕に微笑みを向ける。

「わたくしたちはみな、推川理耶さんの力──『名探偵は間違えない』が現実世界に危機的な作用をもたらさぬよう事前制御あるいは事後対処を行ないつつ、同時にその力の全容を把握すべく監視・観測・調査を実行し、それら取得した情報を蓄積することを目的として、当該任務に最も適した存在──すなわち彼女の助手になるべくＱＥＤが派遣した特殊任務遂行員なのですわ」

まさか僕以外の全員が異能力者で、姫咲先輩を始めとした助手たちはみな、ルールブックとかいう力を持つ理耶を監視・補佐して世界の均衡を保つためにＳＩＰに集まったというのか。いやいやそんな。

「そんなどこぞのライトノベルみたいな展開、ありですか……？」

けれど姫咲先輩は言った。

「有無を言わさずありなのですわ」一度言葉を切り、そして続ける。「本来であれば、一般人に対しては異能に関する事項のすべてが秘匿事項なのですけれど、イリスさんによれば幸太さんはなんらかの能力を保有していると考えられますし、なによりその能力がもたらす効果が非常に稀有で有用ですから、今回わたくしたちはあなたに対して情報を開示することにしました」

「……それが、僕がハルピュイアの姿を覚えてるってことですか」

「その通りですわ。イリスさんからもお聞きになった通り、推川さんの異能である『名探偵は間違えない』は、彼女の推理を現実世界に反映させるものです。つまり、彼女が彼女の手に入れた根拠をもとに存在すると推理したものは存在することになり、また存在しないと推理したものは存在しないことになるのですわ。ただし、推川さんは殺人事件に対して特に強い興味を示す傾向にありますから、過去の能力発動事例としては犯人さがしに関わるものがほぼすべてで、基本的にはハルピュイアのように通常存在しない架空の生物を現実世界に顕現させてしまうことがほとんどでした。わたくしたちはこれを『事変』と呼んでいますわ」

とすると、ひょっとしてハルピュイア以外にも色んな空想生物を生み出したことがあるってのかあいつは。いや迷惑すぎるし、というかそれ以前に迷推理しすぎだろ。

「そして事変発生時ですが、仮に空想上の生物が顕現した場合は、これを討ち滅ぼすことで事変を終息させ、世界を事変発生以前の状態に復元することが可能ですわ。すなわち一昨日のハルピュイアを例にとった場合ですと、ハルピュイアを倒しさえすれば、それまでに破壊された建造物はもちろん、失われた生命にいたるまでのすべてが元通りに戻るのです。そうして世界はあるべき姿を取り戻すことができるのですわ」

要するに、理耶の推理が事変を起こした際には、その元凶を取り除くことができれば事変そのものをなかったことにできるってことですか。

「その通りですわ。そしてその影響は記憶にまで及びます。したがって事変を終息させた後には、わたくしたちは事変にかかる記憶の一切を失ってしまうのです」

……なるほど。なかったことになるのだから、当然それに関する記憶が残るはずはないのだ。だってそんなことはなかったのだから。

　さらに姫咲(きさき)先輩は言った。

「そしてその対象は、能力者である推川さん自身も例外ではありません」

「え。ってことは……理耶自身も事変が起きたことを忘れてしまうんですか」

「そうです。だから彼女は、ご自分に世界を変容させるほど強大な力が宿っていることを自覚なさっていないのですわ」

なんと。それじゃ理耶は自分を非能力者だと思っているのか。そして代わりに本格的名探偵なんてわけの分からない名前を自称していると。一体どんな冗談だ。

「だったら教えてやればいいじゃないですか。そうすれば支離滅裂な推理を控えるようになるかもしれませんし」

　ナイスな提案だと思った僕だったが、姫咲先輩は苦笑いしながら首を横に振った。

「推川さんは、その推理内容こそ奇想天外ではありますけれど、根本的に探偵気質であることに相違はないのですわ。ですから彼女は、たとえ他人に『名探偵は間違えない(ルールブック)』について教えられても、納得するだけの根拠がなければ信じてはくれません」

　納得するだけの根拠とは事変そのものを目の当たりにさせることだろう。しかし事変を終息させれば理耶(りや)もまた記憶を失うのだから、事変という超常現象を彼女に見せることは実質的に不可能というわけだ。

「だからこそ幸太(こうた)さん、あなたはとても不思議なのですわ」

姫咲(きさき)先輩の言葉に少し力が籠(こ)もった。

「なかったことになったはずの事変中の記憶を完全な状態で保持し続けることができる人間なんて、能力者本人を含めてもいないんです。……実をいえば異能力者の中には、所有する能力の特性によっては不完全な形で記憶の断片を保持できる者もいるにはいるんですけれど、それでも幸太さんは異例中の異例ですわ。幸太さん、あなたは唯一、推川(おしかわ)さんの能力を完璧に観測し得る存在——完全観測者だといえるでしょうね」

「完全観測者……」

なんかカッコいいような、そうでもないような。

なんてぼんやりと考える僕を見つめながら、姫咲先輩は右の人差し指を立てた。

「それと幸太さん。あともうひとつ、わたくしたちにとって非常に有用な幸太さんの能力がありますわ」

「もうひとつですか？　それは一体……」

姫咲先輩の目つきが真剣味を帯びた。

「それは、あなたの推理力です。幸太さんの豊富なミステリ知識と、それに基づく鋭敏な論理思考能力が、推川さんの保護という点において非常に大きな助けとなるのですわ」

いや僕自身はそんなに自分の推理力に自信なんてないんだけど……それはまあひとまず置いておくとして。

「僕の推理力が理耶の保護に役立つ？　それはどういうことですか」

「実のところ、事変の正しい終息手順はそれほど単純でもないのです。……といいますのも、もし真の真相解明なくして真実を葬り去ってしまった場合、その代償が心身負荷という形で能力者本人にフィードバックされてしまうのですわ」

……え、えっと、つまり？

「先ほどもご説明した通り、推川さんの『名探偵は間違えない（ルールブック）』は彼女の推理を真実とします。つまり、彼女の能力が発現した時点でそれは間違いなく世界にとっての本当なのです。実際には別に真犯人がいたとしても、ですね。ゆえに事変の元凶たる存在を強制的に排除することは、すなわち真実を強引に捻じ曲げるのと同義になるのですわ」

おいおい。

「なんだか横暴なロジックのように聞こえますね……」

「それほど彼女の能力が強大であるということですわ」そう言いつつも、姫咲先輩は僕に同意するように困り顔で微笑した。「ともかく、世界の規則（ルールブック）に反して真実を捻（ね）じ曲（ま）げてしまった場合、結果として真実を失った世界は歪（ゆが）みを生じます。そして受け入れ先のない歪みは行き場を求め、最後には心身負荷となって能力者である推川（おしかわ）さん自身に還元されてしまうのですわ」

「その負荷っていうのは、どれくらい理耶（りや）に悪い影響をもたらすんですか」

「事変の規模によりますね。数日寝込む程度の体調不良を引き起こす場合や、あるいは数週間落ち込みが続く精神不調を起こす場合など、ケースバイケースですわ」

そこで一度言葉を切り、また姫咲（きさき）先輩は言葉を続ける。

「ですがそんな負荷のフィードバックを防ぐ方法があります。それは、事件の真犯人を暴き出して世界に本当の真実を与えることですわ。そうすれば世界は真実を失わずに済み、歪（ゆが）みを生じることがなくなるのです。つまり、本当の意味で事件を解決したうえで事変を終息させることができれば、推川さんはなんら負荷を受けることはありません」

なるほど。だから理耶を守るために推理が必要になるってわけか。

とはいえ正直なところ自業自得な面はあるし、ちょっとくらいの体調不良なら甘んじて受けるべきだと思わないでもないけど。

しかし、そんな僕の考えを見透かしたかのように姫咲先輩は言った。

「ですけれど、わたくしたちが本当に危惧しているのは推川さんの心身に対する悪影響というよりも、負荷として彼女の中に蓄積されていく世界の歪みそのものですわ。その歪みは、根本的には彼女の『名探偵は間違えない（ルールブック）』が生み出したものです。つまり彼女の異能の力そのものなんですよ。それが負荷という形で彼女の中に還元・蓄積されていき、やがて容量を超えて怒濤(どとう)のごとく溢(あふ)れ出(だ)したとき、一体なにが起こるのかわたくしたちには計り知れません。それゆえに正しい終息手順を踏むことが強く求められるのです。そして、そのために必要なのが幸太(こうた)さん、あなたの推理力なのですわ」

　今一度、姫咲先輩の真剣な紫水晶が僕を見つめ直す。

「一昨日の殺人事件を幸太さんは見事に解決してくださいました。そのおかげで、わたくしたちは安心してハルピュイアの討伐に注力することができたのですわ。本来ですと真相解明はイリスさんの役目なのですけれど、彼女はまだ幼いがゆえに実力を完全には発揮できませんから、わたくしたちとしても少々苦労していたのです。したがって幸太さん、あなたは、まさにわたくしたちが必要としていた人材なのですわ」

「……はは、そりゃまた荷が重そうですね」

　思わず苦笑を浮かべた僕を見つめながら、そこで姫咲先輩はふっと表情を和らげた。

「ですから幸太さんには是非、わたくしたちが何者であるかを知っていただいて、これからは秘密を共有する助手仲間として、より親密に、そして密接に協力し合っていきたいのですわ。わたくしたちの探偵に、世界を壊すような推理をさせないために」

　……おおよそは理解できた。理耶の力についての情報を収集する一方で世界の均衡を保つという彼女たちの任務、その手助けを僕にもしてほしい。どうやら、それが彼女たちの希望らしい。そして。

「そのために姫咲先輩たちが何者なのかを僕に教えてくれるってことですか」

すると姫咲先輩は優しげに微笑んだ。

「ええ。それはもう、包み隠さず」

そして自身について語り始めるかと思いきや、何故か姫咲先輩は唐突にこう問うた。

「ねえ幸太さん。世界というものは、わたくしたちの生きるこの世界だけしか存在しないと思いますか？」

なんだなんだ。なにを訊きたいんだ姫咲先輩は。まったく、異能力者っていうのはみんな哲学的な質問を好むのだろうか。

「違うんですか？」

そう答えると、姫咲先輩は僕の疑問を愉しむように目を細めた。

「正解はですね、そうとも言えるし、そうではないとも言えるのですわ」

やっぱり哲学だ。

「世界とは、すなわち空間。そして空間を構成する要素は次元と呼ばれる軸によって表されます。一般にわたくしたちが認識できる空間次元軸としては、点たる零次元、線たる一次元、平面たる二次元、立体たる三次元が挙げられ、四次元以降の軸は知覚不能とされますわ。ですからわたくしたちが生きる世界は三次元世界と言えるでしょう。かの有名なアインシュタインが提唱した相対性理論によれば、三次元空間に時間という一次元を加えた四次元時空とも表現されますけれど。しかし、空間次元としても確かに四次元以降の軸が存在するのですわ。その根拠として、ひとつには異能力者の存在が挙げられます。何故ならば彼らが行使する異能とは、究極的には余剰次元軸方向からの作用を三次元的に観測した結果だと説明するほかなく、それが逆説的にn次元の存在を証明することになるからです」

いや、哲学かと思ったらSF的な話になってる……！　そして全然分からない。

「さらにこれら不定n次元軸は、実は各々が固有周期を持っているのです。つまりn次元軸が周期係数αを持つとした場合、周期のどのタイミングで観測するかによって次元座標が変動するのですわ。ですからn次元軸における座標というものは不変ではないのです。幸太さんにはこういう経験はありませんか。いつもと同じ道を同じように歩いたのに体感の距離感覚が違うということが。これは次元軸の周期――いわゆる空間の揺らぎによるものですよ。本来、人間であれば周期係数αを持つn次元軸において一定の次元位相β地点の観測を行うものであるという原則があるのですが、実際においてはそこに多少の誤差が生じるのですわ。要因は観測者の思考状態、あるいは精神状態など様々ですけれど。さておき、それゆえ人類という共通の種族間においても、n次元上の座標に対する認識の齟齬が発生するのです。するとこう考えることができますわ。世界とはすなわち、ある者が知覚する空間次元の数、およびそれらを認識し得る次元位相における各座標の交点であると。そして、この理論に基づけばこうも言えるでしょう。宇宙という根源的空間には、認識可能次元軸と認識可能次元位相の組み合わせの数だけの世界が内包されているのだと」

……あ、えっと、うん。

「つまりどういうことでしょうか……？」

もはやイリスをも超越する中二病感で、微塵も理解できなかった僕である。

「わたくしたちの目に映るこの世界は、見る者によって無数に姿形を変えるということですわ。ですから世界の数は一であり、同時に無限でもあるのですわ」

「あ、はい、分かりました」

全然分からないけどもう分かったって言っとこ。

「流石は幸太さん、こんなにスムーズに理解していただけるなんてやはり素晴らしい頭脳をお持ちですわ」

僕が適当に頷いたなどと疑う気配もなく、姫咲先輩は嬉しそうに笑んだ後に続けた。

「さて、今のご説明で察しがつかれたかとは思いますが、ここでひとつの仮説が浮上します。それは、通常わたくしたちが認識し得る領域外に存在する生命体の可能性ですわ」

「領域外の生命体……」

これっぽっちも察しはついてなかったけどそれっぽい顔しとこ。

「ええ」と頷く姫咲先輩。「そしてそれは実在します。わたくしたち人間よりも遙かに多くの空間次元を認識でき、かつ、わたくしたち人間とは異なる次元位相上に存在する異形の存在が。——そしてわたくしたちは、それを『天域に棲まう魔物』と呼んでいますわ」

「ヴァ、ヴァイル……？」

なんかまたオリジナリティ溢れる名詞が出てきたよ……。

「そう。特定領域外不可確認異形種ヴァイル。そしてわたくしは、ヴァイルとの主導的融合を果たした非常に珍しい人間なのですわ」

「主導的融合、ですか」

意味が分からないままに反芻する僕だったが、姫咲先輩は神妙な顔つきで頷く。

「はい。通常、わたくしたち人間はヴァイルに対して不知覚ゆえに干渉できない一方で、ヴァイルから人間に対しては仮想n次元を通じて干渉が可能なのですわ。では、仮想n次元——それがなにかといえば、わたくしたちが眠っている間に見る夢です。夢の中って、現実世界では起こり得ないことがたくさん起こるでしょう？　つまり、不完全ながらに人は夢見の間に不可確認次元との知覚的接続を果たしているのです。そしてそこをヴァイルは狙います。ヴァイルは人間の夢に現れ、そこで人間の意識を喰らい、乗っ取ってしまうのですわ。精神を支配された人間はヴァイルの下僕となり、ヴァイルの意思通りに動く傀儡となります。そしてさらに侵食が進行すれば、やがて人体は単なる媒介と化し、最終的にはヴァイルそのものが三次元世界に顕現するのですわ。そうやってヴァイルは人間世界に干渉してくるのです」

「そんな恐ろしい存在が……」

全然分からないけど、とりあえず適当に相づちを打っておく。

「確かに実在するのですわ。……しかし、中にはヴァイルの侵食に対する耐性を持つ人間がいます。それがわたくしのような『適応者』ですわ。極めて稀な存在ですけれどね。とにもかくにも、わたくしはヴァイルに対する耐性を具えていました。だからわたくしはヴァイルによる精神侵食の際、ヴァイルに意識を支配されることはなく、逆にわたくしの支配下に置く形でヴァイルを取り込んだのです。つまり、わたくしはヴァイルを喰らい返したということですわね。そうしてヴァイルとの主導的融合を果たした結果、わたくしはヴァイルを肉体に宿しながら人間としての自我を保つ存在――『天魔を喰らいし者』となったのです。これまで世界各国で幾度となく繰り返されてきた融合実験ですが、現状、ヴァイルとの主導的融合を成功させた事例はわずか七件だといいます。そして、わたくしはそのうちの七事例目の成功実験体――通称、『NO.7』なのですわ」

「ヴァイルイーター……。ナンバー、セブン……」

詳細はさっぱり理解できないが、要は姫咲先輩は、僕たちとは違う世界に生きるヴァイルとかいう存在と融合した人間だってことだろうか。

「ひょっとして姫咲先輩がたまに先輩らしからぬ粗野で粗暴で乱暴な挙動になるのは、そのヴァイルとかいう奴のせいなんですか」

するとと急にがくりと項垂れる姫咲先輩。からの間髪を容れずに彼女のか細い腕が、怖いくらいの力で僕の胸ぐらを掴んで引き寄せた。

「ああん、なんだ小僧!? 俺様になんか文句でもあんのかよコラア！ ソヤとかソボーとかランボーとかよく分かんねえけどよ！ このダベル様を馬鹿にしやがったらただじゃおかねえからなあ！」

出た出た出た！ これが姫咲先輩が体に宿しているっていうヴァイルの人格か!?

「ば、馬鹿にしてません！ 褒めてます！」

「お、なんだそうだったのかよ。悪いな小僧、てっきり悪口だと勘違いしちまったぜ。そうだよなあ！ 俺様が悪口を言われるわけがねえもんなあ！ だって俺様は馬鹿じゃなくて最強なんだからよ！ ギャハハハハハ！」

なるほど、この人格のときの姫咲先輩は間違いなく馬鹿だ。

上機嫌になった姫咲先輩（ダベル？）は、どすんと椅子に腰を下ろし、淑女にあるまじき横柄な姿勢をとった。

「おい駄メイド！ 足置き！」

「かしこまりました、お嬢様」

すると今まで直立不動でいた雨名が目にも留まらぬ速さで姫咲先輩の足下に跪く。

ええまさか、と思いつつも眺めていると、姫咲先輩は遠慮の欠片もなくオットマン代わりのようにして雨名の背中に足を置いたのである。

「うぐっ」乱暴に足を置かれた衝撃で呻く雨名。「ありがとうございますお嬢様……っ、……にちゃあ」

うん、見た目は可哀想だが、相変わらず本人は嬉しそうなのでそのままにしておこう。

「うお、なんだなんだこの食い物はよ！　すっげえ美味そうじゃねえか！」

不意にテーブルの上に目をやった姫咲先輩は、好物を前にした子供みたいに目を輝かせたかと思うと、あろうことか素手でケーキを鷲掴み、口いっぱいにそれを頬張った。

「むべえ！　だんだこれべっちゃむべえぞ！　むべえむべえむべえ！　ギャハハハハ！」

手はクリームだらけだし、口に物を入れたままめっちゃ喋るし、本当に今目の前にいるのが姫咲先輩なのか不安になってしまう光景だ。

と、ケーキを飲み込んだところで急に姫咲先輩の手が止まる。そして一瞬がくりと項垂れたかと思うと、次に顔を上げた彼女の目はいつもの穏やかさに戻っていた。

「……もう。勝手に出てこないでちょうだい、ダベル」

姿のない別人格をそう窘めると、姫咲先輩は恥ずかしそうな微笑を僕に向けた。

「申し訳ありませんわ幸太さん。今のがわたくしの中に宿るヴァイル――ダベルの人格です。普段はわたくしの制御下にあるんですけれど、時折ひょんな拍子に表に出てきてしまうことがあるのですわ。どうもお見苦しいところをご覧に入れてしまいましたわね」

「あ、いえ、お気になさらず」

僕は思う。果たしてこれは本当なのか。それとも姫咲先輩が自分で考えた設定に従って二重人格のふりをしただけなのだろうか？

「あなたもごめんなさいね雨名。足置きになんかしてしまって。ほら、もう立って大丈夫よ。それともうひとつごめんなさい、ダベルのせいで手がベタベタになってしまったから綺麗にするための道具を用意してくれないかしら」

「い、いえボクは大丈夫ですお嬢様」とか言いつつ名残惜しそうに立ち上がる雨名。「お手はボクが綺麗にしやがりますです」

そうして雨名にクリームで汚れた手を綺麗にしてもらいながら姫咲先輩は言った。

「さて、これでひとまずわたくしが何者であるかについてのご説明は以上ですわ。なにかお訊きになりたいことはありますか、幸太さん」

「いやまあ……今のところ、特には」

非現実的な話すぎてなにを訊いたらいいのか分からないです。

しかし姫咲先輩は感心したように笑みを浮かべつつ、

「やはり幸太さんは素晴らしい理解力をお持ちですわね。同じ推川さんの助手として大変頼もしいですわ」

と言うのだった。いや違うんですけどね……。

「それじゃ次は……」

視線を巡らせる姫咲先輩。しかしそこに雨名が言った。

「ボクのことはまた次にお願いしますですお嬢様。今インカムに連絡が入って、ボクはこれから本館に戻りやがらないとです。万歳様からのご命令です」

「あらそう」少し目を見開く姫咲先輩。「お祖父様ったら雨名になんの用かしら。けれど仕方がないわね、それじゃ行ってきてちょうだい」

主の手を美しく拭き上げた雨名は静かに立ち上がる。

「申し訳ございませんお嬢様。癒々島ゆゆ様、福寄幸太様も申し訳ございません。それでは失礼しやがりますです」

そうして雨名は無音の風がごとく去っていったのだった。

専属メイドを見送り終えると、姫咲先輩はゆゆさんへと目をやった。

「ということですので、次はゆゆさんに本当の自己紹介をしていただきましょうか」

「うん、分かったあ……ふへ」

若干緊張した面持ちで小さく両拳を握るゆゆさん。

はてさて次は一体どんな奇天烈な説明が待ち受けているのだろうか。もう思う存分好きに語ってくれ。と、僕はそんな諦めにも似た気持ちでゆゆさんを見る。

彼女もまた寝不足のような瞳で僕を見つめ返し、そして語り始める。

「わたしの場合は姫咲さんみたいに難しい説明は必要ないと思うんだあ……。だって幸太くんも知ってるよね、魔法っていう不思議な力のこと……」

魔法？　ＲｐＧなんかに出てくるあれのことでいいのか。

「そりゃあ僕だって魔法という言葉くらいは知ってますよ。杖とかステッキを片手に呪文を唱えたり、あるいは床に特殊な文字や紋様を使った図を描いたりして不可思議な現象を発生させる術のことです。……ってもしかしてゆゆさん、あなたはまさか……！」

目を見開く僕を見つめながら、ゆゆさんはこくりと頷いた。

「うん。実はわたし、魔法使いなんだあ～……ふへ」

推理で世界を捻じ曲げる探偵、真実を暴き出す瞳を持つ目隠し幼女、人外と融合した二重人格お嬢様ときて、今度は魔法使いのお出ましか。

「ゆゆさんはどんな魔法使いなんですか」

「わたしの魔法はお治し、いわゆる治癒魔法だよぉ……ふへへ」

回復系の魔法を使う魔法使い。それゆえにお治しに執着していたり、拠点ではナース服を着ていたりする、ということだろうか。

そんな想像をする僕の眼前で、ゆゆさんは手のひらを重ねてちょこんと太ももの上に置き、長い睫毛を少し俯かせる。

「この世界にはね、実はわたしを入れて十人の特別な魔法使いがいるんだあ……。昔、すっごく偉大な魔法使いさんがいたんだけどね、その人はいつももっとすごい魔法を生み出したいって考えてたらしくて、そしたらあるとき思いついたらしいんだ、魔法は星の生命エネルギーのマナを源にしてるから、地球以外の星のマナも使うような魔法をつくりあげればいいんだーって……」

「それはまた大胆な人ですね」

「ほんとにそうだよねえ……ふへ。それでその魔法使いさんはね、宇宙におっきな魔法陣をつくっちゃったってわけなんだあ～……」

え、宇宙に魔法陣って描けるものなんですか。

「実際に描いたんじゃなくて、既にあったものを魔法陣に見立てることでつくりあげたんだけどね。……えっとね、つまりその人は、天体の軌道を魔法陣に見立てることで色んな星のマナを使える魔法を編み出しちゃったんだあ～……ふへへ」

天体の軌道を魔法陣に見立てる……規模がでかすぎませんかそれ。

「太陽を中心として、水星、金星、地球、火星、木星、土星、天王星、海王星、そして冥王星。これら十の星々と、それらによって描かれる軌道図を魔法陣化することで、星そのものが魔力回路装置の一部になったんだよぉ～……。その結果、天体魔法陣を根源とした魔法は、各天体が持つ莫大（ばくだい）な量のマナを一度に大量に魔力変換できるようになったわけなんだあ……。とまあこうしてその魔法使いさんは、十天体にまつわる十系列の大魔法を完成させたんだよね……。そして晩年になるとね、魔法使いさんは自分が完成させた十系列の天体大魔法を有形短縮術式化――いわゆるマジカルステッキという形にして後世に遺（のこ）したんだあ～……」

　おっと魔法陣が出てきたかと思ったらしっかりステッキも出てくるんですね。

「今説明したような経緯で現代に残る十本のマジカルステッキだけどね、誰でも扱えるわけじゃなくて、かなりの魔法適性がないと使いこなすことはできないんだあ～……。当然だよね、通常では考えられない量のマナを魔力化させる有形短縮術式なんだから、適性の低い人が使うと負荷に耐えきれなくてあっという間に全身の神経が焼き切れちゃうわけだよ～……ふへへ」

　いやなにそれ怖すぎないです？

「だからマジカルステッキを扱える魔法使いは特別でね、そんな天体大魔法の使い手の十人はこう呼ばれてるんだあ――『十星の魔法陣（スターサークル）』って」

「スター、サークル……」

　とうとう現れたな中二病的専門用語め。

「うん」ゆゆさんは頷（うなず）き、続ける。「そしてね、その中でもわたしが司（つかさど）るのはこの星、地球なんだよね……。地球はなによりも恵みの星で、癒やしの星で、だからわたしは恵みとお治しを与える魔法使い――『地恵の魔法使い(ナースオブアース)』ってわけなんだぁ～……ふへへ」

「ナースオブアース……なるほど」

どうやらゆゆさんは地球を代表する凄腕(すごうで)のナースさんだったらしい。魔法を使ってどんな怪我(けが)や病気もお治ししてくれるのだ。だとしたら学校でナース服を着るのなんて当たり前で、逆に彼女を見て不思議に思うこちら側がおかしいというものだ、うんうん。

「おお、やっぱり幸太(こうた)くんは理解が早いなぁ～……ふへ。ぱちぱち」

「あ、いえ、それほどでも……」

もうなんか抗(あらが)うのを諦めている僕がいる。だって聞くの疲れてきたし。

僕は再び姫咲(きさき)先輩へと視線を戻す。すると姫咲先輩は小さく首を傾(かし)げた。

「さあこれでわたくしたちの正体をすっかり打ち明けました。ですから、これから幸太さんとわたくしたちは真の助手仲間、ゆえに一蓮托生(いちれんたくしょう)ですわ。一緒に推川(おしかわ)さんを支えてまいりましょうね」

「は、はあ」

曖昧に頷(うなず)く僕。すっかり正体を打ち明けたと言われても、やはりそれはイリスと同様にとても非現実的な内容で容易には信じがたい。どれもこれも疑いの目を向けてやれば、まったくの虚言である可能性は十分にあるのだ。もはや理耶(りや)を始めとしたＳＩＰ全員がグルになってドッキリを仕掛けているんじゃないかとすら思えてくる。

だってさ。QED？　能力者？　理耶のために派遣された？　それはそれとしてだよ。

「ひとつだけ訊(き)きたいんですけど姫咲先輩。みんな能力者は能力者なんですけど、イリスは『真理の九人』で体現者とか言うし、先輩は『天魔を喰らいし者(ヴァイルイーター)』で成功実験体とか言うし、ゆゆさんは『十星の魔法陣(スターサークル)』で魔法使いとか言うしで、あまりにもバラバラすぎはしませんか。これじゃまるで色んな創作作品がごちゃ混ぜになったみたいな状況で、とてもじゃないですけど現実味がないというかなんというか……」

　しかし姫咲先輩の上品な微笑に変化はなく。

「それもそのはずですわ、幸太さん」

　それどころか彼女はこう言ったのだ。

「だって、今は確かに推川理耶さんを中心に物語が回っていますけれど、だからといってわたくしたちが引き立て役のサブヒロインなわけではありませんもの。わたくしも、雨名(うな)も、ゆゆさんも、そしてイリスさんも、相応の舞台に変われば間違いなくその中心に立つ存在なのですわ。つまりですね幸太さん、――わたくしたちは、全員がメインヒロインでしてよ？」

　そして姫咲先輩は、僕に向かって優美にウインクを投げてみせたのだった。

【12】ヘビに殺されたⅠ

「わあい遊園地かもー！」

紺色のオーバーサイズトレーナーに身を包んだイリスが、開けたエントランスの真ん中で両手を空に突き上げて嬉しそうにはしゃいだ。

理由はもちろん。

万桜花本家でのカミングアウト大会を終えた翌日。日曜日の今日、僕たちＳＩＰ一行は急遽、地元の遊園地に勢揃いすることになったのである。しかも開園同時に。

「うん。気持ちのいい青空で、今日はすごく本格日和だね」

この自称・本格的名探偵様による招集がかかったからだ。

理耶は黒のキャップに白のパーカー、下はデニムのホットパンツに薄いタイツ、そして黒いショートブーツといった装いで、思いのほか普通の私服姿で驚いた僕だった。この探偵少女なら、私服となればインバネスコートにディアストーカーハットを被って現れるくらいのことは平気でやりかねないと思っていたからな。

「わたし遊園地ってとっても久しぶりかも……。なんだかわくわくしてきたなあ～……ふへへ」

意外や意外、イリスと同じく楽しみで仕方がないといった様子のゆゆさんは、厚手の白

シャツの上からベージュのデニムジャケットを羽織り、下は茶色系のチェック柄ロングスカートに白いハイカットスニーカーの組み合わせである。

「わたくし実はこの遊園地に来たのは初めてで。皆さんと一緒に来られて非常に嬉しいですわ」

そう言って微笑む姫咲先輩は、ウエストがきゅっと締まったグリーンのクラシカルワンピースに身を包み、足下は白い靴下に黒のパンプスを履いている。胸元にあしらわれたリボンが上品で可愛らしく、これもまたとてもいい。

そしてその傍らに控える雨名は、今日もお決まりのメイド服姿である。

「ところで推川さん。今日はどんな目的があってここへわたくしたちをお集めになられたんですか」

姫咲先輩が問うと、理耶はおもむろにスマホの画面を僕たちに見せつける。

液晶には、次のような内容が表示されていた。

『――君はすべての問題に正解し、見事に秘宝へとたどり着けるか!?　最新アトラクション、謎解き迷宮〈七つの試練の洞窟〉への挑戦者求む!!』

「これほどあからさまに謎を示されたとあっては、我々としては挑戦せざるを得ないよね」

数日前の落ち込みはどこへやら、理耶はすっかり元気を取り戻しているようである。

姫咲先輩は理耶が掲げるスマホにじっと目を凝らすと微笑した。

「なるほど。確かにこれはわたくしたちのために用意されたようなアトラクションですわね。あら、そして推川さん、こちらの謎解き迷宮は今日から開始とありますわ」

「その通りだよ姫咲ちゃん。だから急いでみんなに声をかけたわけさ。だって私たち『本格の研究（スタディ・イン・パズラー）』こそが、この〈七つの試練の洞窟〉を最初にクリアするんだからね」

それで開園時刻ちょうどに集合させられたわけか。気合い入りすぎだろ。

「おおー洞窟面白そうかもー。行きたいかもー」

「そうだねえ、なんだか冒険みたいで楽しそうかもだあ～……ふへ」

イリスとゆゆさんは純粋に乗り気なようで、興味津々といった顔つきだ。

「素晴らしい心意気だね、ふたりとも」と言って理耶は満足げに笑んだ。「さあいつまでもここに立ち止まってたんじゃ先を越されちゃうよ。早速向かうことにしよう」

新アトラクション〈七つの試練の洞窟〉へ到着すると、僕たちより先に中年の男性がひとりいた。

男性の後ろに理耶、僕、姫咲先輩、雨名が並ぶ。トイレに行きたいと言い出したイリスの付き添いをゆゆさんが申し出たため、ふたりは少し遅れたのだった。

　結局、ゆゆさんとイリスが到着したときには間に二組の男女カップルが並ぶこととなった。

「〈七つの試練の洞窟〉へようこそいらっしゃいました！　お客様たちが正真正銘、最初の挑戦者の方々です！」

　黒髪短髪の若い青年スタッフが溌剌とした声で言った。見ると、右胸の名札には『波留健太』とあった。それが彼の名前らしい。

「この洞窟には恐ろしい怪物が棲んでいて、一番奥の部屋には秘宝が隠してあるといいます。ただし、そこにたどり着くのは容易ではありません。ゴールまでに全部で七つの分岐点があって、そこで間違った方に進んでしまうと、その先にあるのは偽物の部屋でゲームオーバーになってしまうのです。でもご安心を。各分岐にはヒントとなる謎——すなわち試練が提示されていて、その謎を解き明かすことができれば、あなたたちはちゃんと正しい方向に進むことができますから。なので皆さん、願わくばどうか七つの謎を打ち破り、洞窟の最奥に眠る秘宝をゲットしてください！」

　なるほど設定は理解した。要は七つの問題が用意されていて、すべてに正解することができればゴールにたどり着けるというものか。秘宝ってのは、おそらくクリアした客には景品のグッズかなにかが渡されるのだろう。

「ちなみに当アトラクションですが、大人数でご参加のお客様方にはできればおふたりずつのペアになって挑戦していただきたいのですが大丈夫でしょうか？」

おや。とは思ったがそれも当然か。人数が多くなればなるほど頭脳の数も増えてクリアしやすくなるもんな。

「だったら並んでる順にペアになろうか。だから私と幸太くんがペア。そして姫咲ちゃんと雨名ちゃんがペア。最後にゆゆちゃんとイリスちゃんがペア。これで問題ないかな？」

臨機応変に理耶が対応する。まあ妥当な案だといえるだろう。

「もちろん問題ありませんわ、推川さん」姫咲先輩が賛同する。

「ボクはお嬢様のお側にいられたら構いやがりませんです」雨名は淡泊に答えた。

「イリスにどんと任せてかもだよ、ゆゆお姉ちゃん。イリスがばしっと謎を解いてあげるかもだから」袖余りの右手で自らの左胸を叩くイリス。

「うん。イリスちゃんはとっても頼もしいなあ～……ふへ」そんなイリスに微笑みを向けるゆゆさんだった。

ということで全員、異論はないらしい。

「それじゃ決定だね」と言ってから、理耶は僕を見やると目を細めた。「一緒に頑張ろうね幸太くん。ふたりで絶対にクリアするよ」

あまりプレッシャーをかけないでほしいもんだ。

「各お客様、三分おきにスタートになります。それでは最初のお客様、行ってらっしゃいませー！」

スタッフの合図で入場が始まり、最初に男性ひとりがスタートしてから三分後、僕と理耶の番がきた。

「それでは次のお客様、行ってらっしゃいませー！」

「よし行こう、幸太くん。先に出発した彼を追い抜くよ。あるいは、既に彼が道を間違えてくれてるとありがたいけどね」

「意気込みすぎだろ。ていうか引っ張るな引っ張るな」

抗議も虚しく、理耶は僕の手を引っ張って薄暗い通路をずんずんと進んでいく。

間もなく壁に突き当たる。そこからの道は右と左に分かれていた。どうやら最初の分岐に到着したらしい。

精巧に岩肌を模してつくられた壁には大きなモニターが埋め込まれていて、そこにはこう表示されていた。

『恐ろしき怪魔の巣窟へと足を踏み入れし愚かなる人間よ。秘宝眠る最奥の地へとたどり着きたくば、この洞穴を満たす漆黒を導きの光で照らすべし』

「これが最初の試練、問題ってことか？」

漆黒を導きの光で照らすべし。どういうことだ。確かに通路は薄暗いし、試しに辺りを照らしてみるか。

僕はスマホのライトをつけて周囲を照らしてみたが、しかし目につくようなものはなにもなかった。

「光で照らしたところでなにも分からないな」と首を傾げる僕。

すると理耶は得意げな微笑をこちらに向けた。

「謎は解けたよ幸太くん」

なに、もう答えが分かったってのか。

「進むべき方向はこっちだ」

そう言って理耶は僕の手を握り、右方向へ伸びる道をまたずんずんと進み出す。

「なあ理耶」手を引かれながら僕は声をかける。「どうして右が正解だって分かったんだよ。あの文章の意味はなんだったんだ」

「簡単なことだよ。導きの光ってあったでしょ？　光は英語でライト。ライトを別の日本語に訳すと右。だから答えは右方向に進むこと。──以上、本格論理、展開完了」

「ああなるほど」

聞いてしまえば単純な謎かけだ。しかし。

「君は頭の回転が速いな」

あの文言を見てすぐにその答えに至るとは、閃く力は確かに常人を超越している。

「褒めるには及ばないよ」と言いつつ、理耶は嬉しそうに頬を緩めた。「だって私は本格的名探偵なんだからね」

先日の一件を経て若干信用しづらい台詞ではあったが、しかし理耶は言葉通りの名推理を発揮して次々に問題を解いていった。

一見してなにを意味しているのか分からない謎の文言が示す答えを、理耶は一瞬のうちに見破ってしまうのである。その様子を目の当たりにした人間は、まさか彼女が殺人事件の犯人をハルピュイアだと決めつけるような探偵だとは思わないことだろう。

そうして、助手としてなんら貢献する機会を得ることのないまま理耶に手を引かれるうちに、僕らは六つめの分岐へ到着した。

モニターにはこうあった。

『ここに立ち塞がるは鬼に憑かれし哀れな人の子。汝に邪を討ち払う刀を与えよう。手に取り刃で斬り伏せよ。しかし願わくば、悲しきクグツが再び人の身へと救われんことを』

「ふむ、これは少し難解だね」

理耶が口許に手を当てつつ考え込む。ふたり一緒にしばらく考え込んでいるうちに、後ろからひとつの足音が近づいてきた。

「あら、追いついちゃったわ」

それは、僕たちのひとつ後ろに並んでいたカップルの片割れたるプリン色の髪をした若い女性だった。

彼女は、僕と理耶の間に割り込む形でモニターを覗き込む。

「げ、なにこれ。全然意味が分からないわ」

と言って女性は顔をしかめる。

「まあいいわ。考えても分かんないし、なんとなく左な気がするから左に進みましょ。それじゃふたりともお先に」

ひらひらと手を振りながら、女性は左手の道の奥に消えていった。どうやらここまで直感で進んできたらしい。

プリン髪の女性を見送った後も、理耶はしばし独り言を零しながら考え込んでいた。その途中で彼氏とは意見を違えたのだろうか。

「鬼に取り憑かれ物の怪と化してしまった人間……。救われん……か、殺してはダメなんだ、助けないと……鬼から人を救え……クグツを救え……クグツを再び人間に……」

それからもぶつぶつと呟いていた理耶だったが、ふとした瞬間に彼女は目を見開いて手を叩いた。

「そうか、分かったよ！」

——ばちん！　と、通路が真っ暗になったのはそれと同時だった。

「て、停電か？」

狼狽える僕。今までも視界は十分に薄暗かったが、完全に電気が消えた今となっては本当になにも見えない。

しかし、思わぬアクシデントに驚きを示したのは僕だけではなかった。

「ひゃあっ!?」

予想外に可愛らしい悲鳴を上げた理耶が僕に抱きついてきたのである。

急にまざまざと感じる羽目になった、華奢でありながら柔らかな理耶の肉感に相当な動揺を覚えつつも、僕は努めて冷静に彼女を抱き留めた。

「ど、どうした理耶、大丈夫か」

「あ、ご、ごめんね幸太くん」

恥ずかしげな声音。しかし理耶がどんな顔をしているのかは、暗闇のせいで分からなかった。

「君でもこんな風に驚くことがあるんだな」なんとなく僕は呟く。

すると理耶は照れ隠しの笑いを含めた声で言った。

「私だって論理の通じないアクシデントには驚いちゃうよ」

「それもそうか」

変に見栄や虚飾のない理耶の言葉を聞くと、やはりこの子は案外普通の女の子なんじゃないかと思えてくる。

しかしイリスや姫咲先輩から聞かされた話によれば、理耶は『名探偵は間違えない』とかいう規格外の異能を持っているらしいのだ。

でも、本格的名探偵を自称したりと確かに常人らしからぬところはあるにしても、たった今この腕の中にある彼女の体はごく普通のか弱い女の子そのものだ。こんな儚い肢体のどこにそんな異次元じみた力が宿っているのだろう。

……やっぱり嘘なんじゃないか。

そんな気持ちが不意に胸のうちで膨らみを増していく。昨日聞いた姫咲先輩の話も、ゆゆさんの話も、そのさらに前日に聞いたイリスの話も、やっぱりただの作り話なんじゃないのか。そう思いたくなってくる。

「なあ理耶、みんなと一緒になって僕にドッキリを仕掛けたりしてないよな」

「どうしたのさ幸太くん。急に意味が分からないことを言って。ひょっとして、本当は幸太くんもこの暗闇が怖いのかな」

そう言ってからかうように笑う理耶。

「いや、だからさ……」

いっそちゃんと真偽を確かめてやろうと、言葉を続けたそのときだった。

「――きゃあああああああああああああああ!!」

思わず息が詰まるほどの悲鳴が闇一面に響き渡ったのである。聞く者すべての肌を一瞬にして粟立たせるようなそれは、まず間違いなく恐怖・危機・絶望の意味を含んでいた。

「一体なにがあったんだ……っ!?」

咄嗟に周囲を見回すが、停電中であるがゆえになにも見えない。

「落ち着いて幸太くん。むやみに動かない方がいい」

理耶が僕の腕をぎゅっと握る。おかげで落ち着きを取り戻した僕は、そのまましばらく理耶とふたりでその場に留まり続けた。

停電してから三分ほどが経過した頃、やがてぼんやりと通路に薄い灯りが戻る。

「停電が直った……?」

「そうみたいだね。さあ行こう、幸太くん」

「あ、おい理耶ちょっと待ってくれよ」

視界を取り戻した途端、今度は迷いなく進み出す理耶。彼女が向かったのは分岐の左方向だった。

「待つ暇なんてないよ幸太くん、ほら急いで」振り返りもせず理耶は言う。「今の悲鳴はさっき私たちを追い抜いていった彼女のものだった。こっちは不正解の道だから、すなわちこの先には偽物の部屋がある。彼女に悲鳴を上げさせたなにかは、きっとそこで起こったんだ」

「なにかって……」

と言葉を零したのと同時、理耶が足を止める。その先には扉があった。

「決まってるじゃないか」理耶は躊躇なくノブに手をかけながら言った。「この私、本格的名探偵を必要とするような出来事——つまり事件さ。それもおそらく、人の命が危機に晒される類いのね」

そして理耶は扉を開け放った。

通路とは違って、部屋の中はとても明るかった。

白んだ視界が光量に順応し、やがてピントが合っていく。

そうして浮かび上がった光景は、残念ながら理耶の推測を体現するものだった。

「ひ、人が死んでる……！」

壁際にうつ伏せで倒れる女性。顔は見えずとも、根元が黒い金髪でそれが先ほどの彼女だと分かった。

理耶は女性のもとへと歩み寄って屈み込み、手首で脈を確認したのちに僕を見る。

「ただ死んでるんじゃないよ幸太くん。人が殺されてるんだ」

彼女の言葉通り、それは紛れもなく殺人だった。うつ伏せに倒れる女性の背中には刃物に刺された傷口がふたつ並んでいて、そこから大量に出血していたのだ。明らかに自分でつけられる傷ではなかった。

さらに、それが他殺であることを示すものはもうひとつあった。

理耶の視線が、伸びた女性の右腕から血に濡れた指先をたどり、そして白塗りの壁を見つめる。

「そしてどうやらこの被害者は、息絶える直前に必死の思いで犯人への手がかりを書き残してくれたようだね」

それはつまり。

「ダイイングメッセージ……!」

そう。被害者の女性が遺したのであろう犯人を示す言葉が、彼女自身の真っ赤な血を使って、白い壁に書き記されていたのである。

……ところが、それは一見して理解しがたく、言葉を選ばずに言ってしまえば意味不明で不可解な一言だった。

「でも、一体どういうことだ……? これが犯人を示すのか……?」

だってそこにはこう書かれていたのである。

――『ヘビ』と。

【13】ヘビに殺されたⅡ

事件現場には、SIPメンバー全員とそのほかの客たち、そしてスタッフの青年を含めた十一人が集合していた。警察には先ほど通報を行なったが、到着を待つあいだ関係者を一箇所に留(とど)めておくことが大事だと主張した理耶により集められたのだ。

「まさか殺人事件が起こってしまうだなんて、七つの試練どころではなくなってしまいましたわね」

冷静な眼差(まなざ)しで惨状を観察しつつ、姫咲(きさき)先輩は言った。

その隣では雨名(うな)が眠るイリスをおんぶしている。どうやらアトラクションに挑んでいる途中で例のごとく唐突に眠り込んでしまったようで、ゆゆさんは息を切らしながらもイリスを負(お)ぶってきたのだった。

それじゃそのゆゆさんがどうしているのかといえば。

「あひ……ち、血がたくさん……！　うへわあああぁぁあああぁぁあ……」

と彼女もまた、例のごとく被害者の血を見た途端に卒倒してしまい、今は部屋の隅に横たわってうなされている始末である。大丈夫ですかゆゆさん。

「確かに最速クリアを目指している場合じゃなくなっちゃったね」理耶は頷(うなず)きながら言った。「でも、それ以上に解き明かすべき謎がこうして私たちの目の前に提示されたわけだ」

ということは、やっぱりそのつもりか理耶（りや）。

「私たち『本格の研究（スタディ・イン・パズラー）』で犯人を見つけ出そう」

容易に予想はできていた。この自称・本格的名探偵様が殺人事件を目の当たりにして大人しくただの第一発見者でいるはずがない。

とすれば、僕たちがするべきは。

「分かりましたわ推川（おしかわ）さん」姫咲（きさき）先輩は同意を示した。「わたくしたちも全力でサポートいたしますわ、あなたの助手として。ね、幸太（こうた）さん？」

そして姫咲先輩は僕に目をやり、わずかに目を細めて首を傾（かし）げた。

……つまりこういうことですか姫咲先輩。理耶が世界を破滅させるようなハチャメチャ推理をしないよう僕にも協力をしろと。

今だって信じたわけじゃない。けれど、理耶がトンチキ推理を披露して道連れ的に僕まで恥ずかしい思いをするのは嫌なので、解決に協力するのを拒む理由もない。だから、

「ええ」

と僕は首を縦に振った。

それを見た理耶は嬉（うれ）しそうに目を輝かせる。

「ありがとう。君たちは本格的に頼もしい私の助手だよ」

そして彼女は一歩進み出ると、くるりと身を翻して一同を見回した。

「それでは今から殺人犯特定のために捜査を行ないます。皆さん、私たちに協力してください」

堂々とした態度で告げる理耶。その度胸と行動力自体は素直に羨ましいものだ。

ざわつく室内。

「捜査って、お前は警察じゃないだろ。ただの子供がなに勝手なことを言ってるんだ」

先頭にいた中年の男性が怪訝な表情で訴える。

しかし理耶は微塵も動じず男性を見返した。

「ただの子供ではありません。本格的名探偵です」

「ほ、ほんかく、なんだって？」

「本格的名探偵です」

いやそれでごり押すつもりかよ。絶対納得してくれないって。ほら、おじさんもっと意味分かんなそうに眉をひそめて首傾げちゃってるじゃん。

そこで助け船を出したのは姫咲先輩だった。

「彼女、推川理耶さんは探偵なのですわ。しかもただの探偵ではありません。実際に警察の捜査に協力して殺人事件の解決に取り組まれた実績もあるのです。したがって彼女のことは信用できる本物の探偵だと、このわたくし万桜花姫咲が保証いたしますのでご安心くださいな」

「警察に協力って、そりゃあすごいな……それならいいか……」

うん、確かに間違ってはいないんだけど。これが事実と真実の違いってやつか。

中年男性を含めた客たちが協力的な姿勢になると、理耶は改めて毅然とした眼差しを全員に向けた。

「さて、それでは皆さん、停電前後にどこでなにをしていたかお聞かせ願えますでしょうか。まずはあなた。お名前からどうぞ」

最初に指名された中年男性は、少し緊張した面持ちで咳払いしてから話し始める。

「俺の名前は持田雄造だ。この〈七つの試練の洞窟〉にはひとりで来た。一番最初にスタートして、順調に解き進んだ俺は五番目の謎までたどり着いた。しかしそこで俺は右に進んじまったんだ。そしたら偽の部屋に着いてゲームオーバーだったよ。かなり悔しかったんでな、すぐに出口には向かわずに部屋の中でずっと本当の答えを考えとったよ。あ、そうだ、途中でそこのお嬢ちゃんとメイドさんが入ってきたな。お嬢ちゃんたちは先に出口側の扉から出ていったよ。とにかく俺はずっと考え込んでたんだが、そしたら急に部屋が真っ暗になってな。下手に動くと危ないと思ったし、ひょっとしてこれもなにかの仕掛けか？　なんて思ったからずっと立ち止まってたよ。そうしていたら停電が直って灯りが戻った。それで出口に向かおうとしたら人が殺されたって聞かされたわけだ……だから俺はなにも知らない、本当だ、俺は絶対に殺しちゃいない」

「分かりました。次はあなたのお話を聞かせてもらえますか」

理耶は悲壮な面持ちで肩を落とす男性へ目を向ける。この茶髪の若い男性は被害者と一緒に並んでいた人だ。どうして事件発生時、一緒にいなかったのかが気にかかる。

男性は顔を上げた。

「……俺の名前は竹早尊人って言います。そこで死んでるのは俺の彼女、稲田媛子です。俺たちは一緒にこのアトラクションに参加しました。四番目にスタートした俺たちはずっと一緒に謎解きをして進んでたんですけど、四つめの分岐点のところで意見が食い違ったんです。だからどっちが当たってるか勝負しようって言って、俺は左に、媛子は右に進みました。結果は俺が間違いで、偽物の部屋に着いてしばらくしたところで停電して真っ暗になりました。なにも見えないんで動かないでいたら、そのうち電気が復旧した……という感じです。……本当に、あそこで別れないで一緒に進めばよかった……」

自分を責めるように唇を噛む竹早氏。なるほど、彼の言葉が本当なら後悔してもしきれないことだろう。

「分かりました。では次はあなたたちのお話を聞かせてもらえますか」

理耶はもうひとつの男女カップルに顔を向ける。

ともに黒髪で大人しそうな雰囲気の若い男女が、身を寄せ合いながら理耶を見た。

「ぼ、僕は真島勇気といいます」

「わ、わたしは佐々原美玲(ささはらみれい)です」

「僕たちは竹早(たけはや)さんたちの次に出発しました」真島(まじま)氏がその後の説明役を買って出た。

「絶対にクリアするぞって張り切ってはいたんですけど、ふたつめの分岐で間違えちゃって。分岐を右に進んでいくと偽物の部屋にたどり着きました。ふたりでがっくりしていると、突然電気が消えて。勝手に動くと危ないし、なにかアナウンスがあるんじゃないかと思ってずっと待ってたら、三分くらいして直ったんで出口に向かおうとしたんですけど、そこで殺人事件が起きたって聞いて……」

そしてふたりはまた身を寄せ合う。その表情は心底怯(おび)えているように僕には映った。

「分かりました。それじゃ最後にあなたのお話を聞かせてください」

理耶(りや)はスタッフの青年に目を向ける。

青年——名札によれば波留健太(はどけんた)というらしい彼は、神妙な顔で頷(うなず)くと話し始めた。

「はい。僕の名前は名札の通り波留健太といいます。僕は皆さんを送り出した後、入口にある事務室にずっといました。新しいお客様がいらっしゃったときにはお迎えしないといけないですからね。実際は誰もいらっしゃらなかったんですが。すると途中でいきなり停電が起こって、どうやらこの施設だけだったみたいなんですが、とにかく必死に復旧を試みているうちにまた唐突に復旧しました。どうにか助かった……なんて思っていたんですけど、まさかその間に人が殺されていたなんて聞いてぞっとするような気持ちです」

「分かりました。ありがとうございます」

そう言ってひととおりの聞き取りを終えた理耶は、やがて僕たちの方へと目を向けた。

「ちなみに姫咲ちゃん雨名ちゃん、そしてゆゆちゃんイリスちゃんがどうしていたかも知りたいな。ひょっとするとみんなの行動が手がかりになるかもしれないから」

理耶の言葉に、姫咲先輩は快く頷いた。

「分かりましたわ推川さん。わたくしと雨名は推川さんたちの次に出発いたしました。わたくしたちなりに頑張りまして、五つめの問題まではたどり着いたのですけれど、そこで間違えてしまいましたわ。分岐を右に進んだわたくしたちは偽の部屋へとたどり着きました。すると先ほど証言にもあったように、そこには持田様がいらっしゃいました。確かにずっと考え込んでいらっしゃるようでしたわ。持田様の前を過ぎて、わたくしたちは出口側の扉を出ました。そして出口に向かって通路を歩いていたところで不意に辺りが真っ暗になってしまったのです。なにも見えませんので、しばらくその場に立ち止まっていたところ、やがて停電から復旧した、というのがわたくしと雨名の行動における一連の流れになりますわ」

「ふむ、なるほど。ふたりは通路のどの辺りにいたか分かるかな」

理耶の問いを受けた姫咲先輩は、下唇に細く綺麗な人差し指を当てて考える。

「さあ、どこだったでしょうか……。途中でひとつ扉の前を通過したのは間違いありませんけれど」

「分かった、ありがとう姫咲ちゃん。君は本当に素晴らしいね。それじゃ次はゆゆちゃんとイリスちゃんのふたりの行動について知りたいんだけど……」

と呟きつつ、雨名に背負われながら眠るイリスと、部屋の隅に仰向けでうなされるゆゆさんを交互に見やる理耶。

「仕方がないね。体調不良のところ申し訳ないけどゆゆちゃんに教えてもらおう」

そして理耶を先頭に僕たちはゆゆさんのもとに歩み寄る。

「具合が悪いのにごめんねゆゆちゃん」ゆゆさんの顔を覗き込みつつ理耶は言った。「ゆゆちゃんとイリスちゃんが〈七つの試練の洞窟〉の中でどういう風に動いていたか教えてくれないかな」

理耶に問いかけられたゆゆさんは、薄く目を開き努めて瀕死の笑みをたたえる。

「ふへ、大丈夫だよ理耶ちゃん……お治しのためだから、ちゃんと話すから……」

そしてゆゆさんは言葉を続けた。

「最初の分かれ道に着いたときにね、イリスちゃんが自分に任せてって言って、目隠しを外したんだあ……。それから全部見えたって言って、イリスちゃんはものすごい勢いで右とか左とか、呪文みたいに唱えだして……。言い終えたかと思ったら、そのまますぐ寝始めちゃったあ……」

その呪文というのは各分岐の正しい方向だったのだろうか。要は、例のトゥルーアンサーアイズとかいう力を使ったイリスは疲れて寝入ってしまったというわけだ。本当かどうかは分からないけど。

「眠っちゃったイリスちゃんは起きなくって、だから頑張っておんぶして進むことにしたんだけど……急に言われたから呪文の内容、全然覚えてなくって……。それで最初の分かれ道を左に進んだら間違っちゃってたよぉ……」

それはまたなんともゆゆさんらしいことだ。

「偽物のお部屋に着いて、そこから出口に向かう通路に出て歩いてたんだけどね、ちょっと疲れちゃって……。道の途中で座り込んで休憩してたんだけど、そうしたら急に停電して真っ暗になっちゃって……。なにも見えなくてこわかったからずっとその場に座ってたら、そのうち停電が直って……みたいな感じだったかなあ……」

「なるほど。ちなみにゆゆちゃんは通路のどの辺りにいたか分かるかな？」

「わたしも姫咲さんと同じでちゃんとした場所までは分からないんだけど……たしか部屋の扉をふたつ過ぎてちょっとのところだったと思うなあ……うう、役に立たなくてごめんね……こ、こんな役立たず、きっと追放だよね、そうだ、絶対そうなんだあ、助手じゃなくなったらお家にもいられなくなって、わたしは家なき子になっちゃうんだあ～……」

「ありがとうゆゆちゃん。それと役立たずだなんてとんでもない。君も本当に素晴らしい助手だよ」

絶望モードのゆゆさんに優しく微笑（ほほえ）みかけた理耶（りや）は、それからスタッフの波留（はど）青年に視線を向けた。

「波留さん。この施設の通路がどうなっているか分かる資料はありますか？　それと監視カメラなどで全員の証言が正しいか確認することはできませんか？」

「え？　あ、はい、図面もありますし、カメラの映像もこのタブレットで確認できます」

そうして波留氏が所持していたタブレットによって手に入れたものは、施設内のマップと、客たちの証言が正しいという事実だった。停電直前の映像を見ると、客全員が証言通りの場所にいた。さらに停電から復帰した際にも、みな同じ場所にいたのだった。

とまあ言葉だけで説明しても分かりづらいと思うので、今回もまた〈七つの試練の洞窟〉内部の通路がどうなっているのかと、停電時に各人物がどこにいたのかが視覚的に伝わるようなイメージ図を次の通り示すことにする。

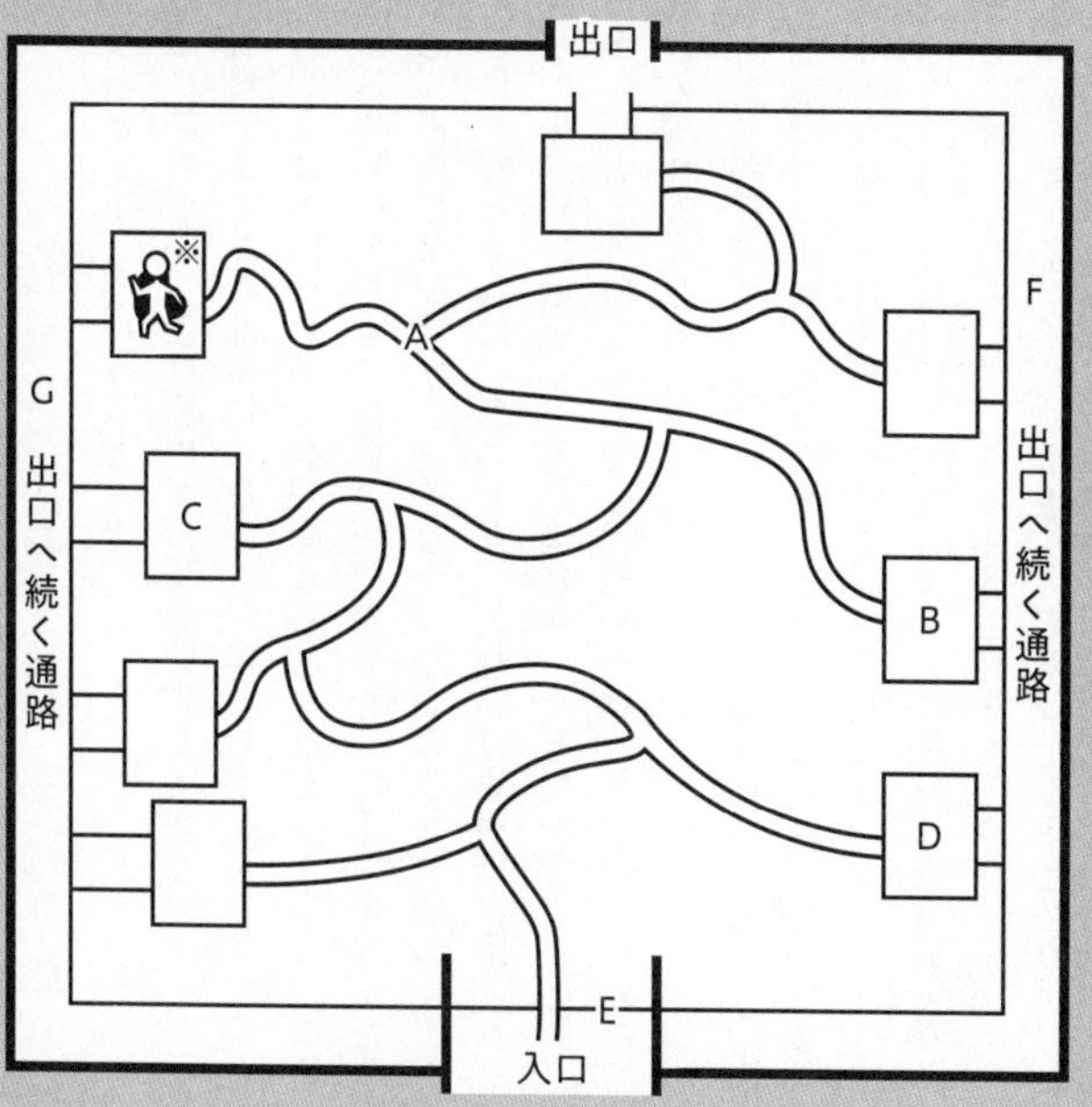

A……推川理耶・福寄幸太
B……持田雄造
C……竹早尊人
D……真島勇気・佐々原美玲
E……波留健太（事務所）
F……万桜花姫咲・寿雨名
G……癒々島ゆゆ・イリス
※……殺害現場（被害者＝稲田媛子）

「そうなると……どういうことだ」

無意識に呟きつつ、僕は脳内で情報を整理していく。

「事件現場であるこの部屋に入るには、僕たちが進んできたようなアトラクション用の通路か、もしくは出口へと続く裏通路から向かう必要がある。まずアトラクション用の通路だけど、六つめの分岐点には僕と理耶がいた。いくら停電中だろうと人が通れば分かっただろうし、そんな気配はまったくなかったからこちら側のルートを使った侵入はなかったと見ていい。だとすれば、おのずと侵入経路は裏通路に限られるけど、それも無理だ。だって右手の裏通路には姫咲先輩と雨名が、そして左手の裏通路にはゆゆさんとイリスがいるんだから。……可能性としては、姫咲先輩たちかゆゆさんたちが犯人を見逃したということも考えられるけど……」

「それはあり得ませんわ幸太さん」姫咲先輩は断言した。「幸太さんたちと同じようにわたくしたちだって誰かが通りがかれば気づかないはずがありませんもの。そして停電中に人が通るようなことは決してありませんでしたわ」

「わたしも見落としたりはしてないよ……。絶対に誰も通らなかったよお……」

いまだに蒼白な顔をしているゆゆさんもそう言った。

彼女たちの言う通り、実際問題、いくら暗かろうと目の前を人が通り過ぎるのに気づかないことはないだろう。衣服の擦れる音や足音なんかがきっと聞こえるはずだ。でも。

「だとしたら、一体誰がどうやってこの部屋に忍び込んで殺人を犯したっていうんだ……」

懸命に考えるが、犯行のからくりを見破るための糸口が見つからない。

あと手がかりがあるとすればもうひとつ、被害者自身が遺(のこ)したものがあるにはあるが。

「ダイイングメッセージ……ヘビ……これは一体なにを示しているんだ」

改めて壁に書かれた血文字を眺める。ところどころがドロリと垂れたそれは、どう見ても片仮名で『ヘビ』と書かれているように見える。ミステリ小説なんかでは、被害者がダイイングメッセージを遺す際には万が一犯人に見られてもいいように暗号じみたものにするのはよくあることだ。これもそういったお決まりに則(のっと)ったものだろうか。

まじまじとその二文字を凝視してみても、やはりなにをどう解釈すれば犯人にたどり着くのか見当もつかない。

気づけば理耶も同じようにそれを見つめていた。まあ自称・本格的名探偵様といえどもそんなに簡単に解くことはできまい……。

「なるほど、謎は解けた」

ええ嘘(うそ)おん……？

「殺人犯の正体が分かったよ」

真紅の双眸(そうぼう)に煌々(こうこう)と自信をたたえ、理耶は周囲に聞こえる声でそう宣言した。

「本当かよ理耶」

なんか嫌な予感がするのは気のせいだろうか。

「もちろんだよ。だって私は本格的名探偵だからね」

しかし、そんな僕の不安などお構いなしに理耶は推理を語り始めるのである。

「幸太くんが言った通り、殺害現場であるこの部屋に忍び込むためには、アトラクション用の通路か出口側の裏通路のどちらかを使用するほかはない。でも、アトラクション用の通路には私と幸太くんがいて、裏通路にはそれぞれ姫咲ちゃんたちとゆゆちゃんたちがいた。だからどんな人間にも殺害現場への侵入は不可能だ」

どんな人間にも……。その言い方に一層不安が募っていくが、理耶はなおも続ける。

「それにそもそも、犯人はどうやって被害者の居場所を知ったのかという問題もある。まさかひとつひとつ部屋をしらみ潰しに探していくわけにもいかないだろうし、そんなことをしていれば必ず誰かの目についただろうしね」

そして理耶は白い壁に塗りたくられた真っ赤なそれを見た。二文字のそれを。

「けれど殺人犯には、そんなことをする必要はなかった」

「どうしてそう言えるんだよ」

堪らず問うと、理耶は薄い笑みを浮かべた。

「だって殺人犯は、一度にすべての部屋を見ることができたんだから」

そこで一度言葉を切り、理耶は言った。

「つまり、殺人犯の正体はダイイングメッセージが示す通りなんだよ。ヘビさ。幸太くんだって知ってるよね。――ヤマタノオロチという大蛇の名前を」

まるで口から魂が抜け出そうな気持ちだった。出たよ空想生物。またなんてもんを犯人に仕立て上げようとしてるんだこの迷探偵は。

「ヤマタノ、オロチ……」

けれど理耶は大真面目な顔をして推理を続行する。

「ヤマタノオロチはひとつの胴体に八つの頭部と八つの尾をもつ大蛇だよ。この〈七つの試練の洞窟〉には恐ろしい怪物が棲んでいるって話があったよね。それがまさにヤマタノオロチなんだ。そして思い返してほしい。この施設には一体いくつの部屋があるだろう。……そう、八つだよ。つまりヤマタノオロチであれば、八つの頭をひとつずつそれぞれの部屋に向かわせれば、必ず被害者のいる部屋を突き止めることができるのさ。だから殺人犯は被害者のもとにたどり着くことができたんだ」

「いやでも僕らや姫咲先輩たち、ゆゆさんたちの全員が誰も通らなかったって言ってるじゃないか……！」

「それはね幸太くん、私たちが下にばかり気をとられていたからさ。すなわちヤマタノオロチは、天井付近の壁を這っていったんだよ。だから誰も気がつかなかった。蛇じゃ足音なんかもしないしね」

「んな無茶苦茶な……」

「でも事実はヤマタノオロチの存在を指し示しているよ。状況的に見て人間には為し得ない殺人。それに被害者の傷口をよく見てみると、ふたつ並んだ刺し傷はまさに蛇の牙によるものだよね。そしてなにより被害者――稲田媛子さんが遺した『ヘビ』という言葉。彼女は本当に蛇を見たんだ。だからそのまま犯人の名を書き残した。さらに稲田媛子という名前――つまり稲田媛の名は、日本書紀におけるクシナダヒメのことだよ。そんな彼女の命を狙う蛇なんて、それこそヤマタノオロチでしかあり得ないじゃないか。だから犯人はヤマタノオロチなんだよ。――以上、本格論理、展開完了」

……開いた口が塞がらなかった。よくもまあそこまで淀みなくヤマタノオロチにたどり着く推理を構築できるものだ。もはや天才か。

ほかの客たちやスタッフの波留青年もぽかんと呆けた顔で理耶のことを眺めている。それからその顔は僕たちにも向けられるのだ。嫌だ！　見ないで！　穴があれば入りたい。羞恥のあまり彼らの視線から逃げるようなポーズをとっていると、不意に姫咲先輩が僕の近くに歩み寄ってきた。

「失敗してしまいましたわね」

こんな痛々しい状況でも姫咲先輩の優雅な雰囲気は変わらない。まさに生粋のお嬢様だこの人は。

よし、僕だってしっかりせねば。実際、理耶の推理を聞いている途中でひとつ仮説が思い浮かんだのだ。

「大丈夫ですよ姫咲先輩、理耶の代わりに僕が犯人を見つけ出します」

「ええ。是非お願いしますわ、幸太さん」と微笑したのち、真剣な顔になって姫咲先輩は言った。「けれど事前対処という点では手遅れです。推川さんの推理は既に完了しましたから。これから『事変』が発生します」

ここでも言うんですか姫咲先輩。その理耶の推理がなんたらみたいなことを。

「いや先輩、流石に人が殺されてる場所でそういうのは不謹慎かと……」

と、苦笑しつつ姫咲先輩を窘めようとしたときだった。

――ドドドドドドドドドドドドドドドドドドド……!!

得体の知れない音とともに、建物全体が震えだしたのである。

まるで巨大な物体が地を這うような、それがこっちに向かって近づいてくるような震動。

「な、なんだ!?」

慌てふためいては意味もなく周囲をきょろきょろと見回しているうちに、それはどんどんと近づいてくる。

「来ましたわね」

姫咲先輩の一言ののち、ついにそれは壁をぶち破って現れた。

「——シャアアアアアアアアアアアアアアアアアアアアア!!」

象すらも丸呑みにしそうなほど巨大な蛇の頭が、僕たちの眼前に出現したのである。

「なんだこの馬鹿でかい蛇は……っ!?」

頭が真っ白になり、呆然と立ち尽くす僕の手を理耶が引く。

「とりあえず逃げるよ幸太くん！　みんなも建物の外に出よう！」

理耶の叫びにほかの客たちも我に返り、悲鳴や絶叫を上げながら逃げ出す。大蛇が派手に建物を破壊してくれたおかげで、壁に開いた大きな穴を潜って僕たちは外に出た。

半壊状態の〈七つの試練の洞窟〉から距離をとり、立ち止まった僕は振り返る。すると爆発音にも似た轟音を立てて建物から飛び出したのは、八つの巨大な蛇の頭部だった。さらに瓦礫を撒き散らしながら這い出てきたそれらは、みながひとつの胴体へと繋がっていたのである。

八つの頭を持つ巨大な蛇の化け物……。それはまさに。

「ヤマタノオロチ……！」

あの夜と違って今なら確信できる。これは夢じゃない。確かに現実だ。今さっき理耶が殺人犯だと推理した化け物が、ヤマタノオロチなる大蛇の怪物が、確かにこの現実世界に姿を現わしたのだ。

ぎこちない動きで首を回し、僕は怖れにも似た感情を抱きながら隣に立つ理耶を見る。信じられない。だが、こうも絶対的な根拠を見せつけられては信じるほかない。

「理耶、君は本物だったのか……！」

「本物？　うんそうだよ。私は本物の本格的名探偵さ」

いやそういうことじゃないんだけどね。

「いやあ、やっぱり私の推理に間違いはなかったね。どうだい幸太くん。私のこと、ちょっとは見直してくれた？」

などと言って上目遣いに僕の顔を覗く理耶に、僕は硬い笑みを返す。

「君のことを見直す前に、まずは僕自身の常識ってものを見直さないといけないいな」

そんな会話をしていると、ヤマタノオロチに向かって進み出る複数の人影があった。

「雨名はイリスさんの面倒をお願いね。幸太さんはわたくしたちが時間を稼いでいる間に真相解明を。さて、それではいきますわよ、ゆゆさん」

「うん、姫咲さん。まだちょっと貧血気味だけど、一緒にお治しやらなきゃだあ～……！」

巨大な怪物の前に立ちはだかるのは、紛れもなくSIPの助手ふたりだった。

「ちょっとどうしたのさふたりとも。あんな化け物に近づいちゃ危ないよ」

流石に心配する素振りを見せる理耶だったが、それとは対照的に、僕はあまり焦りを感じていなかった。

だって、理耶の力が本物だったとすれば。

「心配ありませんわ推川さん」横目に振り返った姫咲先輩が笑う。「ここから先はわたくしたち助手にお任せください」

「大丈夫だよ理耶ちゃん」同じように振り返ったゆゆさんが、少し頼りなげな笑みを浮かべる。「わたしたちがちゃんと世界をお治ししてみせるからね……ふへ」

理耶の力が本物だったとすれば、彼女たちの力もまた本物のはずなのだ。

正面に向き直った姫咲先輩が告げた。

「さあ出番よ。——来なさい、ダベル」

その瞬間、姫咲先輩の周囲に衝撃波じみた黒い嵐が吹き荒れる。それはまるで意思を持っているかのように彼女の全身にまとわりつき、やがてすべてを覆ってしまう。漆黒に塗

り潰されて、さながら人の形をした闇のように成り果てた姫咲（きさき）先輩だったが、すぐに次の変化が起こり始めた。漆黒がうごめき、刺々（とげとげ）しい形へと変貌していったのである。次第に立体的な造形へと至り、そして顕現した黒褐色の外殻を全身にまとう禍々（まがまが）しい姿は、人のようでいて決して人たり得ない魔物のような存在——魔人とでも呼ぶべき形貌だった。

　変身を完了した魔人は、解放感を味わうかのように首や肩をぐるぐると回した。

「よっしゃあああああ！　ようやく俺様の出番がきたぜえ！　うっひょおでっけえ蛇だなあおい！　なんか顔もすげーたくさんあってよ、ちったあ楽しめそうじゃねえか！　まあ全然負ける気はしねえけどな！　超最強な俺様がきっちりぶっ殺してやるぜえ！」

　これが、人間が特定領域外不可確認異形種ヴァイルとの主導的融合を果たした姿。そしてこの姿こそが、『天魔を喰らいし者（ヴァイルイーター）』たる姫咲先輩の力の正体。

　次いでゆゆさんがどこからともなく取り出したステッキを目の前に掲げる。一見してハンマーのようなそれだったが、ヘッド部分がまるでメカメカしい注射器のような形をした不思議なステッキだった。

　そしてゆゆさんは告げた。

「偉大なる恵みの星、地球よ。汝（なんじ）、ウェルケアネスが結びし円環の盟約に従い、我に力を与えたまえ——インジェクション・オン！」

その瞬間、ステッキのヘッド内部が駆動を始め、眩(まぶ)しいほどの閃光(せんこう)を幾筋も放出する。それらはよく見ると幾何学的な紋様の描かれた帯のようで、次第にゆゆさんの体を包み込んだ。やがて繭のような形をした光の中から再び現れた彼女は、それまでとは打って変わってキラキラと眩しいオーラをまとい、まるでナースのようでありつつもふりふりして可愛(かわい)らしい衣装を身にまとっていた。

まさに魔法少女な姿をしたゆゆさんが、これまた魔法少女らしいポーズをとる。

「奇跡のお治しをあなたにお注射！『地恵の魔法使い(ナースオブアース)』、参上ぷりん！」

これが天体大魔法の使い手たる『十星の魔法陣(スターサークル)』の中でも地球を司(つかさど)る魔法使いの姿。そしてこの姿こそが、『地恵の魔法使い』たるゆゆさんの力の正体。

「おっしゃいくぜいくぜいくぜえええええええええええええ！」

ダベルが力強く地面を蹴る。するとその強靭(きょうじん)な脚力によって地面は大きく抉(えぐ)れ、その反動を受けたダベルは超人的な加速を伴ってヤマタノオロチに飛び掛かった。

「必殺！　俺様スペシャル最強パ――――ンチ!!」

なんとも幼稚な技名とともに繰り出された拳だったが、その威力は凄(すさ)まじかった。象を呑(の)むほどの巨大頭部にもかかわらず、攻撃を受けた途端にそれは後ろへ大きく仰(の)け反(ぞ)り、それでもなお有り余る衝撃を受け止めきれなかったのか、ついには血肉を撒(ま)き散(ち)らしながら破裂したのである。

「ひゃっはああああ！　最っ高だぜえええええええええ！」

　返り血を浴びながら下品に高笑いするダベルは、まるで漫画に出てくるダークヒーローのようだった。

「この姿に変身したわたしは苦手な血も克服だぷりん！」

　今度は魔法少女ゆゆさんが高速度で空を駆けていく。

「あなたはこの世界にいちゃいけないんだぷりん！　だからわたしがお治ししてあげるぷりん！　やあああああああっ！　お治しお注射だぷりん～！」

　謎にぷりんぷりん言いながらハンマー型のマジカルステッキを振りかぶったゆゆさんは、注射器先端から伸びるニードル部分を躊躇なくヤマタノオロチの脳天に突き立てた。すると刺さったニードルがぎゅいんぎゅいん回転して大蛇の脳内を攪拌し、大蛇は涎を撒き散らしながら白目を剥く。続けてゆゆさんはステッキを振り抜き、大蛇の頭部は半分以上を抉り取られて大量に鮮血を噴いたのだった。

「やったあ！　上手にお治しできたぷりん～！」

　果たして今のえぐい攻撃がお治しと呼べるのかはさておき、治癒系の魔法使いといえども相当な戦闘力を具えていることは確信できたのだった。

「すごい……すごいよ！」気づくと理耶は真紅の瞳を輝かせていた。「姫咲ちゃんやゆゆちゃんにこんな真実があったなんて！　この世界にこんな真実があったなんて！　ねえ幸太くん、私たちは今、真実を求める者としてとても幸福な状況にいるんじゃないかな！」

まるでおもちゃを与えられた子供のように無邪気な表情だ。でも違うんだよ理耶。君は与えられる側じゃないんだ。君が僕たちに非現実を与えているんだよ。

「なあ理耶、あのヤマタノオロチは君の推理が生み出したんだよ。君には『名探偵は間違えない』っていう、推理を現実にする力があるんだ」

そう言うと、理耶はおかしそうに笑った。

「もうなに言ってるの幸太くん。私にそんな力があるわけないでしょ。私はただ本格的に真実を突き止めるだけの、本格的名探偵だよ」

まあそういう反応も当然か。僕だってきっと信じられないはずだ。

だけど、せめて犯人がヤマタノオロチなどというオチだけは訂正しておかねば。それが姫咲先輩から任された僕の重要な役目だから。

「ちなみにだけどな理耶。稲田媛子さんを殺した真犯人はほかにいるぞ」

「え？」きょとんとした顔になる理耶。

「あの状況下でも、稲田さんの居場所を知ることができて、なおかつ彼女の部屋に侵入することができた人間がひとりだけいるんだ。君もちゃんと考えれば分かるだろ」

「そんな人が……あっ」

はっとして息を呑む理耶。どうやら気づいてくれたようだ。

「そう。犯人はスタッフの波留健太さんだ。停電当時、確かにアトラクション用の通路から殺害現場に侵入することは不可能だった。でも唯一、波留さんだけは裏通路から稲田さんのいる部屋に忍び込むことが可能だったんだよ。建物の出口側に回り込むことでね」

波留氏がいたという事務室は建物の入口にある。であれば、内部の通路を行かずとも、建物の外側から回り込み、出口から建物内部へ入れば誰の目にもつくことなく稲田媛子さんがいた部屋にたどり着くことが可能だったのだ。

「さらに、波留さんなら監視カメラの映像で稲田さんの居場所を把握することが容易だった。そして停電が意図的なものだったとすれば、それを起こし得たのもやっぱりスタッフである波留さん以外にはいないよな。だから犯人は波留さんだ。僕はそう確信してる」

理耶からの反論はなかった。彼女自身、僕の推理に納得している。

「ああそうだ。それと被害者が遺したダイイングメッセージだけど……」

「あれはヘビという言葉じゃなかった。……被害者は、命尽きる間際に正真正銘、犯人の名前を書き残したんだね」

「そうだ。稲田さんは命を蝕む激痛に耐えながら、そして薄れゆく意識を必死に繋ぎ止めながら、暗闇の中で必死に自分の血を使って犯人の名前を書き記した。つまり、あれは片仮名で『ハド』って書いてあったんだ。だけど血が垂れたせいで『ハ』の上部分が繋がってしまい、まるで『へ』のように見えてしまった。そして『ド』は下部分が歪んでしまったせいで『ビ』のように見えてしまったんだよ」

あのダイイングメッセージは、『ヘビ』のように見えて実は『ハド』という犯人の苗字そのものだったのである。

「いやあ参ったね」やがて理耶は恥ずかしそうに頭を掻いた。「また推理を間違えちゃったよ。幸太くん、ひょっとして理耶のこと、凡人探偵だって失望しちゃった？」

どこか不安げにうるうると見つめてくる理耶に対して、僕は首を横に振った。

「凡人なわけあるもんか。名探偵かはさておき、君は間違いなく唯一無二の探偵だよ」

目の前を見てみるといい。あんな化け物をこの世に顕現させる探偵が一体どこにいるというのだ。姫咲先輩が言ってた通り、場合によっちゃ世界を滅ぼしかねないよ、マジで。

そんな心配から出た言葉だったのだが、何故か理耶は嬉しそうだった。

「そっか。それならよかった」

いやどこにもいい要素はないんだけどね、やれやれ。

さて、とにもかくにもこれで事件の真犯人を明らかにすることができたはずだ。姫咲先輩から受けた説明通りであれば、事変を終息させる準備が整った。あとは先輩とゆゆさんがヤマタノオロチを打ち倒してくれるのを見守るばかりである。

と、ダベルの叫び声が耳に届いたのはそのときだった。

「おいこの蛇野郎、何回ぶっ潰してもまた頭が生えてきやがるぞ！　まるでヘビヘビパニックじゃあねえかおい！」

目を向けると、確かにダベルと魔法少女ゆゆさんに破壊されたはずの頭部ふたつが再生しており、今もなお八つの頭が縦横無尽に暴れ回っていた。

「この蛇さんの頭、回復魔法なんて使ってないのに勝手に治っちゃうぷりん！」

困った顔をしながら大蛇の頭部を叩き潰すゆゆさん。しかし、しばらくするとそこにはトカゲの尻尾よろしく新しい頭がにょきにょきと生えてくるのであった。

「長く遊べて面白えけどよ！　こうも同じことの繰り返しだとだんだん飽きてきちまうぜえ！　ああ早くぶっ殺してえなあこいつ！　死ね！　死ね！　死ねよおらあ！」

脳筋全開でヤマタノオロチを殴り続けるダベルを眺めているうち、気づくと理耶とは反対側の隣に雨名が立っていた。

「うお、どうしたんだよ雨名」

「イリス様が目覚めやがりましたです」

雨名の背中に目をやると、背負われたイリスがもぞもぞと身を捩らせた。

「ふわあ～……。ここは一体どこかもー？」

「おはようございますイリス様。あなたは今、ボクの背中におんぶされてやがりますです」

「おお、雨名お姉ちゃんにおんぶされてるかもー。それでそれで、イリスたちは〈七つの試練の洞窟〉はクリアできたかも?」

「残念ながらイリス様、イリス様たちはクリアに失敗しやがりましたし、〈七つの試練の洞窟〉自体も既に瓦礫の山と化しやがりましたです」

「ほえー、なんとそれは驚きかも」とか言いつつ全然焦った様子のないイリスである。

「ヤマタノオロチっていう大きな蛇の怪物が顕現したんだよ、イリス。それで今、姫咲先輩とゆゆさんがそいつと戦ってるんだ。でも再生能力が異常に高くて、何度頭を叩き潰してもすぐに元通りになっちゃって倒せないんだよ」

早口で状況を説明する僕。するとイリスは目隠し越しにヤマタノオロチの方を見やり、

「それは姫咲お姉ちゃんやゆゆお姉ちゃんが敵の本当を見抜けてないからかもだよ。ふわあ。起きてすぐだけど、仕方ないかもだからイリスが本当を見てあげるかも」

と言って、顔の上半分を覆う黒布を首元まで押し下げた。

そして金と銀に彩られた美しい双眸が開眼する。

「――『真実にいたる眼差し』」

刹那、イリスの瞳が煌めきを放ち、周囲の一切が静止して音を失ったかのような感覚に陥る。さらには自分たちを取り巻く重力が何倍にも増したかのような息苦しい錯覚すら覚

えた。それはきっと彼女の両眼を、あらゆる真相を見抜きあらゆる真実を暴き出すその両眼を、世界そのものが畏怖するがゆえに訪れた静寂と重圧のように思われた。

　これがイリスの力なのだ。『真理の九人』のひとり、『真実の体現者』たる彼女の真価がついに発揮されるのである。

「……見えたかも。頭を攻撃するだけじゃ倒せないかも。首の根元にある心臓を潰さないといけないかも。まずは頭の動きを止めて、それから心臓を攻撃すればいいのかも」

　そう呟き、イリスはまたがくりと雨名の背に体を預ける。

「ふわあ疲れちゃったかも……ねむねむ」

　そしてまた眠りに落ちそうなイリスを背負い直しつつ、雨名は僕を見つめ上げた。

「イリス様が暴き出しやがられた真実をお嬢様たちに伝えやがってくださいです」

「わ、分かった」

　頷き、僕は遠くで戦い続けているダベル・ゆゆさんに向かって声を張り上げる。

「頭部をバラバラに攻撃してってもそいつは倒せません！　首の根元部分の胴体に心臓があります！　それを潰してください！」

「胴体の心臓を潰せだあ!?」ダベルは怪訝そうな声を張り上げた。「そいつは分かったけどよ！　けどタコの足みてえにうにょうにょと邪魔してきやがるこのクソ頭どもをどうやって黙らせろっつうんだよ！」

「それは……！」

確かにダベルの言う通りだ。それができれば苦労はしない。

と、そこへまたイリスが眠たげな声で呟いた。

「お酒を飲ませるといいのかも……ゆゆお姉ちゃんならできるかも……そしたら蛇さんは酔っ払って寝ちゃうかも……それとイリスも寝ちゃうかも……すうー、すうー」

そう言い残して完全に眠りに落ちてしまうイリス。よく分からないが伝えるしかない。

「ゆゆさん！　ヤマタノオロチにお酒を飲ませて酔い潰してください！」

「わ、わたしがヤマタノオロチにお酒を飲ませるのぷりん!?」困惑するゆゆさん。「でも一体どうやって飲ませればいいのぷりん……！　まずそんな大量のお酒を用意するのが難しいぷりん！」

「てめえには魔法があんだろぷりぷり魔女娘え！　さっさとあのクソ蛇野郎に飲ませる酒を出しやがれ！」ヤマタノオロチの相手をしながら唾を飛ばすダベル。

「無茶苦茶（むちゃくちゃ）だぷりんダベルさん！　わたしはなんでもできる魔法使いじゃなくて回復魔法の使い手なんだぷりん！」

「ごちゃごちゃうるせえんだよコラア！　酒は百薬のなんたらとか言うだろうがあ！　薬ならてめえの回復魔法で出せるよなあ？　分かったらさっさと出すんだよ！」

「ひえええええ横暴がすぎるぷりん～！」

いや、ダベルの理屈は案外通るのかもしれない。何故ならイリスはゆゆさんにならできると言ったから。

「やってみましょうゆゆさん！　とびっきり大量に回復薬的なのを出してください！」

「こ、幸太くんがそう言うのなら……分かったぷりん！　それじゃ言われた通りにやってみるぷりん！　——地恵魔法『恵みを祈りし大地の涙』！　ありったけだぷりん！」

ゆゆさんが詠唱すると、ステッキの注射器部分が唸りを上げて目映い光を放つ。次いで放出された光の帯が上空に輪を形成し、そこから透明な液体——魔法によって生じた回復液が、滝のようにヤマタノオロチへと降り注いだ。

ヤマタノオロチの八つの頭部がそれぞれに天を仰ぐ。するとどうだろうか。巨大な蛇の化け物は、おもむろに大口を開けてそれを飲み下し始めたのである。

凶暴極まりなかった八つの蛇頭は貪るようにゆゆさんの回復魔法液を飲み続けた。やがて彼らは心地よさげに首を振り始め、終いには自らの体を地面に投げ打ち、地響きのようないびきをかいて寝入ったのであった。

それはつまり、急所である胴体ががら空きになったことを意味した。

「ほ、ほんとにわたしの魔法でヤマタノオロチが寝ちゃったぷりん〜！」

驚きの表情を浮かべるゆゆさんの傍ら、ダベルが空中へ跳び上がる。

「よっしゃあこれで思い切り胴体をぶち抜いてやれるぜぇ！　そんじゃ喰らいやがれクソ

蛇野郎！　おらあああスーパーウルトラ俺様最強無敵パ――――ンチ!!」

流星のごとく超高速で降下するするダベル。そして振り抜かれた拳がヤマタノオロチの胴体を貫き、心臓ごとその巨体を破砕して拡散した。爆風によって飛び散る大蛇の肉片。酔い潰れて夢見心地の間に、かの化け物は胴体のすべてを粉微塵に失い、知り得ぬままにその生命を終えたのだった。

「倒した……」我知らず言葉を零す僕。

「よっしゃあぶち倒してやったぜえ！　やっぱ俺様って最強だなあ！　ギャハハハハ！」

「やったぷりん～！　これでお治し完了だぷりん～！」

ダベルやゆゆさんも喜ぶ中、死したヤマタノオロチの躯体が蒸発するかのように消え始める。それと同時に蹂躙された景観は時間を巻き戻すように復元し始めた。

「事変が終息する……」

まるでタイムスリップでもしているかのような奇妙な感覚に襲われながら周囲を見回す僕の手を、不意に理耶が握ってくる。

「信じられないほどすごい光景だったね幸太くん。私は今まで知らなかった世界の真実を知ることができてとっても嬉しいよ。きっと一生、今日のことは忘れないと思う」

おそらく今このときの理耶は本気でそう思っているのだろう。しかし。

「もし君が本当に覚えていられたら、もうこんな大事にはならずに済むんだけどな」

苦笑を浮かべるうち、あっという間に元通りになる世界。ふと戦場だった場所に目を向けると、そこには綺麗なままの〈七つの試練の洞窟〉が確かにあった。

「あれ」

耳に届く理耶の声。視線を戻すと、彼女は不思議そうに首を傾げながら、自らが握る僕の手を眺めていた。

「どうして私は幸太くんの手を握ったりなんかしてるのかな。それにどうして外にいるんだろう？　たった今まで事件現場で本格的に完璧な推理を披露してたはずなのに」

「……本当なんだな」と、思わず僕は呟いた。

——なかったことになったはずの事変中の記憶を完全な状態で保持し続けることができる人間なんて、能力者本人を含めてもいないんです。

——幸太さん、あなたは唯一、推川さんの能力を完璧に観測し得る存在——完全観測者だといえるでしょうね。

僕は確かにすべてを覚えたままだった。

そして僕以外の人たちはみな、確かにすべてを忘れてしまっているのだった。

【14】磔刑（たっけい）に処された小説家Ⅰ

遊園地での事件からしばらく経（た）った日のことだった。いつものように事務員室で思い思いに過ごしていると、不意に姫咲（きさき）先輩がこう言ったのだ。

「皆さん、明日の夜のご予定はいかがかしら？」

「明日の夜ですか？」

僕は膝の上に乗っかるイリスに読み聞かせていた小説から目を上げた。

「ええ」と、姫咲先輩は上品な笑みをたたえて頷（うなず）く。

「なにかあるのかな姫咲ちゃん」

両袖机に頬杖（ほおづえ）をついて物思いに耽（ふけ）っていたらしい理耶が訊（たず）ねると、姫咲先輩はその微笑を理耶へと向けた。

「実はあるお方からわたくしたち『本格の研究（スタディ・イン・パズラー）』がお招きを受けまして」

「おまねきかもー？」首を傾げるイリス。

僕も同じように疑問に思った。一体誰がＳＩＰに声をかけるというのだろう。そもそもこの組織は非公式な団体だし、その存在を認知してる人なんて全然いないはずなのに。

「へえ。一体誰がどこに私たちを招いてくれたのかな」

「お招きくださったのは作家の流言新（るごんしん）先生ですわ。わたくしたちのことをご自宅のお夕食にお招きしたいとのことです」

「ほお」

理耶の紅い瞳が驚いたように見開く。そして僕もまた、彼女以上に目を丸くして驚かずにはいられなかった。

「流言新って……あの超有名ミステリ小説家の流言新先生ですか!? 僕、先生の作品は大好きで、特に『家達一択シリーズ』なんかは何度も読み返してるくらいにお気に入りなんですよ!」

流言新といえばデビューして約三十年の大御所作家だ。この頃は長らくヒット作を出せていないのだが、それでも大変に偉大な御仁である。

「けど、どうして流言先生が僕たちのことを……?」

確かに作家流言新が僕らと同じ県内に在住であるという情報はウィキペディアにも書いてあるけれど、だからといって僕たちが先生と接点を持ったなんてことはない。

「先生は取材に手を抜かないお方で、たとえば警察が主役の作品を執筆なさる際には、実際にお知り合いの警察の方に対して入念な取材をされるのだそうです」と姫咲先輩の言葉。

「それじゃ先生は警察から僕たちの話を?」

「そのようですわ。少年探偵団的な組織を結成した素人高校生たちが現実の殺人事件の捜査に介入した、という話をお聞きになった流言先生は大層ご興味を持たれたそうで、その高校生たちに是非一度会ってみたいと思われたとのことです」

「なるほど……」

経緯は理解できた。ひょっとして屋上事件のときにいた刑事ふたりのどちらかが先生の知り合いだったりしたのだろうか。

「それで万桜花の人間を伝ってわたくしまでお話が回ってきたのですけれど、いかがいたしましょう？」

「どうする理耶？」

姫咲先輩と一緒に僕は理耶の顔を覗く。すると彼女は小さく首を傾げる。

「みんなはどうかな？」

「イリスはおまねき行きたいかもー」びしいっと袖余りの右手を挙げるイリス。

「そうだね……わたし的には興味を持ってくれた人にお治しを広めていくのもいいかも、なんて思ったりしちゃったりかも……ふへへ」宣教師的に胸の前で手を組むゆゆさん。

「わたくしはお話を持ち込んだ側ですから、皆さんのご意見に従いますわ」麗しくちょこんと頭を垂れる姫咲先輩。

「ボクはお嬢様のお側にいられれば構いやがりませんです」淡々と答える雨名。

順に彼女たちを見回した理耶は、そして最後に僕を見た。

「幸太くんはどうだい？」

僕はちょっとだけ考えてから答える。

「そうだな……どちらかと言えば、行きたいかもしれない」

だって超有名なミステリ作家に会えるとか、しかも自宅にお邪魔できるとか、そんなの人生で一度きりかもしれないし。

僕の返事を聞き届けた理耶(りや)は、どこか嬉(うれ)しそうな微笑をかたどり言った。

「よし決まりだ。我々『本格の研究(スタディ・イン・パズラー)』は流言新(るごんしん)先生からのご招待を謹んで承るとしよう」


翌日の放課後、日没を迎えた午後六時半頃に、SIP一行を乗せた桜花紋章つきの高級リムジンが、郊外の閑静な住宅街に建つ立派な邸宅の前で停車した。

理耶を先頭にしてぞろぞろと門の前に降り立つ僕たち。ちなみにメイド服で行くことを固持した雨名(うな)以外は全員が制服姿である。そう、ゆゆさんも制服姿なのだ。彼女については私服案も検討されたのだが、しかしひとりだけ私服なせいで変に質問されても困るため結局は雨名の制服を着てもらったのだった。

さて目の前にそびえる流言邸だが、流石(さすが)に万桜花(よろずおうか)家には及ばずとも十分な豪邸だった。

「ようこそいらっしゃいました。私は流言新の妻、雪村静枝(ゆきむらしずえ)です。急にお声がけしてごめんなさいね。うちの主人ったら、興味を持ったら自分の目で確かめないと気が済まない質(たち)

なものだから」

門の前で僕たちの到着を待ち、柔和な笑顔で迎えてくれた白髪交じりの初老の女性。上はクリーム色のトレーナーに下は青いデニムといった格好をした人の良さそうな彼女が、かの大作家・流言新の奥さんらしい。

そして静枝夫人の隣にはもうひとり、グレーのスーツを着用し、眼鏡をかけた若い黒髪の女性が立っていた。

「お待ちしておりました。私は先生の秘書を務めております氷山優子(ひやまゆうこ)と申します」

ふむ、やはり大御所作家ともなると秘書のひとりくらい雇うものらしい。

と、そこで邸宅の門が開く。

姿を見せたのは、深い紺色の和服に身を包み、厳かな顔立ちをした白髪の男性だった。

「やあやあよくおいでくださった」男性は皺(しわ)が多く彫りの深い顔に微笑をたたえた。「君たちが例の『本格の研究』ご一行だね。君たちに会うのを楽しみにしておったよ」

僕たちを代表して理耶が一歩進み出る。

「あなたが流言新先生ですね」

「いかにも。わしが流言新だ。もちろんこれは筆名で、本名は雪村玄司(げんじ)というのだがね。好きに呼んでくれて構わんよ」

「それでは流言先生と呼ばせていただきます」と答えて、理耶は頭を下げる。「先生、この度はお招きいただきありがとうございます」

するとるごん流言先生は渋みのある声音で笑った。

「なあに、礼を言うのはわしの方だよ。面識もないのに一方的に招待したのはこっちなのだからね。こちらこそ、唐突なお招きに応じていただいて感謝する。さあ、こんなところでいつまでも立ち話をしていてはなんだ、どうぞ我が家へ上がってくれたまえ」

家主にそう促されて、僕たちは門を潜っていく。理耶、イリス、ゆゆさんと続き、その後ろを姫咲先輩と僕、そして雨名が歩いていく。

と、不意に姫咲先輩が僕の方へ振り返った。

「どうなさったんですか、幸太さん」

「え？　どうしてですか」

「だって幸太さん、どこか上の空なんですもの。昨日だって流言先生のファンだっておっしゃったのに、ご招待を受けるかどうかお決めになる際には少し迷ってらっしゃるようでしたし」

「ああ……」

確かに僕は昨日、答えを迷った。そして今も、頭の片隅では一粒の懸念がうずいているのだ。

「なんかこう、普段の日常とは違う状況になるとなにかが起こりそうな気がして」

「それはつまり、推川さんの『名探偵は間違えない』のことですわね」姫咲先輩は小さく笑った。「ようやく幸太さんにわたくしたちの話を信じていただけたようで、わたくしとっても嬉しいですわ」

「そりゃまあ、決定的な証拠を見せつけられましたからね」

理耶が推理した大蛇の化け物。魔人化した姫咲先輩。魔法少女化したゆゆさん。金銀の双眸を発動させたイリス。そのすべてを僕は鮮明に記憶している。

「幸太さんは保持していらっしゃるんですものね、ヤマタノオロチが顕現した事変にかかる記憶を。改めて驚嘆に値する現象です。それと少しだけ恥ずかしいですわ。ヴァイルイーター化したわたくしは凶悪な姿をしていますし、ダベルったら乱暴で下品な戦い方をしますから。きっとはしたない姿をご覧に入れてしまったでしょう？」

そういって姫咲先輩はほんのりと頬を赤らめた。うむ、確かにゲラゲラ高笑いしながら大蛇の頭をタコ殴りにし続けたあの光景はもはや悪役じみてはいたけれど。

「いや全然……なんていうか、カッコよかったですよ先輩」

彼女の心中を慮り、僕はそう答えた。すると姫咲先輩はもっと頬を紅潮させて、

「まあ。幸太さんったら本当にお優しい方ですわ。そんなことを言われたらわたくし……幸太さんのことを好きになってしまいます」

と言って笑うのだった。やった、逆玉の輿だ。

「それはそうと、あまり心配なさらないでくださいな幸太さん。推川さんが推理をしなければ事変は起こりませんから。そして推川さんが推理をしたがるのは殺人事件に遭遇したときです。ミステリ作家の先生と夕食をともにした程度では、『名探偵は間違えない』が発動する可能性は低いといっていいでしょう」

「そりゃそうですけど、でもなんかいやーな予感がするんですよねえ……」

「それに万が一にも殺人事件が起きるようなことがあれば、そのときは我々助手の出番ですわ。頭脳明晰な幸太さんが推川さんよりも先に犯人を見つけられれば大丈夫。たとえ推川さんに先んじられたとしても、追って幸太さんが真相を明らかにしたうえで、異能を持つわたくしたちが事変を終息させればそれで大丈夫。でしょう？」

「まあ、確かに」

「ね。さあそれではまいりましょう」

最後に可憐なウインクをくれて前に向き直った姫咲先輩の後に続いて、僕は邸宅の中へと足を踏み入れる。何事もなく今日が終わることを願いつつ。


大人数でのパーティも可能なほど広々とした食堂にて晩餐会は行なわれた。白いクロスの敷かれた長テーブルの上座に流言先生が座り、周囲を身内が固め、次いで僕たちがランダムに席を埋めた。雪村（ゆきむら）家では使用人がひとり雇われており、愛想のいいふくよかな中年女性である篠崎育美（しのざきいくみ）さんが給仕を務めてくれた。

　偉大なる大作家様から素晴らしいもてなしを受けつつ、晩餐会は予想以上に和やかな雰囲気の中で進んだ。僕自身はかなり緊張していたのだが、主に流言先生と理耶（りや）の会話が弾んだのだ。弾んだというか、理耶の話を流言先生が大層面白がって聞き続けた、といった方がより正確ではあるけれど。

　また、理耶の話に好奇心いっぱいの面持ちで耳を傾けた人物はもうひとりいた。

「いやあ本格的名探偵に『本格の研究（スタディ・イン・パズラー）』ですか。面白い活動をされているもんだ」

　四十代半ばほどでセンター分けの黒髪が特徴的な男性。真っ青の派手なスーツを着た彼の名は丸太秀一（まるたしゅういち）といって、とある出版社の編集者らしい。もう長らく流言先生を担当しているとのことだった。

「丸太くんの言う通り、彼女たちの活動は非常に興味深いよ」アルコールを摂取したためか気持ち顔の赤い流言先生は大きく頷（うなず）いた。「まるで小説の中で描かれるようなことを現実に行なっているのだからね。わしはこれまでに多くのミステリを書いてきたが、しかしそれらはつまるところわしの妄想が生んだ偽物にすぎん。だが彼女たち『本格の研究』の活動と経験は本物だ。だからこそ推川さんの話を聞くのはとても楽しかった」

「ありがとうございます流言先生」

澄ました顔でデザートのアイスを口に運ぶ理耶だが、実は彼女が流言先生に語った話は本物ではない。当然、ハルピュイアやヤマタノオロチ関連のことは伏せたからだ。

「感謝するのはわしの方だ推川さん。君の名探偵ぶり——いや、本格的名探偵ぶりを聞かせてもらったおかげで、とうに枯れ果てたと思っておった創造の泉にまた新たなインスピレーションが湧き上がってくるような気がするよ」

またその都合上、理耶が真犯人を突き止めたことになっているのである。先生、正しい推理をしたのは僕です。そこの自称・本格的名探偵はハルピュイアやヤマタノオロチを顕現させて世界を滅茶苦茶にしようとしてました。

「おお！　そうですか流言先生！」先生の言葉を聞くやいなや、丸太氏は期待に満ちた声を上げた。「でしたら是非、そのアイデアを使った新作はうちに回してくださいね！」

前のめりに迫る丸太氏を見て流言先生は苦笑する。

「そう慌てないでくれたまえ丸太くん。ふむ、しかし本当にアイデアが湧いてきたぞ。よし、そうときたら鉄は熱いうちに叩かねば。早速、詳細を煮詰めにかかるとしよう」

そう言って立ち上がった夫を困ったような顔で見上げたのは静枝夫人だった。

「あらあなた、推川さんたちをお招きしたのはあなたじゃありませんか。お客様方をほっぽって書斎に籠もろうだなんて失礼ではなくて？」

「お気になさらないでください夫人。私たちとしては、偉大なミステリ作家である流言新先生とお話しできただけでも大変光栄なことなので」

理耶がフォローに入ると、静枝夫人は幾分落ち着きを取り戻しつつも申し訳なげに眉を下げる。

「ですけど……」

「いや静枝さん。せっかく先生が新しいアイデアを思いつきなさったんだ。ここはとことん集中してもらいましょう！　なんなら僕が話し相手になりますから。どうだい君たち、流言先生のあんな作品やこんな作品にまつわる色んな裏話、聞いてみたいだろう？」

そうやって夫人を説き伏せにかかる丸太氏。実際、僕としては彼の提案に相当の魅力を感じてしまっていた。

「そうしてくれると助かるよ丸太くん。それじゃ推川さんを始めＳＩＰの諸君、今夜は非常に愉快な時間だった。わしは書斎に行くがどうか心ゆくまでくつろいでいってほしい」

そんな言葉を残して、偉大なる流言新先生は食堂を後にした。

颯爽（さっそう）とした足取りで書斎へ向かった夫の後ろ姿を見送り、静枝夫人は溜息（ためいき）をつく。

「ごめんなさいね。夫はあの通り自分勝手な性格で。仕事したいときに仕事して、それを邪魔されるのもひどく嫌うんです。仕事中のあの人には近づけたものじゃありません。まったく、ミステリ小説をよく知らない私にとっては到底理解できないんですけどね」

「夫人はミステリには詳しくないんですか」意外そうな顔で理耶が訊（たず）ねる。

「ええ。私も、そして使用人の篠崎さんも、ミステリ小説なんてちっとも読んだことがないんです。だから優子さんのことは本当に頼りにしてるんですよ。優子さんはとってもミステリに詳しいですからね。秘書としてのスケジュール管理はもちろんですけど、作品づくりについてもその豊富なミステリ知識を活かして的確なアドバイスを夫に与えてくれていますから。小説家・流言新にとっては掛け替えのない存在なんです」

「そんな、過大評価ですよ奥様」氷山女史はナプキンで口許を拭いながら言った。

「あはは、そんなことされちゃあ担当編集の立つ瀬もないなあ」丸太氏は前髪を掻き上げながら笑うのだった。

さて、そんなこんなで午後八時半頃には晩餐会も終わりを告げ、夫人と氷山さんは自室に向かい、僕たちは応接室に移動して丸太氏を交えた歓談を続けた。

彼もまた酒が入ると饒舌になるタイプで、午後九時頃に小用のため席を立った以外はひっきりなしに喋る続けるほどのマシンガントークぶりであった。

「それでね、そこで先生が僕の提案を受け入れて一部プロットを修正したんだ。するとどうだ、それが見事に大当たり！　いやあ、あのときは嬉しかったなあ。小説ってのはもちろん作家のものであることに違いはないけど、僕だって編集として少なからず作品のクオリティに貢献できてるんだって実感できた瞬間だったなあ」

少年のように輝かしい瞳でひとしきり語り終えた丸太氏は、不意に壁掛け時計に視線を向けると驚いたように笑った。

「おやもう十時前か。こりゃちょっとお喋りが過ぎたようだね。こんなに夜遅くまで未成年を拘束するなんて大人として失格だ」

「あ、いいえ、僕的には非常に楽しい話でした」

実際、流言新の作品が世に出るにあたってどんな経緯をたどったのかという裏話は、非常に聞き応えのあるものだった。ほかのみんながどうだったかは分からないけど。

「そりゃ嬉しい言葉だね福寄くん。でもその小さなお嬢ちゃんはもう限界みたいだ」

丸太氏がからかうような顔で指差す。目線を落とすと、あぐらを掻いた僕の脚のくぼみに収まっていたイリスがこっくりこっくりと舟を漕いでいた。

「あ、ごめんイリス。そりゃ眠いよな」

十歳の子供なら夜十時はもうぐっすり寝ているような頃合いだ。

「ふわあ～。イリス眠くなっちゃったかもー」

イリスの可愛らしい欠伸。

おもむろに理耶が立ち上がった。

「さて、そろそろお暇するとしようか」

「そうだね……。今のイリスちゃんにとっては、ぐっすり寝ることがなによりもお治しかもだよぉ～……ふへ」ゆゆさんも同意を示した。

「では迎えを呼びましょうか」姫咲先輩がゆったりと微笑む。

「すぐにお呼びいたしやがりますです、お嬢様」雨名は主に向かって慇懃に頭を垂れた。

そこへちょうど通りかかったらしい静枝夫人が顔を出した。

「あら、皆さんもうお帰りかしら？」

「はい、明日も学校がありますから」絶妙に名残惜しそうな声音で理耶が言う。

「それもそうね」静枝夫人は納得したように頷いた。「それじゃ主人を呼んできますね。お見送りくらいはさせないと面目が立ちませんから」

そう言って書斎の方へ向かっていく静枝夫人だった。

半分以上眠りに落ちているイリスを抱きかかえ、僕は立ち上がる。

すると理耶が歩み寄ってきた。

「楽しかった？　幸太くん」

なんだよそのまるで初デートの終わりみたいな雰囲気の質問は。

「幸太くんが楽しかったかどうか気になってさ」

はにかむ理耶を前に、僕はちょっとばかりこの数時間を思い返す。

「まあ、このまま何事もなければ楽しかったって言えるかな」

「なにそれ。まるでなにかがあるみたいじゃないか」

理耶が笑う。

「別にそういうわけじゃないけどさ」

「それに」と言って理耶は、嬉々として細めた真紅の双眸で僕の目を覗き込みながら、つんつんと人差し指で胸元をつついてきた。「まるでなにかがあってほしいって思ってるように聞こえるよ、幸太くん」

「べ、別にそういうわけじゃ……！」

言い淀む僕。なんだ、何故はっきりと否定できない。僕はなにかを望んでいるのか？

困惑じみた感情を抱いた、そのときだった。

「――きゃああああああああああああああああああ！」

つんざくような悲鳴。静枝夫人のものだった。

「な、なんだ!?」

咄嗟に扉の向こうへと目を向ける僕。

そんな僕を横目に理耶は言った。

「どうやらなにかがあったみたいだね」

「静枝さんの悲鳴だ！　書斎の方から聞こえたぞ！」

跳ねるように立ち上がり応接室を飛び出した丸太氏に続いて、僕たちＳＩＰもまた彼の背中を追いかけた。

やがて書斎にたどり着く。扉は開きっぱなしだった。

「どうしたんですか静枝（しずえ）さん！」

叫びながら書斎に飛び込む丸太（まるた）氏。僕たちも雪崩（なだ）れ込（こ）むように室内へ踏み入った。

最初に視界に入ったのは、部屋の手前側にへたり込んで戦慄（おのの）く静枝夫人の姿だった。

「あ……あぁ……！」

そんな声にならない声を漏らす夫人の視線をたどり、僕は正面の壁へと視線を移す。

その残酷な光景に、僕は思わず息を呑（の）んだ。

何故（なぜ）ならばそこには、惨（むご）たらしく生命を奪われた彼の姿があったのだ。

すなわち、心臓を槍（やり）で打ちつけられ、さらには両手を短剣によって打ちつけられ、さながら十字架刑に処されたキリストのごとく壁に磔（はりつけ）となった流言新（るごんしん）の亡骸（なきがら）が、そこにはまざまざと飾り立てられていたのである。

【15】磔刑に処された小説家Ⅱ

「ああひどい……一体誰がこんなひどいことを……」

顔を手で覆い嘆く静枝夫人の声が、書斎の中に虚しく響いた。

騒ぎを聞いて駆けつけた秘書の氷山優子女史、そして使用人の篠崎育美さんも呆然とした表情で部屋の中に立ち尽くしている。

ちなみにだが既にこの場にゆゆさんはいない。いつものように血を見るや卒倒した彼女は、見事な反応速度を見せた雨名に受け止められ、その後、篠崎さんの提案によって空いた客室のベッドへと寝かされたのである。ゆゆさんどうかお大事に。そして出番がきたときはすみません。

と、それはさておき。

「また殺人事件かよ……！」

絶えず頭の片隅でうずいていた懸念が現実のものとなった。あまりの殺人事件への遭遇ぶりに、今の僕には推川理耶という少女の姿が見た目は子供で頭脳は大人な少年に被って見える。推理力は別としてだが。

「慌ててはいけませんわ幸太さん」耳元で姫咲先輩が囁いた。「まだ大丈夫です。わたくしたち助手で推川さんをサポートしましょう」

「姫咲先輩……ええ、そうですね」

先輩の言う通りだ。起きてしまったものは仕方がない。考えるべきはこれから先どうするかだ。

自らを落ち着けようと努める僕の横を過ぎ、理耶が前へと進み出る。そして嘆き悲しむ静枝夫人の傍らに片膝をつき、彼女は言った。

「静枝さん、私たちに任せてくれませんか。必ず犯人を見つけ出してみせます」

やっぱりそうなるよな。これは想定の範囲内だ。

涙でぐしゃぐしゃになった顔を上げて、静枝夫人は理耶を見上げる。その顔は、僕の目には演技には見えなかった。

「……お願いできますか、推川さん」

「はい」

力強く答え、理耶は立ち上がる。そして僕たちの方に振り返った。

「さあみんな、私たちＳＩＰの力でこの事件を解決に導こう」

僕は意気を込めて頷く。しかしそれは単に事件を解決してみせるという気持ちからではなかった。

理耶がとんでもない推理をやらかす前に、今度こそ事件の謎を解いてやる。

「よおし、だったらイリスが本当を見てあげるかもー」

事件の騒動で目が覚めたらしく、得意げな様子で揚々と目隠しに手をかけたイリスを、しかし僕は制した。

「まだ力は使わなくていいよイリス」

「え、どうしてかもお兄ちゃん？」イリスは不思議そうに首を傾げる。

「君はまだ力の負荷に耐えきれないだろ。だから能力を発動させて真実を見破ったとしてもすべてを語る前に力尽きて眠ってしまう。だったら君が力を使うべきは序盤じゃない。ある程度手がかりが揃った終盤、あともうひとつ手がかりが掴めれば真実にたどり着けるって場面で使うのが最も有効なはずだ」

なにも分からない状況で断片的に真相を語られたところで理解することはできない。それゆえにイリスの能力は最後の一撃として使うべきだ。

「おおーなるほどー。あい、わかったかもー」

納得したらしいイリスはびしっと敬礼して目隠しを外すのをやめたのだった。

そんなやり取りをしているうちに、おもむろに理耶が書斎机の向こうに回り込み、流言先生の死体へと歩み寄る。

「致命傷は疑いようもなく、心臓を貫いた槍の一撃だね」

理耶の言う通り、相当古びた西洋風の長柄槍が流言先生の心臓を貫通して壁に突き刺さっており、これが直接的に彼の命を奪ったのは明らかだった。

「そして両手を貫くこの短剣は後から打ちつけられたものだね。傷口からの出血がほとんど見られない」

それもまた理耶（りや）の言う通りだった。つまり流言（るごん）先生は槍（やり）で刺し殺された後、十字のポーズで壁に磔（はりつけ）にされたのだ。そこにどんな理由があるのか、今の僕には見当もつかない。

生命を失ってがくりと項垂（うなだ）れる流言先生の死体から目を離し、理耶は書斎の中を改めてぐるりと見回す。

「それにしてもひどく荒らされてるね」

「推川（おしかわ）さんのおっしゃる通りですわね。まるで部屋の中で嵐が起こったみたいですわ」

僕も視線をぐるりと一周させる。書斎の中には小説のための資料としてか、はたまた流言先生の趣味だったのか、西洋の食器類や中国の陶磁器、絵画、さらには世界中の武具に至るまで、数百点の骨董品（こっとうひん）が所狭しと並んでいた。……いや、並んではいない。それらは今、まるでおもちゃ箱がひっくり返されたかのように雑然と散らかっているのだった。

僕は書斎机の奥の壁にくっついて佇（たたず）む大きな書棚に目を留める。軽く数千冊は収納できる大きさで、本来ならぎっしりと本が詰まっているだろう書棚だったが、今はその右側の一角にぽっかりと空間ができてしまっていた。

「本もたくさん落っこちちゃってるし、そんなに激しく争ったのか……？」

そして最終的に犯人が槍を手に取ったと、そういうことなのだろうか。でも争うような物音は聞こえなかったけど……。

床に散乱する本たちに目を落とす僕。やはりどれもミステリ小説だった。きっと執筆の参考にしていたのだろう。今では絶版となった貴重な本も混じっていたが、運悪く血溜まりに沈んだものも多くあり、それらはみな血を吸ってダメになってしまっていた。

「うわあこの本なんて超絶レア本なのに、悲しすぎる……！」

なんて惜しんでいると、理耶がひょっこりと覗いてくる。

僕は我に返り、ばつの悪い思いで苦笑した。

「あ、いやごめん理耶、こんなときに小説が血に濡れちゃったのを残念がってる場合じゃないよな」

しかし、理耶はミステリ小説の山の下に広がる血溜まりを眺めながら言った。

「いや幸太くん、これは本格的に面白いね」

面白い……？ どういうことだ？

疑問符を浮かべる僕だったが、理耶は答えをくれずに別の場所へと意識を向ける。

次に理耶が確認を行ったのは書斎机だった。

ぐっと顔を近づけ、書斎机の天板を舐めるように観察する理耶。そこには布製の茶色いデスクマットが敷かれ、その上におそらく執筆用と思われるノートパソコンが一台載っており、傍らには空のコーヒーカップがひとつ置かれているだけなのだが。

　ところが、やがてお目当てのものを見つけたらしく、理耶は満足げに目を細めた。

「見てごらんよ幸太くん」

　そう言われて、僕は理耶が指先で示す箇所に目を凝らす。

　見てみると、デスクマットの至るところに小さな赤黒い染みが点々とあった。

「これは……ひょっとして血か」

「ご名答。これも本格的に面白いね。それとこっちも見て」

　さらに理耶が示した箇所を見やると、天板の手前側の小口部分に大きな傷が見受けられた。なにか硬くて尖ったものを思い突き立てたような、亀裂にも似た凹み傷だった。

「なんの傷だこれは？」

　けれど理耶はこれにもまた答えてはくれず、

「これもまた本格的に面白い事実だよ」

　とだけ言って、今度は静枝夫人たちの方に顔を向ける。

　そして理耶は臆面もなくこう言った。

「静枝さん、流言先生のご遺体から槍を引き抜いても構いませんか」

「ちょ、理耶、本気で言ってるのか……!?」

　堪らず割って入った僕に、理耶はなにを言ってるんだという顔を見せる。

「当たり前じゃないか。こんなときに遊び半分で言ったりしないよ」

「そりゃそうだろうけど……！　それにしたってこの後警察を呼んだときのためにも現場保存の原則ってもんを……」

「構いません、推川（おしかわ）さん」静枝夫人が言った。「いつまでもそんな風に磔（はりつけ）にされてたんじゃあまりにも主人が可哀想（かわいそう）です……だからどうか、槍も剣も抜いてあげてください」

物言わぬ姿となった夫をなおも思いやる夫人の言葉。それを聞いたとあっては、流石（さすが）に僕も反論を続けるわけにはいかなかった。

まず両手を貫く短剣を抜き、両脇を理耶と雨名（うな）が抱える。次に僕は槍の柄を持ち、穂先を壁から外す。一旦は槍が刺さったままの遺体を床に寝かせ、それから僕は槍を完全に抜いたのだった。

改めて流言先生の遺体に目を落とす。着衣に乱れはなく、見た限り露出した肌部分に擦り傷などもない。なんの抵抗もしないまま槍で心臓をひと突きされて即死した、そんな風に見えた。しかしそんなことよりも、僕は偉大な作家の死という現実に悲しみを覚えずにはいられないのだった。

「幸太くん、その槍を私に貸してくれないかな」

「ん、あ、ああ」

なにをするのかと思いつつも言われた通りに手渡すと、槍を受け取った理耶はおもむろにその穂先を書斎机の傷部分にあてがった。

　するとどうだろうか。槍の穂先と傷の形状はぴったりと符合したのである。

「思った通り、この傷は槍によるものだ」理耶は嬉しそうにほくそ笑む。

「そうみたいだな。でもなんでこんなところに傷が……」

　独り言のように呟きつつ天板の傷を凝視する僕に、理耶は言った。

「それはもちろん、勢い余ってだよ」

「勢い余って……？」

「そう。勢い余って」

　そう繰り返しつつ頷いた理耶は、今度は静枝夫人にこう訊ねた。

「ちなみにですけど静枝さん、この槍は本来どこに飾られていたんですか」

「えっと……その槍でしたら、ちょうど主人が磔にされていた付近の壁に掛けられていたものです。短剣もその辺りに飾られていたと思います」

　その言葉を聞いた理耶は、この上なく満足げに頷いた。

「ありがとうございます静枝さん。それはとてつもなく本格的に重要な情報です」

　そして理耶は槍を床に置き、静枝夫人、氷山さん、丸太さん、篠崎さんの方に歩み寄る。

「さて、それでは皆さんにお話を伺えますか。夕食を終えた後、どこでなにをしていらっしゃったのかを教えてください。お願いします」

　理耶の問いに対し、最初に答えたのは静枝夫人だった。

「私は食堂を出た後、自室に引き上げて休んでいました。本来なら主人の代わりに私がおもてなしをするところですけど、普段あまりたくさんの人とお話しする機会がありませんから少し疲れてしまったもので。それで丸太さんのご厚意に甘えてしまったんです。十時近くになって少し気分も落ち着きましたので応接室に向かったところ、ちょうど皆さんがお帰りになるとのことでした。ですから主人を呼びに書斎に向かいまして……そしたら、ああなんとも惨たらしく主人が壁に磔に」

「大丈夫ですか奥様」よろめく夫人の肩に優しく手を添え、そのまま次は氷山優子女史が話し始めた。「私は夕食後、自室に戻って仕事をしていました。九時半に一度だけ書斎へ行きましたけれど。明日のスケジュールについて、先生と軽く打ち合わせをする必要がありましたので。五分ほど先生と話して、それからまた私は自室へ戻りました。以降は奥様の悲鳴を聞くまで部屋の外には出ていません」

次に口を開いたのは丸太氏だった。

「僕は君も知っての通り、夕食後は応接室で君たちとお喋りしてたよね。九時過ぎに一回トイレに行ったけど、それ以外はずっと君たちと一緒にいたはずだ」

そして最後に話したのは使用人の篠崎さんだった。

「わ、私はまずお夕食の片付けをしてました。それが終わったのが九時過ぎで……九時十五分くらいに旦那様のところへコーヒーをお持ちしました。その後は厨房へ戻って、明日の朝食の仕込みなどをしてました。私も氷山さんと同じように奥様の悲鳴を聞くまで厨房からは出てないです」

全員の証言が終わり、僕は頭の中で整理を試みる。

現状、シロだといえるのは丸太さんだけだろう。彼は基本的にずっと僕たちと一緒にいたし、唯一席を外したのは九時過ぎだが、それ以降にも篠崎さんと氷山さんのふたりが生前の流言先生に会ったと証言している以上、彼に犯行は不可能だ。

そして丸太さん以外の三人については誰が犯人でもあり得る。何故なら三人ともバラバラの場所にいたからだ。誰だってこっそり書斎へ忍び込んで犯行を為すことは可能なのである。

続けて僕は思い返す。理耶が面白いまたは重要だと発言した四つの事実を。血溜まりに沈んだたくさんのミステリ小説たち。デスクマットに飛び散った血痕。書斎机の天板に刻まれた槍による傷。そして、その槍が飾ってあった場所……。

不意になにかがぼんやりと頭によぎる。判然としないながらも答えらしきものの姿が靄の向こうに見えてきたような、そんな感覚がわずかに神経を刺激する。

あともう少しで分かる気がする。よし、ここでイリスに力を使ってもらえば……。

そう考えたときだった。

「なるほど、皆さんありがとうございます。おかげで謎が解けました」

理耶の宣言。反射的に顔を向けると、そこには自信に満ちた彼女の表情があった。

まずい、まずいまずいまずいぞ……！

「ま、待つんだ理耶」僕は咄嗟（とっさ）に理耶を制した。「本当に解けたのか？　本当に犯人が誰なのか、間違いなく分かったっていうのか」

「もちろんだよ幸太（こうた）くん。なにせ私は本格的名探偵だからね」

「でもちょっと待ってくれないか……！　ぼ、僕だってもう少しで分かりそうなんだ。だからちょっとだけ時間をくれよ」

イリスの『真実にいたる眼差し（トゥルーアンサーアイズ）』を使うのに時間が欲しい。

「素晴らしい心意気だね幸太くん。君のような助手を持てて私は誇らしいよ。でも心配しなくて大丈夫。私がしっかり事件を解決してみせるから」

とかなんとか堂々と言い張るけど、そうやって二回とも盛大に間違えてるじゃん……。

「じゃあせめてこれだけは聞かせてくれ、犯人はちゃんと人間なんだよな……？」

もしまた空想上の生き物だなんて言ってみろ、絶対に推理させないからな……！

「うん、犯人は人間だよ」

ほらやっぱり！　こうなったら力ずくでも理耶のことを止めるしか……。

「……え？」

人間？　彼女、犯人は人間だって言いました？

予想外の返答にぽかんとした顔になってしまった僕に、理耶は微笑を向ける。

「流言新先生を殺害したのは人だよ幸太くん。そしてその人物が誰なのかを、今から私の本格論理が暴くのさ」

「え、あ、ああ、そうか……ってマジ？」

戸惑いながらも、そして躊躇いながらも僕は思う。

今回こそは、今日の推川理耶こそは本当に本格的名探偵をやってくれるって、そう信じてもいいのでしょうか？

【16】磔刑に処された小説家Ⅲ

そして自称・本格的名探偵、推川理耶の推理が開演した。

「まずもって、流言先生が殺害された時間は夕食が終わった八時半から静枝さんが先生の死体を発見した十時までの間ということになります。

では、その時間帯に犯行が可能だった人は誰でしょうか？

最初に私たちＳＩＰのメンバー全員が除外されますね。私たちは全員が夕食後、事件が発覚するまでずっと一緒に応接室にいました。だから誰にも犯行は不可能です。そして丸太さんも容疑者から除外されます。彼は九時頃に一度トイレに行くと言って応接室を出ましたが、それよりも後に篠崎さんと氷山さんが生前の流言先生と会ったと証言しているからです。もし丸太さんがトイレに行くと嘘をついて殺人を犯したのであれば、篠崎さんも氷山さんも生きた流言先生に会うことはできなかったはずです。だから彼もまた犯人ではあり得ません。

逆に、それ以外の人たちには犯行が可能です。篠崎さんも、氷山さんも、そして静枝さんも、それぞれ別の場所にひとりでいらっしゃったとのことですから、それすなわち、犯行推定時刻には各々が自由に書斎へ出入りすることができたことになります」

そこまでは僕も考えた。犯人はその三人のうちの誰かで間違いない。

ただし。

「それで、私たち三人のうち誰が先生を殺したのか、それを特定することはできるんですか」

氷山優子女史が冷静な声音で言った。そうだ。彼女の言う通り、容疑者を三人に絞ったところで事件は解決しない。

けれど理耶の泰然とした佇まいに崩れる素振りはなかった。

「今から順を追ってご説明します。犯人を見つけ出すうえで重要な点はふたつです。ひとつめには、どうして書斎の中が荒らされているのか？　ということ。そしてふたつめには、どうして被害者は壁に磔にされたのか？　ということです」

理耶が立てた右の人差し指と中指を見つめながら、僕はそのふたつがどう犯人へ繋がっていくのだろうと思う。

理耶の推理は続く。

「最初に荒れた書斎についてですが、これは犯人と被害者が揉み合った結果のように見えて、実際にはそうではありません。何故なら私たちの誰も激しい物音や口論を耳にしていないからです。ここまで色んなものをひっくり返すような争いがあれば、流石に誰かが異変に気づいたでしょう。加えて、流言先生の遺体の状態を見てみると着衣にはなんら乱れがありませんでした。これもまた争いがなかったことを示す根拠のひとつです。きっと先生は抵抗する間もなく、唐突に槍で貫かれて即死したのだと私は考えます。つまり言いたいのは、この状況は犯人が意図的につくりだしたものだということです」

反駁するところはない。僕も物音を聞かなかったことや、流言先生の着衣に乱れがないことが気になっていた。その答えとして、争いなんかはなかったというのは至極頷けるものだ。

「ではどうして犯人はわざわざ書斎の中を荒らしたんでしょうか。その答えを探るべく観察を行なっていた私は、やがてある点に違和感を覚えました。それは……血溜まりに濡れる小説たちです」

確かに理耶は、血溜まりに沈むたくさんの本を見て面白いと言っていたが。

「一体なにが変だったんだ？」

思わず訊ねた僕に目をやり、理耶は小さく口の片端を上げてみせた。

「だってさ幸太くん、部屋を荒らしたのはわざとだったんだよ。その前提に立ってみるとさ、血溜まりに本ばかりが浸ってるということは、つまりは犯人があえて本を血に浸したってことで、そうするとそこになんらかの意図を感じられないかな。……要するに私が言いたいのはね、犯人には本を血に濡らしたい理由があったんじゃないかってことだよ」

「ですけど推川さん、一体なんのために犯人はわざわざ本を血に浸す必要があったのでしょう？」姫咲先輩が首を傾げながら問う。

「それはもちろん、本に血がついていたからさ」理耶(りや)は平然と答えた。「木を隠すなら森の中。本を隠すなら本の中。そして本に血がついていたのなら、ほかの本もまとめて血で汚しちゃえばいいって寸法だよ。そうすれば最初の一冊が血に汚れた本当の理由に気づかれなくなるからね」

なるほどそういうことが考えられるわけか。でも最初の一冊が血に汚れた本当の理由ってのはなんなんだ。

そこで理耶は書斎机の前に移動する。

「さて、そこまで考えた私は書斎机を調べました。するとそこで見つけたのは、デスクマットに点々と散った複数の赤黒い染みでした。もちろん血痕です。そしてどんな血痕かといえば、当時の状況を考えれば推測は容易でしょう。当時、流言(るごん)先生は新作のアイデアを煮詰めるため机に向かっていました。そこを槍(やり)で突かれ、心臓を貫かれた先生は吐血したのです。すなわち、これらはそのときにできた血痕というわけです。そしてその際に本も血に汚れました」

そこで理耶は書斎机から視線を上げた。

「これはほぼ確信していることですが静枝(しずえ)さん、氷山(ひやま)さん、流言先生が書斎机の真後ろに本棚を置いていたのは、作品づくりの際にほかのミステリ小説を参考図書にしておられたからではないですか？　ミステリにおいては作品の中で有名な古典ミステリを引き合いに出すのはよくあることですからね。あるいは書こうとしている作品に似たテーマの作品を読んでイメージを膨らませる、なんてこともあったかもしれません。いかがですか」

「え、ええ確かにそんな風なことをしていると聞いたことがあったかもしれません……ですよね、優子（ゆうこ）さん？」静枝夫人が不確かに頷（うなず）きながら氷山女史を見る。

「はい、確かに先生はそのようなことをしておられました」

氷山さんの返答を聞いた理耶は満足げな色を真紅の双眸（そうぼう）に浮かべた。

「そう。ですから当時も流言先生は参考になにかしらの小説を開いておられたのです。そこを槍で刺され、血を吐き、結果として本は血で汚れてしまった。それを犯人は隠そうとして、ほかの本も一緒に血溜（ちだ）まりに浸し、さらには目くらましのために部屋全体を荒らした、というのが推論によって導かれるひとつめの謎の答えになります」

「でも理耶、なんで犯人はそこまでして本についた血を隠さなきゃいけなかったんだよ」

たったそれだけのためにかなりの手間をかけてるじゃないか。犯人の心情としては一刻も早く現場から立ち去りたいはずなのに。

「それはね幸太（こうた）くん、槍の穂先が先生の体を貫いた方向を隠すためだよ」理耶は落ち着いた声音で答えた。「先生は机に向かって座り本を読んでいた。その体勢の先生の心臓に槍を突き立てるとしたら、君なら前と後ろのどっちから突き刺すかな？」

考えてみて、僕ははっとする。

「前からじゃ本が邪魔になる……ってことは後ろから？」

「その通り」理耶(りや)はゆっくりと頷(うなず)いた。「流言(るごん)先生はね、背後から槍で突き刺されたんだよ。それに書斎机の天板に傷があったでしょ？　あれは先生の背中から胸を貫通した穂先が当たってできた傷だよ。それもまた推論の根拠のひとつだね」

なんとなく勝手に正面から刺されたと思い込んでいたが、実際には先生は背後から襲われていたなんて。

なおも理耶の推理は続く。

「そしてそれがふたつめの問いにも繋(つな)がる。つまりどうして先生の体が磔(はりつけ)にされたのかという謎だけど、それもまた槍(やり)の穂先が先生の体を貫いた方向を誤認させるためにほかならなかったんだ。正面から槍に貫かれて磔になった先生の姿を見れば、当然に私たちは先生が正面から刺されて殺されたと考えてしまうからね」

要するに、部屋を荒らして本を血溜(ちだ)まりに沈めたのも、先生の遺体を磔にしたのも、すべては背後から殺害した事実を隠匿するためのカモフラージュだった、ということか。

「さて、ここまでの内容は皆さんご理解いただけたでしょうか」

と言ってから一呼吸置き、改めて理耶は口を開く。

「これで流言先生を殺害した犯人であるための条件が判明しました。それは、先生を背後から槍で貫くことができた人物です」

若干力の籠(こ)もった声音は、彼女の推理が終盤に入ったことを窺(うかが)わせた。

「槍を携えながら忍者のごとく気配を殺して背後に回る必要はありません。何故(なぜ)なら凶器の槍はそもそも先生の背後の壁に飾られていたからです。だから犯人は、単純に流言先生に見咎(みとが)められずその背後に立つことができた人物、ということになります。

では、一体どうすれば怪しまれず先生の背後に立つことができたでしょう？

夕食の際、静枝(しずえ)さんはこうおっしゃってました。流言先生は仕事の邪魔をされるのがとても嫌いで、仕事中は近づけたものじゃないと。だったら仕事中の先生に近づく方法はたったひとつ。それは仕事の邪魔をしないこと――すなわち、仕事の手助けをすること以外にはありません。そして先生の背後に立つことができる手助けといえば、それは参考用の本を代わりに取ってあげることでしかないでしょう」

確かにそうだ。仕事に熱中している流言先生に、代わりに欲しい本を取ってあげますよと言えば頼んでもらうことはとても容易だっただろう。

理耶の眼差(まなざ)しに力が籠もる。

「それじゃあ流言先生の代わりに彼が欲しがった本を取ってあげることができた人物は誰でしょうか。このミステリ小説だらけの巨大な本棚から、先生が希望したミステリ小説を即座に見つけることができた人物は誰でしょうか。静枝さん？　篠崎(しのざき)さん？　いえ、彼女たちではあり得ません。何故なら彼女たちはミステリ小説をまったく読んだことがない素人だからです。そんな人間に任せるより自分で取った方が早いに決まってますから、わざわざ先生が頼むとは思えません。

けれどあなたにならそれができます。誰よりもミステリ小説に詳しくて、さらに日頃から本棚の中身を把握していたであろうあなたなら、きっと普段から同じようなことを頼まれていたであろうあなたなら、先生の秘書であるあなたにならそれが可能で、だからこそ先生はあなたにそれを頼んだんです。……氷山優子さん、あなたですね、流言新先生を殺したのは。——以上、本格論理、展開完了」

お決まりの台詞で締めくくり、真紅の瞳が氷山優子女史を静かに見つめる。

それを冷ややかな目で見つめ返していた氷山女史だったが、やがて小さく頷いた。

「はい、私が先生を殺しました」

彼女の告白を聞きながら、僕の胸中は驚きに満ちていた。だって理耶が本当にちゃんとした推理で事件を解決に導いたのだ。これは夢か？

「動機はなんですか、氷山さん」理耶が問う。

「私は流言新のことが好きだったんです」氷山女史は静かに答えた。「小さい頃から大ファンでした。彼の作品はとてもアクロバティックでエキサイティングで、ほかでは味わえない刺激的な魅力を具えていました。……なのに最近の彼の作品はどれもが読むに堪えない駄作ばかりで。私は私の愛したミステリ作家・流言新が晩節を汚す姿に我慢できなかったんです。偉大な作家は偉大な作家のまま死んでほしかった。だから手遅れになる前に、私の手で流言新というミステリ作家を完成させることにしたんです。そのために私は先生を殺しました。それに、それが私のミステリ愛好家としての使命だとも思いましたから」

冷静沈着な美人秘書かと思ってたら実はとんでもない異常者じゃないかこの人。自分の中にある作家像を壊したくないからって作家本人を殺すだなんて、とても常人の思考回路ではあり得ない。しかも使命とか、そんな使命があるわけないだろ。

「使命、ですか」理耶はどこか哀れむような眼差しを向ける。「それがどういう意味か分かりますか。使命っていうのは誰かから与えられた特別な務めのことですよ。あなたは殺人という大罪を誰かに命令されたとでもいうんですか」

すると氷山優子女史は、ひどく歪で壊れたような笑みを浮かべた。

「ええそうです。私は使命を与えられたんですよ。流言新の価値を守るために先生を殺せって。――そう、神様から使命を与えられたんです」

まずい。人を殺した興奮のせいか完全に感情が壊れかけている。早く警察を呼んで身柄を引き渡さないと。とりあえず理耶の推理は無事に終わったんだし、早くこの場を退散しなくては……。

と、そう考えているときだった。

「……そうか。神様か」

何故(なぜ)か納得したように理耶(りや)が呟(つぶや)いたのである。

「お、おい理耶……？」

予感がする。なんか嫌な、いやとてつもなく嫌な予感がするぞ……！

「やっと完全に理解できましたよ氷山(ひやま)さん。どうしてあなたが流言(るごん)先生の遺体をあんな形で壁に磔(はりつけ)にしたのか、その本当の理由が」

「やめとけ理耶、変な推理はするんじゃない」

「槍(やり)を刺した方向を誤魔化(ごまか)すためなら胸に槍を突き立てるだけでよかったはずです。なのにあなたはあえて両手に短剣を突き刺し、十字架の形をかたどった。それこそがあなたに使命を与えた何者かの存在を示す手がかりだったんだ」

「違う、それ違いますからね、絶対違うんでもうやめなさい！」

なんでこうなってしまうのか。せっかく普通に解決できたのに。

「十字架が表すのはすなわち神です。あなたは、あなたに殺人を教唆した存在のイメージを、被害者の遺体を使ってメッセージとして表現したんですね」

「ああもうストップ！　理耶！　ストップストーップ！」

せっかく名探偵らしいところが見られたと思ったのに。せっかく無事に帰れると思ったのに。果たして、これが定められた運命だとでもいうのだろうか。

必死の制止も虚(むな)しく、ついに理耶はこう告げた。

「つまり実行犯はあなただけど、本当の犯人は——真犯人は神だったんだ」

ぎぎぎ。壊れかけたネジ巻き人形のような動きで姫咲先輩の方に首を回す僕。

「……こんなんありですか？」堪らずそんな言葉が口から零れ出る。

すると、常に優雅なはずの姫咲先輩も流石に苦笑を浮かべつつ首を傾けた。

「あら……不覚を取ってしまいましたわね幸太さん。でも大丈夫ですわ、えっと……真相は明らかですし、とりあえず倒せば世界は元に戻りますから。ね？　雨名」

「おっしゃる通りです、お嬢様」

それを聞いて僕は乾いた笑いを零す。

「あはは……そうですよね……。でも倒すってことは、つまり出るんですよね？」

「ええ、出ますわね」姫咲先輩の首肯。

「やっぱ出ちゃうかあ」

額を押さえて天井を仰ぐ僕。絢爛とした照明の光を浴びながら、しかし僕は絶体絶命的な絶望感を覚えずにはいられない。もはや今のうちに愛する家族へ送る最期の言葉でも考えようかとすら思うほどだった。

いやだってさ。

——世界滅びるくね？　なんせ出ちゃうらしいんだもん、神。

【17】磔刑に処された小説家Ⅳ

「でも神様って、一体どんな神様が現れるんだ……？」

ふとそんな疑問を口にすると同時、カーテンの隙間から強烈な光が差し込んだ。まるで一瞬にして外が真昼に切り替わったかのような真っ白な光だった。

「な、なんだなんだ!?　今は夜中のはずだぞ……!?」

「どうやら早速お出ましのようですわね」

「本格的に興味深い。外に出てなにが起こっているのか確かめてみよう」

「あ、おい待てよ理耶！」

怖れを知らず一目散に外へ飛び出していった理耶を追いかけて、僕・姫咲先輩・雨名・イリスも明るい夜のもとへと駆けた。

流言邸の門を出た先で、理耶は立ち止まって満月の空を見上げていた。

「やっぱり私の推理は当たってたみたいだね……！」

こめかみに薄く汗を滲ませながら、しかし自信と好奇に満ちた眼差しをもって、彼女は満月よりも眩しく輝くそれを見つめている。

彼女に倣って僕も視線を天へと向ける。そこにあったのは、漆黒の夜空にぽっかりと空いた巨大な光の穴だった。

「こ、これは……？」

「間違いなく推川さんの『名探偵は間違えない』が引き起こしたものでしょう」隣に立った姫咲先輩が、僕と同じように光の輪を見つめながら言った。「つまり、彼女の推理が示した存在——神が降臨する前兆ということですわね」

「ってことは、今からあの馬鹿でかい穴を通って神様が出てくるってことですか……！」

「ええ、おそらくは」

そんな。闇夜を穿つ光輪の直径はおそらく直径数十メートルはある。もしもそれが神の体の大きさに合わせたものだったとしたら、ひょっとしてとんでもない巨人が現れてしまうのではなかろうか。もしそうだとしたらとんでもないことだぞ。

「なになに、い、一体なにが起こってるのぉ～……!?」

そこへよたよたと走りながら遅れてやってきたゆゆさん。どうやら自力で動けるくらいには回復したみたいだ。

「あ、ゆゆお姉ちゃんー。あのねあのね、なんと今から神様が出てきちゃうのかもー」

イリスの無邪気な説明を聞くや、途端にゆゆさんは顔を絶望色に染めて頭を抱えた。

「か、神様……？　嘘でしょ、そんなのお治しできっこないよぉ～……ああ、もうお終いだあ、全知全能完全無欠の存在に蹂躙されてあえなく世界は滅亡なんだあ～……！」

本当にすみませんゆゆさん。結局あなたに出番を回す羽目になってしまって。しかもおそらく超絶難度マックスで。

「でもねでもね、イリス思うかもなんだけど、神様ってみんなのことを助けたり守ったりしてくれる存在のことかもだよね。だったら悪いモンスターとかじゃなかったりするかもだよ」

イリスの言葉を聞いたゆゆさんは、嘆きをやめるとやや表情を明るくした。

「た、確かにイリスちゃんの言う通りだよお……！　神様はきっといいお方だよ、だって神様は世界をお治ししてくれるんだから……。お治しする人に悪い人がいるはずないもんね……！　きっと神様はわたしたちの話を優しく聞いてくださるはずだよぉ～……！」

そう言って安堵したように胸の前で手を組むゆゆさん。つまり今回は打倒ではなく和睦を目指すということか。

「来やがりますです」

雨名が呟く。

その瞬間、光の穴から黄金色の太陽が現れた。そう、輝きの巨塊だ。それは神話に出てくるような神を思い浮かべていた僕の予想に反して人の形を成しておらず、ただただ光る巨大な球体だったのである。

「こ、これが神様……？」

なんだか拍子抜けな感じがして首を傾げてしまう僕。

「なるほど」

姫咲先輩は得心がいったように小さく頷いた。

「今回、推川さんが推理した『神』という存在。それは、これまでに彼女が顕現させたハルピュイアやヤマタノオロチなどと比べるとひどく抽象的で曖昧でした。一口に神といっても世界中のあらゆる神話に数多の神が登場しますし、我々個人が持つ神へのイメージなんて漠然としたものですからね。それゆえに神は確かな実体を持ってこの世界に顕現することができなかったのです。その結果、推川さんの推理によって生み出された神はあのような姿――神々しい輝きとなってこの世界に出現することになったのですわ」

「そういうことですか……！」僕は姫咲先輩の説明に納得した。「けど、それじゃラッキーでしたね。理耶が特定の神様の名前を口にしなかったおかげで、ただの光が顕現するだけで済んだわけですから」

しかし姫咲先輩は深刻な表情で首を横に振った。

「いいえ。この状況は決して僥倖とはいえませんわ。だって、おそらく神は――」

彼女が言葉を終えるより早く、神なる光が動きを見せた。瞬く間に圧縮されて人間大のサイズになった光の塊が、凄まじい速度で地上を目がけて直下したのだ。

そしてそれは――なんと理耶の体に衝突し、そのまま彼女の中に入り込んでしまったのである。

「うぐうううううっ！」

まばゆい輝きを放ちながら苦しみ悶(もだ)える理耶。発散される光が強すぎて近づくことができない。

「理耶⁉」

やがて理耶の体が強烈な光の放散をやめる。そして感情が抜け落ちたかのようにすうっと無機質に背筋を伸ばした理耶は、そのままくるりと身を翻して僕らを見た。目にはやはり感情がなかった。体表にはいまだぼんやりとした薄光をまとっていて、今目の前に立つ彼女は理耶のようでいて理耶ではないなにか異質な存在だと、僕は直感的に悟った。

「り、理耶……？」

呼びかけるが応答はない。

「やはりこうなりましたか」姫咲先輩は苦虫を噛(か)み潰(つぶ)したような顔で理耶を見据えた。

「不安定な状態で顕現した神が安定化、すなわち実体を求めるのは当然の成り行きです。そして神が実体を求める先が……自らを生み出した能力者本人であることも」

神が理耶の肉体を使って実体を得た……。

「それじゃ姫咲先輩、今僕たちが見ている彼女は……！」

「ええ幸太(こうた)さん。現在、わたくしたちの前に立っているのは推川さんではありません。あれは、推川さんの肉体を乗っ取ってこの現実世界に完全顕現した神ですわ」

なんということだ。まさか理耶の推理が顕現させた神様が、能力者である理耶自身の肉体を乗っ取ってしまうだなんて。

呆然と立ち尽くす僕だったが、けれどここに至って気丈な態度を見せたのはまさかのゆゆさんだった。

「大丈夫……。理耶ちゃんの中に神様が入っちゃったのには驚いたけど、でも神様はいい人だから、話せば分かってくれるはずなんだあ……！」

なおもゆゆさんは神様との和睦を諦めてはいないらしい。ぎゅっと両拳を握り締めたゆゆさんは、若干びびりながらもぐいっと一歩前に進み出た。

「あのお神様……！」そして懸命に声を張り上げるゆゆさん。「あなたは世界をお治しする方なんですよね……！　だから世界を滅茶苦茶にしたりはしないですよね……！　あの、わたしたちお願いがあるんですぅ……！　だからわたしたちとお話ししてくれませんかあ～……！」

ありったけの勇気を振り絞ったゆゆさんの訴えだったが、神と化した理耶はなんら反応を見せない。

息をするのも躊躇われるような極度の不安と緊張の中で、僕たちは神を見つめ続ける。

すると、やがて神は理耶の喉を借りて声を発した。

『――ワタシハ世界ヲ救済スル』

おお、ついに言葉を喋った……。どうやらこの神様とは意思疎通が可能なようだ……！

胸のうちにほのかな希望が芽生える。これならどうにかなるかもしれないぞ！

『――故ニ破壊スル』

……え？

『――荒廃シタ世界ノ再生コソ救済。故ニスベテヲ無ニ還ス。ソシテ再ビ新タナ世界ヲ創ルノダ』

え、神様？

『――破壊。抹消。再生。救済。破壊。抹消。再生。救済。世界ハヒトタビノ滅亡ヲ受ケ入レヨ』

ダメだああああああ！　終わったああああああ！　こいつめっちゃやばい神様じゃああああん！　だって問答無用で世界を滅亡させる気満々だもおおおおおん！

「こ、この神様、とっとととんでもなくこわい神様だあ～……うわああああんもうお終いだああああ……！」

地面に膝をついて泣きじゃくるゆゆさん。ゆゆさん、僕も一緒に泣いていいですか。

なんて僕も地面に跪く準備をしていると、唐突に理耶――神の体がふわりと宙に浮いた。

神はそのまま上昇し、僕らの遙か頭上で、見えない足場に立ったかのごとく静止したかと思うと右手を前に差し出した。手のひらが僕たちに見せつけられる。

すると神の手の平に仄蒼い輝きが灯った。

「いけませんわ！　皆さん避けてください！」

初めて聞く鬼気迫った姫咲先輩の叫び。それとほぼ同時、神の手から放たれた蒼白の閃光が瞬く間に巨大な破壊の波動となって僕たちに押し寄せた。

一瞬のうちに眩さに埋め尽くされた世界の中で、僕にできたのはただ目を瞑ることだけだった。

……やがて瞼の上からでも痛いほどだった輝きが失せていく。どうやら死んではいないらしい。そう漠然と考えながら、必死に身を縮こまらせていた僕は少し体の緊張を解き、ぎゅっと閉じていた瞼を恐る恐る開けていった。

目の前に広がったのは、苛烈極まる爆撃を受けて荒廃した戦地のごとき光景だった。

「おいおい、なんだよこれは……！」

唖然とするしかなかった。流言邸はおろか、周囲に建つあらゆる建造物が木っ端微塵に破壊されてただの瓦礫の山と化しているのだ。さらに神の攻撃が直撃したと思われる箇所には巨大な穴が穿たれていて、さながら隕石が衝突した痕のようだった。

「大丈夫でやがりますですか、福寄様」

声をかけられて、ようやく自分が誰かの小脇に抱えられていることに気づく。見上げてみると、それは澄ました顔で佇むメイドさんだった。

「雨名……君が助けてくれたのか」

「はい」

「おおーイリス生きてるかもー。ありがとうかも、雨名お姉ちゃん」

反対側にはイリスが抱えられていた。なんか幼女と同レベルの足手まとい感が感じられて少し恥ずかしい。

「お気になさらず。お嬢様のご友人の方々をお守りするのは、専属メイドとして当然のことでやがりますので」

なんでもないことのようにさらっと返す雨名。相変わらず淡泊なのは彼女らしさだから全然いいんだけど、でもその言い方はちょっといただけない気がした。

「僕も礼を言うよ雨名、助けてくれてありがとう。でもそんな言い方はやめてくれよ。僕らはお嬢様のご友人じゃなくてさ、ＳＩＰの仲間で友達だろ」

するとと雨名の表情にわずかな変化が訪れた。

「友達……」

驚きのような、はたまた戸惑いのような瞳の揺らぎと、そして頰の紅潮。

……ぽてっ。

「いてっ！　なんで急に地面に落とすんだよ雨名」

「あなたの体が重くて腕が痺れやがりましたです」

「だからって雑に落とすな雑に。優しく地に足を着けさせてくれよ、まったく」

「命を助けてもらったのに文句が多いでやがりますですね、このお嬢様とうっすら面識があるらしい一般人のお方は」

「うん、お嬢様のご友人からだいぶランクダウンしてるね？」

服についた泥を払いながらクレームをつける僕だったが、当のメイド様はぷいっと顔を背けて知らんぷりをするのだった。

「皆さん大丈夫ですか」

姫咲（きさき）先輩の声がした。辺りを見回すと、姫咲先輩もゆゆさんも無事のようだった。姫咲先輩が凛（りん）と立つ傍ら、ゆゆさんは地面にへたり込んで絶望顔で泣いている。

「ひえええ、こんなの無茶苦茶（むちゃくちゃ）だよぉ……破壊神、この神様は破壊神なんだあ、この世のすべてを破滅の炎で焼き尽くしちゃうんだあ～……」

「どうやら皆さん無事のようで安心しましたわ」

ほっと小さく息をつき、それから姫咲先輩は隣のゆゆさんを見下ろした。

「泣いてる場合じゃありませんよゆゆさん。和睦が無理だというのであれば、我々は神を倒して事変を終息させるしかありません。そうすれば世界は元に戻るのですから。そして、それがわたくしたちの務めですわ」

「おっしゃる通りです、お嬢様」雨名（うな）も相づちを打つ。

「任務遂行かもー」と袖余りの両手を天に突き上げるイリス。

しかし僕は困惑した。そしてそれはゆゆさんも同じだったらしい。

「で、でも姫咲さん、だって神様は理耶(りや)ちゃんで……」

「分かっています」頷(うなず)き、そして姫咲先輩は神と化した理耶を見据える。「それでも戦わなければなりません。でなければ世界は滅びます。それを阻止するためには、わたくしたちは戦うしかないのですわ。たとえ相手が、わたくしたちの探偵だとしても」

その双眸(そうぼう)には並々ならぬ覚悟が宿っていた。世界を守るために、自らの探偵と対峙(たいじ)する覚悟だ。

そんな姫咲先輩を見て、ゆゆさんは泣くのをやめて立ち上がる。

「ずびっ。そうだよね、わたしたちは理耶ちゃんの助手……。探偵が世界を捻(ね)じ曲(ま)げちゃったなら、それをお治しするのがわたしたち助手の大切なお仕事なんだあ～……！」

「ええ、その通りですわゆゆさん」

医務担当助手に優しい微笑を向ける姫咲先輩。次いで彼女は、いまだ困惑を拭(ぬぐ)い去れない僕を安心させるように微笑(ほほえ)みかけた。

「大丈夫。事変を終息させさえすれば、きっと推川(おしかわ)さんも元に戻りますわ」

そして姫咲先輩とゆゆさんのふたりは前に進み出る。

「それじゃいきますわよ、ゆゆさん」

「うん姫咲（きさき）さん……！　うう、頑張れわたし〜……！」

互いに声を掛け合い、続けてふたりは各々に告げた。

「——来なさい、ダベル」

「偉大なる恵みの星、地球よ。汝（なんじ）、ウェルケアネスが結びし円環の盟約に従い、我に力を与えたまえ——インジェクション・オン！」

漆黒の嵐が姫咲先輩の全身を覆い尽くし、瞬く間に塗り潰す。やがてそれはアメーバのごとくうごめいて形をなし、黒褐色の外殻をまとった異形——『天魔を喰らいし者（ヴァイルイーター）』の第七成功実験体、『NO．7（ナンバーセブン）』が顕現した。

ステッキのヘッド内部が駆動し、幾何学紋様が刻まれた光の帯がゆゆさんの全身を覆う。やがて光の繭の中からナース服のような衣装を身にまとった魔法少女——『十星の魔法陣（スターサークル）』において地球を司（つかさど）る天体大魔法の使い手、『地恵の魔法使い（ナースオブアース）』が姿を現わした。

「よっしゃあまたきたか俺様の出番がよお！　つうかなんだ、探偵娘がいつの間にか神様になっただあ？　んなもん知ったこっちゃねえなあ！　だって俺様こそが正真正銘の世界最強でよ、そんな俺様はただ目の前の敵をぶち倒すだけなんだからよお！　ギャハハハハ！　つうことでおりゃあああ！　とっとと俺様に倒されやがれえええええ!!」

「奇跡のお治しをあなたにお注射！　ナースオブ……ってダベルさん！　勝手に戦い始めないでよぷりん～！」

速攻で神へと飛び掛かっていくダベルと、それを慌てて追う魔法少女ゆゆさん。

「スーパースペシャル俺様最強死ね死ねキィ――――――ック！」

相も変わらず適当な技名で繰り出されるダベルの跳び蹴り。しかし僕は知っている。たとえ名前は小学校低学年の男の子が即興でつけたようなダサさであろうとも、その威力は巨大な化け物を粉微塵に粉砕するほどのエネルギーを秘めているということを。

特定領域外不可確認異形種ヴァイル。その戦闘力ならば、あるいは神にも届き得るはず――。

『――救済執行』

べしっ。

「うぎゃああああああああああああああああ」

なんということだろう。ダベルの渾身の蹴りを、神は蚊でもはたき落とすかのように平手で弾き返したのである。

ダベルの体がアスファルトを砕いて地面にめり込み、周囲にクレーターじみた凹みを形成する。あんなに軽く見えて、それだけ神の一撃は強力だったらしい。

土に埋もれた自身の上半身を起き上がらせるダベル。

「ってって……クソいってえなこんの馬鹿力野郎があ！　てめえマジでぶっ殺すぞコラア！」

どうやら無事なようで安堵(あんど)した。ヴァイルイーター化した肉体はかなり強靱(きょうじん)なようだ。

「大丈夫ぷりん、ダベルさんー！　それじゃわたしが代わりにやるぷりん！」

ダベルの身を案じつつ、ゆゆさんはハンマー型マジカルステッキ——インジェクションの柄を握り締めて神へと向かっていく。

「見たところ凄(すさ)まじい攻撃力っぽいぷりん！　だったら魔法で防御力を上げさせてもらうぷりん！　——地恵魔法『予め与えられた癒やし(オーバーペインティング)』！」

するとゆゆさんの詠唱に呼応して注射器の形をしたヘッド内部がぎゅいいいんと回転する。そして放たれた光が幾重にも彼女の全身に膜を張っては、すぐに透明になって見えなくなった。

「オーバーペインティングは本来傷を負った状態で行なうべき治癒を先取りしておく回復魔法ぷりん！　つまり今のわたしは将来負うダメージを既に回復している状態なんだぷりん！　だから攻撃を受けても上限値に達するまで傷つくことはないんだぷりん！」

なるほどそれなら神の攻撃にも耐えられるかもしれない。

「それじゃ食らえぷりん！　やあああああお治しお注射あああああっ!!」

神の眼前に肉薄したゆゆさんは大きくインジェクションを振りかぶって神の脳天に叩きつけた……が、かつてヤマタノオロチの頭部を容易く串刺しにしたはずのニードルは、ほんのわずかも神の皮膚に食い込むことはできなかった。

「な、なんて硬さなんだぷりん……！　力を上げてぷりん、インジェクション！」

ゆゆさんの声に応えてニードルが猛烈な高回転を開始する。しかしそれも神の肉体を貫くには至らず、悲鳴にも似た甲高い金属音が虚しく響き、火花のような光の粉が飛散するばかりだった。

「ぐうううう……っ！　インジェクションのニードルが通らないなんてほんとにびっくりだぷりん……っ！」

苦々しげに顔を歪めながらも懸命にハンマー型マジカルステッキを振り抜こうと試みるゆゆさん。

『――救済。破壊。スベテヲ抹消。アラユル苦シミハ存在カラノ解放ノモトニ救ワレルノダ』

右手を持ち上げる神。上向きに開かれた手のひらに、先刻と同じ蒼白の光が灯った。

「ゆゆさん！」思わず叫び声を上げる僕。

咄嗟に退避しようとするゆゆさん。しかし神の生んだ輝きは大きく膨れ上がり、既に臨界点に達していた。

「くっ、避けきれないぷりん！　でも『予め与えられた癒やし』があるから……！」

『――救済』

膨張した光の球体が一気に収縮し、それを神が握り潰す。刹那、強烈な閃光と爆風が放散した。瞬く間に巻き込まれるゆゆさん。すると彼女を護らんと再び光の膜が姿を顕わにしたが、しかし神の爆撃の前にはなす術もなくガラスのように砕け散った。

「な……っ！　天体大魔法すらも防ぐことができるわたしのオーバーペインティングをたった一瞬で……きゃあああああああああっ！」

「ゆゆさん！」

大きく吹き飛ばされたゆゆさんが地面を転がる。やがて動きを止めて地に伏す姿に血の気が引いた僕だったけれど、間もなくゆゆさんはむくりと上半身を起こした。

「あたたたた……咄嗟にオーバーペインティングを連続発動させたおかげでどうにか致命傷は免れたぷりん～……。けどだいぶ魔力を使っちゃったぷりん～」

良かった生きてて。見た目上はほとんど生身の人間と変わりない彼女だ、きっと単純な耐久性はダベルよりも数段劣るだろうと心配したが、魔法のおかげで難を逃れたらしい。

「おら退いてろぷりぷり魔女娘え！」

立ち上がったダベルが暴力的な声を張り上げた。

「こいつが結構つえーってことはなんとなく分かったからよお！　しょうがねえから俺様

とっておきの超絶究極必殺技でこのデタラメ糞野郎を跡形もなく消し飛ばしてやることにするぜえ！」

そしてダベルは空中に跳び上がる。

「金持ち馬鹿娘の奴は使うなっていつもうるせえけど知ったこっちゃねえ！　俺様はこいつのことがムカつくからぶっ殺す！　それに周りの建物とか人間とか、乗っ取られてる探偵娘ごと一気に吹き飛ばしちまったってよお、神って奴をぶち殺せば結局全部なかったことになるんだから問題ねえよなあ！」

滅茶苦茶な言い分を叫びながら大きく胸を反らすダベル。すると彼の周囲に漆黒の稲妻が迸り、空間そのものが渦を巻くように捻れ曲がる。それは徐々に凝縮していき、ついには純黒極小の球体をかたどった。

まるで宇宙を閉じ込めたような極小黒球が、今にも破裂しそうに脈動する。

「俺様の最強を噛み締めながらよお！　塵も残さず消え失せなあ！　いくぜ真・完全究極超絶奥義――『無限のｎが齎す皆無』!!」

ダベルの絶叫と同時に漆黒の波動が放たれる。あまねく有を無へと塗り潰す純黒の極大な柱が、暴れ狂う黒の雷をまとって怒濤のように神へと伸びた。

すごい……！　何故かこの技だけは本気の名前がついてるし、やったか――!?

『――救済執行』

しかし、神の手のひらから放たれた仄蒼い光線束がダベルのインフィニティ・エヌ・ゼロに触れると、瞬く間に黒い柱は散ってしまったのである。

「なにいいいいいいいいいいい!?」

驚愕するダベルを蒼白の輝きが飲み込む。やがて光線が夜空の向こうへと消えた後、撃たれた小鳥のようにダベルの影が墜落した。

「ダベルっ!」「ダベルさああああん!」「お嬢様あああっ!」「姫咲お姉ちゃあん!」

地に伏すダベルのもとに駆け寄る僕とゆゆさん、雨名、イリス。傍らに屈んで抱き起こしてみると、堅牢なはずの外殻はそのほとんどが無残に砕けて生身を剥き出し、また光線に焼かれたせいで全身の至る箇所が脆く炭化してしまっており、目を背けたくなるほど惨たらしい状態だった。

「大丈夫か! ダベル!」

呼びかけると、ダベルの虚ろな顔が僕を見る。

「……よお小僧、……畜生、やられちまったぜ……。最強のはずの俺様がみっともねえよなあ……あんなピカピカ乱発野郎にやられて死ぬなんてよお……」

「よせダベル! 死ぬなんて言うな!」

「お嬢様! どうかお気を確かにです!」

「流石に自分のこたあ自分で分かるよ……俺様はもうダメだ……。ちっ、なんだろうな、別に俺様は死んだって構わねえんだけどよ……けどさ、俺様が死ぬことで金持ち馬鹿娘も死んじまうのはなんだかムカつくんだよなあ……。わけ分かんねえよな、ったく、俺様のことを勝手に体に閉じ込めやがってよ、そのくせあれやこれやうるせえしよ、俺様はあいつのことなんか大嫌いだったたってのにな……」

「姫咲お姉ちゃん死なないでかもお……」

「お嬢様、お嬢様……！　どうかボクを置いていきやがらないでくださいです……っ！」

「くそっ、どうにかできないのかよ……っ！」

なにもできない自分のことが腹立たしく、そして悔しくて奥歯を噛む僕。

どうにかしてダベルを、姫咲先輩を助けられないのか……！

「大丈夫ぷりん。わたしなら助けられるぷりん」

ゆゆさんが言った。そうだ。彼女は回復魔法の使い手。彼女の魔法を使えば瀕死のダベルをも救うことができるに違いない。

「だけどここまでひどい状態だと通常魔法では治せないぷりん。だからわたしに使える最強の回復魔法――『此方より生まれ出づる命源』を使用する必要があるぷりん」

なんだか深刻な表情のゆゆさんだけど、なにを迷う必要があるだろうか。

「お願いしますですす癒々島様……！　どうかその魔法でお嬢様をお助けやがってくださいです……！」雨名が深々と頭を下げる。

「分かったぷりん」ゆゆさんは意を決して頷いた。「本来は封印してる魔法なんだけど、ダベルさんと姫咲さんのためぷりん。それじゃ準備をしてくるぷりん」

そして立ち上がったゆゆさんは、何故か物陰の方へ走っていくと僕らから身を隠す。よく分からないままに見守っていると、やがて物陰の向こうから輝きが漏れ出した。

「究極地恵魔法──『此方より生まれ出づる命源』！　ぷりぷりぷりぷりぷりぷりん！」

そんな詠唱ののち、再び戻ってきたゆゆさんの左手には、非常にカラフルな色をした……その、なんというかソフトクリームのような物体が乗っかっていたのである。

「できたぷりん。これがあらゆる命をお治しするプリプリプリンだぷりん」

「お、おお……」ついある言葉が口をついて出そうになるが、決してなにも言うまい。

「あ、ありがとうございますです癒々島様……」動揺で目を逸らしつつ礼を述べる雨名。

「えなに？　なにかも？　プリプリプリンってどんな形かも？」イリス。目隠しで見えないせいで興味津々なのかもしれないが今だけは訊かないでくれ。

ゆゆさんはダベルの傍らに屈み込んでプリプリプリンを差し出す。

「さあダベルさん、これを食べるぷりん。そうすればどんな傷もたちまち回復するぷりん」

今にも灯火の消えそうなダベルの瞳が、おぼろげにそれを見つめる。

「……いや、それ……うんこじゃんよ」

馬鹿！　ダベル！　まったくお前はなんでも思ったことを口にするんじゃない！

「違うぷりん、これはプリプリプリンだぷりん」ゆゆさんの冷静な返答。

「いやうんこだろ……わざわざ隠れてぷりぷりいわしてきたじゃんよ……それって絶対うんこじゃねえかよ……」

「違うぷりん、ナースオブアースが誇る超回復魔法・プリプリプリンだぷりん」

「絶対ケツから出してきたじゃんよ……そんなんナースオブアースじゃなくてナースオブアスだろうがよ……」

急に上手いこと言うのをやめろ。

しかしその一言がゆゆさんの逆鱗に触れたらしい。

「つべこべ言わずにさっさと食べやがれぷりんッ!!」

ゆゆさんはダベルの口にカラフルなう……ソフトクリームを問答無用で突っ込んだ。

無理矢理詰め込まれて弱々しくも苦しそうに暴れていたダベルだったが、やがてその動きを止める。するとその途端、ダベルの肉体は暖かな光に包まれて、あらゆる傷が瞬く間に治癒していったのである。

「ぶはあっ！　マジで俺様になんてもん喰わせんだよコラア！　ガチで死ぬかと思ったぜ……ってうお、いつの間にか綺麗さっぱり怪我が治ってやがる！」

完全なる回復を遂げ、がばっと勢いよく起き上がったダベルは感動したように自らの体をぺたぺたと触って確認する。

「お嬢様あ！　よかったです、お嬢様が死ななくて本当によかったですぅ！」

半泣きでダベルに抱きつく雨名。

「おおー元気になったかも姫咲お姉ちゃん。よかったかもー」と、イリスも万歳して喜んだ。

「よかった。ゆゆさんに感謝だな、ダベル」

そうダベルに語りかけると、彼はゆゆさんの方に顔を向ける。

「ああ、まあ確かにお前のおかげで助かったぜ。……サンキューな、魔女娘」

「どういたしましてぷりん。それじゃみんなでお治し続行だぷりん」

おっと忘れていた。僕たちは今、我らが探偵の体を乗っ取っては世界を滅亡させんと目論む神様と対峙しているのだ。

そこで僕は提言する。

「けど闇雲に戦うのはやめた方がいいです。まずはイリスの力を借りましょう。イリスのトゥルーアンサーアイズを使って奴の——神の弱点を探るんです。そして、そこを徹底的に叩いて倒すべきですよ」

僕の意見にダベルも頷いた。

「小僧の言う通りだな。あいつの強さは正直やべえ。真っ向勝負したんじゃちっとばかし面倒くせえからな。目隠し娘の力で弱点見つけてぶち叩くのが最良の手だ」

「わかったかも。イリスに任せてかも」

イリスはなおも宙に浮かぶ神を見上げ、そして目隠しを外す。

「——『真実にいたる眼差し(トゥルーアンサーアイズ)』」

金銀の双眸(そうぼう)が神なる存在を射貫(いぬ)く。これであの神の急所を暴き出せば、そこに勝機が見えてくるはずだ……。

「……見えたかも」

「よし、よくやったよイリス。それで、あいつを倒すにはどうすればいいんだ」

答えを待ちわびる僕だったが、しかしイリスはこう答えた。

「……ないよ、お兄ちゃん」

え、ない？　だって見えたんじゃないのかよ。

「イリスはちゃんと見たよ。あの神様の本当を。そしたらないってわかったの。あのねお兄ちゃん、あの神様は倒せないよ。だって——神様を倒す術(すべ)なんて、今この世界には存在しないんだもん」

神を倒す術は存在しない。それは至極当然のことで、だからこそ絶望的な試合終了宣言だった。ていうかこんなときこそ『かも』ってつけてよイリス。絶望感マシマシじゃん。

「それじゃ僕たちはどうやったってあの神に勝てないっていうのか……！」

「ごめんねお兄ちゃん」謝りながら、イリスは力の反動で眠りへと落ちていく。「イリスは本当を見ることしかできないかもだから……すう、すう……」

完全に眠ってしまったイリスを腕に抱きつつ、僕は打ちひしがれる。

イリスの力は本物だ。だからこそ彼女の言葉に嘘はなかっただろう。神などという全知全能の存在を打ち倒す方法など、そもそもあるわけがないのだ。

どうやらゲームオーバーらしい。理耶の超常的な異能——『名探偵は間違えない』は、ついに抗いようのない破滅をこの世に顕現させてしまったのである。

まさか自分が世界を滅ぼすきっかけになるとは、そして実際に世界を滅ぼす存在そのものと化すなどとは、理耶自身も考えてはいなかったことだろう。

別に彼女が悪いというわけではない。だって彼女は、自分にそんな力が宿っているなんて知らないのだから。しくじったのは僕たち助手なのだ。彼女の力を知りながら彼女の推理を止められなかった僕たちこそ、世界滅亡の最大の要因といって差し支えない。

『——破壊。抹消。再生。救済。破壊。抹消。再生。救済』

神がゆっくりと体の向きを変える。一体どこに向かうというのだろうか。だがどこだって関係ないことだ。最終的に彼女は、世界のすべてを更地に変えるつもりなのだから。

まったく理耶、改めてとんでもない探偵だよ君は。だって君が君の手に入れた根拠をもとに推理をすれば、あると推理したものは存在することになり、ないと推理したものは存在しないことになるんだから。たとえそれが、どんなに空想じみたことであってもだ。

…………。

「……ちょっと待て」と、不意に僕の脳内にある考えがよぎった。

理耶があると推理したものは存在することになり、ないと推理したものは存在しないことになる……。ないはずのものがあることになり、あるはずのものがないことになる……。

「まだ手はあるかもしれない」

跳ねるように僕は立ち上がった。

「どうした小僧？」「こ、幸太くん？」「どうしやがりましたですか福寄様」

怪訝な表情で見上げてくる三人。僕は彼女たちを見つめ返した。

「まだ手はあります。あいつを、神を倒す方法が」

「ま、マジかよ小僧！」「本当なのぷりん、幸太くん！」「それはどんな方法でやがりますですか福寄様」

縋るような表情で見つめてくる彼女たちに、僕はしっかりと頷きを返す。ああ間違いない。この作戦が上手くいけばきっと神を打ち倒すことができる。――でもそれには。

「でもそれには、理耶の力が必要です」

そう。この作戦の要は理耶なのだ。僕たちの探偵、本格的名探偵・推川理耶の力が必要不可欠なのである。

「た、探偵娘の力だと……？　お、おい小僧、けどよ……！」

「それは難しいぷりん、幸太くん……！　だって……」

「推川理耶様は今、神と一体化していやがりますです。そんな推川様の力を借りることなど、できるわけがありません」

三者三様に困惑と懐疑の言葉を口にする。彼女たちの反応はもっともだ。神に乗っ取られている以上、今の理耶に自我はない。そんな彼女と意思疎通を図ることなど、決してできはしないだろう。

でもそれは、理耶が神に体を乗っ取られているからだ。そうでなくなれば、彼女は自我を取り戻す。

僕は神と化した理耶の姿を今一度見上げた。

「分かっています。だからまずは――理耶の体から神を引き剥がすんですよ」

【18】磔刑に処された小説家V

作戦の説明を終え、僕たちは横並びに神を見上げている。姫咲先輩は一旦ヴァイルイーター化を解いている。ゆゆさんは今も魔法少女モードだ。イリスは雨名の背中に預けた。

「まったく思いもよらない策を思いつかれましたね幸太さん」姫咲先輩が横目に微笑を寄越した。「これはわたくしたちにとっても危険ですし、そしてなにより推川さんにとっても危険な作戦ですわ」

「すみません、姫咲先輩」

「謝る必要はありません。確かに幸太さんの作戦通りに事が運べば、推川さんから神を引き剥がすことが可能でしょう。むしろそれ以外に方法はありませんわ。ですけれど、その後は幸太さんにお任せしてよろしいのですね？」

「はい、任せてください」

強く首を縦に振ってみせると、姫咲先輩は信用したとでもいうように再び笑んだ。

「分かりましたわ。さあ、それではまいりましょうかゆゆさん」

「了解ぷりん姫咲さん！　それじゃ一緒に神様へ猪突猛進だぷりん～！」

姫咲先輩とゆゆさんが手を繋ぐ。するとふたりの体が宙に浮き、超高速で遙か夜空の彼方へと駆け上がる。そして彼女たちは流星のごとく光の尾を引き神へと接近していった。

迫るふたりに気づいた神の双眸が無感情に彼女たちを捉える。間髪を容れず、差し出された右手から例の蒼白光線が幾筋も撃ち放たれた。

「ひょえええ～っ！　まるで命懸けの弾幕シューティングゲームだぷりん～！」

「弾幕シューティングゲームというのは一体なんなのですか、ゆゆさん」

「えっとそれはね……っておわあああ、あぶないっ！　ごめん姫咲さん！　ちょっと忙しいからまた今度教えてあげるぷりん～！」

そんな会話を交わしながら、ゆゆさんは夜闇を白く塗り潰すように奔る光の合間を掻い潜っていく。次第に神との距離が縮まっていき、やがてそれは限りなくゼロに近づいた。

「さて到着だぷりん！　それじゃ残りの魔力をありったけつぎ込でんやるぷりん！　地恵魔法――『予め与えられた癒やし（オーバーペインティング）』連打連打連打だぷりん～！」

ゆゆさんの詠唱に伴い、優しい光の膜が十とも二十ともつかぬ層にわたって彼女と姫咲先輩を包み込む。神の攻撃に耐えるべく、最大限の防御態勢を整えたのだ。

『――救済。救済。救済』

懐に入り込まれた神は、再び自身を爆心地として何度も蒼白の球体を生み出しては爆散させる。そのたびに魔法の防御壁が粉砕される。盾と矛の壮絶な耐久戦のさなか、姫咲先輩は苦しげに表情を歪めながらも徐々にその手を神へと――理耶へと伸ばした。

「もう少し……もう少しですわ……！」

　そしてついに姫咲先輩の手が神化理耶の腕を掴む。

「ようやく捕まえましたわよ……！」

「やったぷりん姫咲さん！　お願いするぷりん～！」

　ゆゆさんの後押しを受けた姫咲先輩は、挑むような微笑をたたえて神を見据えた。

「さあ神様、わたくしたちの探偵の体から出ていってもらいましょうか……！　それと申し訳ありませんわ推川さん、代わりにちょっとやんちゃな子がお邪魔しますけれど、後で必ず連れ戻しますから少しだけ我慢してくださいね……！」

　姫咲先輩は叫んだ。

「ダベル！　推川さんの中から不届き者を追い出しなさい！」

　刹那、漆黒の嵐が巻き起こって姫咲先輩を包み込む。しかし間もなくそれは彼女のもとを離れ、腕から腕を伝って理耶の体へと入り込んだのである。

『ウグ……ウググググ、グアアアアアアアア……ッ!!』

　苦しみもがく理耶。今彼女の肉体の中では神とダベルとが居場所を争ってせめぎ合っている。可能性はあるのだ。人間の乗っ取りなら本来はヴァイルの十八番のはずだから。

　だから頼む、成功してくれ！

　そう祈りつつ見守っていると、やがて大きく跳ねた理耶の体から黄金色の太陽が飛び出した。「やった……っ！」と、思わず僕は叫びを上げた。

「……上出来よ、ダベル」

満足げに姫咲先輩が笑む。と同時に原因不明の斥力が働き、理耶と姫咲先輩の体は反対方向へと勢いよく弾き飛ばされた。

重力によって落下していくふたりを見た瞬間、反射的に僕は駆け出した。

「ゆゆさんは姫咲先輩をお願いします！」

「りょ、了解ぷりん～！」

姫咲先輩をゆゆさんに託して、僕は真っ逆さまに落ちる探偵を目指して走る。

「理耶ああああああああああっ！」

間一髪のところで間に合った。どうにか落下地点に滑り込んだ僕は、全身を使って理耶の体を受け止めることに成功した。

「ふう……ギリギリセーフ」

安堵の溜息をつきながら、僕は腕の中に収まる理耶の顔を見る。意識を失っていたらしい彼女は、しばらくすると小さく呻きながら薄らと目を開けた。

「うっ……こ、幸太くん……？」

その言葉に宿る感情に再び僕は安心した。ちゃんと理耶本人だ。

「大丈夫か、理耶」

「うん……う、うぐうううっ」

小さく頷いたかと思えば、辛そうに顔を歪める理耶。そして今度はまた理耶とは異なる声色が彼女の口を使って言った。

「おい小僧、神とかいう野郎を追い出したのはいいけどよ、このまま俺様がこの小娘の中にいたんじゃ結局こいつは死んじまうぜ。こいつは金持ち娘みてえに適応者じゃねえからな。俺様にその気がなくても勝手にこいつの自我ってもんを喰らい尽くしちまう」

「ダベルか。分かった、できるだけ急ぐよ」

「おう、んじゃな」と言って、ダベルは意識を理耶に返した。「……う、うう、なんだかすこぶる具合が悪いよ幸太くん。まるで自分の内側を、得体の知れないなにかがうごめいてるみたいだ……」

こうしている間にも理耶が衰弱していくのが見て取れる。やはり時間はあまりない。

「なあ、り――」

「ねえ幸太くん」僕の言葉を理耶が遮った。「やっぱり神様って、本当にいたんだね。どうやら少し、乱暴な神様みたいだけど……」

力なく笑う理耶。そんな彼女を見下ろしつつ、僕は言った。

「君は怖くないのか、理耶」

理耶の真紅が僕の顔を見上げる。

「そりゃ怖いよ。でも同じくらいに……ぐっ、真実を見ることができた喜びや、満足感みたいなのも、覚えてるかな」

　真実を見ることができた喜び、か。ヤマタノオロチのときも似たことを言ってたっけ。

「なあ理耶。あの神様は君が生み出したものだって言ったらどうする？」

「うーん……それは、信じられないなあ。だって私にそんな力が、あるとは思えないし。私はただの本格的名探偵だよ……うぐっ」

　それもまた似たようなことを言ってたっけな。

　と、そこでまたふと僕の中に問いが浮かぶ。……否、いつか一度訊ねてから抱き続けていた疑問を思いきって脳の底から引き揚げた。

「……教えてくれ理耶。君はどうして本格的名探偵でありたいって思う？　君は、どうしてそこまで真実を探り出すことにこだわるんだ」

　それはまだ僕が知り得ずにいる、彼女の本質あるいは根幹に迫る大きな謎だ。世界が終わりかけているという瀬戸際的な状況がそうさせたのか、僕はどうしても彼女の核心に触れてみたくなってしまったのだった。

　理耶は痛みに耐えながら瞼を伏せてしばし押し黙る。儚げな瞳。その奥にどんな思いが巡っているのか、僕には推し量ることができなかった。

　やがて理耶は、苦痛の表情の中にほんの少し自虐的な微笑をたたえて言った。

「全部を話すには、ぐうっ……きっと時間が足りないね。ただひとつ言えるのは、私が私であるためには、本格的名探偵であるしか、そう生きていくしか、ないってことだよ」

「……そう生きていくしかない、か」

そう語った彼女の言葉の裏には、一体どんな真実が隠されているのだろうか。きっと単純な話ではない。だから聞くことは叶(かな)わない。彼女の言う通り、それを聞くには時間が足りないからだ。

ダベルによる精神侵食はきっともうかなり進行している。このまま理耶(りや)の自我が食い尽くされてしまえば手立てはなくなる。かといって今ダベルを取り出せば、たちまち神が彼女の中へ戻るだろう。僕たちは、世界は、既に崖っぷちに追い詰められているのだ。

「なあ理耶、このままだと世界は滅びるぞ」

「おそらく、そのようだね」

「その事実を、君はすんなり受け入れてもいいって思うのか」

「……それが真実だって、いうのなら」

それが本格的名探偵としての生き様だっていうのか理耶。真実であれば、それがどんな形であろうと甘んじて受け入れるというのか。

でも君の心は、本心は、本当にそれでいいって思ってるのか。

「僕ら『本格の研究(スタディ・イン・パズラー)』がみんないなくなっちゃってもいいって、もう二度とあの部屋に六人で集まることがなくなったっていいって、君はそう思えるのか、理耶」

わずかな、間。

「それが真実だって、いうのな――」

「真実だとか不実だとかそんなの関係ない。僕は君の気持ちを訊いてるんだ。君の心が目の前の現実を受け入れられるのかって、僕はそれが知りたいって言ってるんだよ」

「私の、気持ち……」

「そうだ」僕は強く頷いた。「確かに僕たちは、運命的な偶然で出逢ったり、お互いが惹かれ合ったりして集まったわけじゃないかもしれない。僕たちの客観的な本質は、君も知らない何者かの意志によって集められただけの集団なのかもしれない。それは事実だ」

「ちょっと待って、待ってよ幸太くん……君は、一体なにを言ってるの」

戸惑いの表情を見せる理耶。けれど僕は一方的に言葉を紡ぐ。

「でもさ、だからって僕らの毎日が偽物になるわけじゃないよな。ＳＩＰのみんなと過ごした中で君が感じた高揚や興奮は、君がみんなに抱いた感情は、そのどれもがちゃんと全部本物なはずだ。そしてそれは僕らだって同じなんだ。僕たちは、たとえ理由がなんであれ本気で君の助手をやってる。ほかならぬ君、推川理耶の助手をね。その中で感じた色んな感情は、少なくとも僕にとっては本物だって断言できるよ。だから君だって、もっと君自身の気持ちを尊重したっていいはずだ」

僕は理耶の紅い瞳を見つめたまま続ける。

「なあ理耶、君にとって真実はゆゆさんよりも重いのか？　イリスよりも重いのか？　姫咲先輩よりも重いのか？　雨名よりも重いのか？　そして僕よりも、重いのか？」

俯いて押し黙る理耶。伏せられた真紅の双眸に滲むような揺らぎを僕は見た。

僕は待つ。なにも言わずに、ただただ理耶が口を開くのを待つ。

やがて僕の袖を掴む理耶の手がきゅっと縮こまり、彼女は振り絞るような声で言った。

「真実は、重いよ」

しかし、その言葉には続きがあった。

「……でも、正直に私の気持ちを、言っていいのなら、私だってもっと、みんなと一緒にいたい。……ぐっ、私は幸太くんともっと話がしたい。ゆゆちゃんとだって、イリスちゃんとだって、姫咲ちゃんとだって、雨名ちゃんとだって、もっとたくさん話がしたいんだ……。そして今よりもっと、仲良くなって、みんなでたくさん、事件を解決してさ……ううん、たとえ事件が起きなくたって、たまにはみんなで、普通に遊んだりもしたい。探偵じゃなくて、助手じゃなくて、友達として、みんなと時間を共有したいんだ。……つまりね幸太くん、そんな毎日をもっと続けたいって、私の心はね、そう思ってるんだよ」

「そうか」

君からその言葉が聞けて安心したよ。なら迷う必要なんかない。

「だったら推理をしてみようぜ、理耶」

「……推理？」

不思議そうな顔をして首を傾げる理耶に、僕はちょっと得意げな笑みを返す。

「ああそうさ。君は気づいてないみたいだけど、実は流言先生の事件について、明らかにすべきことがもうひとつだけ残ってるんだ」

「……へえ。それはなにかな、幸太くん」

「動機だよ」

「動機？」

「そう、動機。ミステリにおいて重要とされる三つの謎――すなわち『誰が犯行を為したのか』、『どうやって犯行を為したのか』、そして『何故、犯行に至ったのか』。そのうち三つめのホワイダニットを、君はまだ突き止められていない」

「なにを言ってるの、幸太くん。動機なら既に、明らかになったじゃないか。氷山さんが自分で、言ってたでしょ。流言新先生の作家としての価値を守るために、殺したんだって」

けれど僕は首を横に振った。

「違うよ理耶。それは実行犯である氷山さんの動機だ。まだ明らかになっていないのは真犯人の動機――つまり、神が殺人を犯した理由だよ」

「神が殺人を、犯した理由……」

「そうさ」僕は頷いた。「神が氷山さんに流言先生を殺させたというのなら、神にとって流言先生は殺したい存在だったはずで、そこにはなんらかの理由があったはずだ。その動機を、僕は君と一緒に推理で解き明かしたい」

そして僕は理耶の瞳を見つめる。すると彼女は蒼白とした顔の中にも挑戦的な微笑をたたえて僕のことを見つめ返した。

「……本格的に面白いね、幸太くん。いいよ、やってみよう」

世界滅亡へのタイムリミットが迫る中、僕らは推理問答を開始する。

「全知全能、不老不死であるはずの神が殺しに手を染める理由は?」僕は問う。

「その実、神が全知全能でも、不老不死でもないから」理耶が答える。

「つまり?」

「神は怖れた。自らの命を危ぶみ、だからその要因となる存在を、殺して排除した」

「じゃあ何故だ。どうして神は、流言新という人間を怖れたんだ」

そこで理耶は考える。しかし体内を蝕まれる苦痛もあってか、容易に答えは出ない。

「どうしてだろう……。どうして神は、ぐっ……、流言新という特定の人間に対して、恐怖を抱くことになったんだ……」

眉間にしわを寄せて熟考する理耶に、僕は手がかりを提示する。

「神は流言新という名前の人間だからこそ怖れた。そして、怖れたからこそ彼をあんな風に殺した。そこになんらかの意味を見いだすことはできないか」

僕の言葉を聞いた理耶はじっくりと考え込む。痛みや苦しみを懸命に押しのけて、じっくりと。……そして、やがて彼女はひとつの可能性に行き着いた。

「……そうか。あるよ、あった。幸太くんの言う通り、そこには確かな、意味があった。隠された真相の、手がかりは、被害者が殺害された方法と、被害者自身の名前に、明白な形で、示されていたんだ」

肉体の限界が近い。けれど理耶は言葉を続ける。

「被害者は壁に、磔（はりつけ）にされていた。まるで十字架刑に処された、神のように。……ふう、つまり神は、自身を殺し得る相手を、逆に自分自身に見立てて、殺害したんだ。それはおそらく、神なりの皮肉だった。相手を自分に見立て、自分を殺すはずの武器を、相手の心臓に突き立て、殺す。……そうやって、徹底的なまでに侮辱的な、殺害方法をとることで、神は自身の超越性を証明しようと、したんだね」

そうだ。その通りだよ理耶。だから続けてくれ。

「すなわち、神が怖れたのは、流言新という人間と、彼が所有していた、槍（やり）にほかならない。……それは、神をも殺し得る槍だった。……ぐっ、何故なら、流言新という名前の裏には、隠されたもうひとつの、名前があったから。じゃあそれは、なにか。……流言新をアルファベットで表すと、こう書くことができる。『ＬＵＧＯＮＳＩＮ』と。そして、それらを入れ替えたときに、浮かび上がる彼の真名こそ――『ＬＯＮＧＩＮＵＳ』、つまり、ロンギヌスだ」

さらに理耶は推理を続ける。

「ロンギヌスは、磔刑に処された神の死を確かめる、ために、その死体を槍で刺したとされるけれど、これはまさに、流言先生の殺害方法とも重なる。……先生は、背後から殺害された後に、再び正面から、槍で刺し貫かれた。……つまり、神と同じように死後、再び槍で、刺されたんだからね。……そして当然、これもまたきっと神の、意図だったに違いない。すなわち、考えれば考えるほど、神が、ロンギヌスを自身に見立てていたことが、浮き彫りになり、それは同時に、……神がどれほどロンギヌスを、脅威に感じ、怖れていたのかということを、明らかにするわけだ。

……さて幸太くん、ここまでたどり着けば、犯人の動機は実に明々白々、だね」

本格的名探偵・推川理耶は気力を振り絞り、そして絶対的な自信をもって告げた。

「だから神は、殺人を犯した。自身を殺し得る、神殺しの槍——『ロンギヌスの槍』と、その所有者であるロンギヌス自身を、怖れたがゆえに。……神は、自らの生命の不滅性を確保したかったが、ために、氷山さんを利用して、流言新という、ひとりの人間——ロンギヌスをこの世から、葬り去ったんだ。……そしてそれこそが、今回の事件における、真犯人の動機だよ、幸太くん。——以上、本格論理、展開完了」

真っ直ぐにこちらを見つめる真紅の双眸。僕もまた真っ直ぐに彼女を見つめて言った。

「完璧な推理だよ理耶。君は間違いなく真実を言い当てた」

「当たり前だよ幸太くん。だって私は、本格的名探偵なんだから」

そして理耶の能力——『名探偵は間違えない(ルールブック)』が発動する。流言先生を貫いた骨董品(こっとうひん)の槍は神性を帯び、本当に神を殺し得るロンギヌスの槍(神殺しの槍)へと昇華するのだ。確かにこの世界に神を倒す術は存在しなかった。しかし、理耶の推理によってたった今このとき、存在しなかったものが存在することになったのである。

「うぐ……あ、あううぐうううっ……！」

いよいよ限界を迎えた理耶が苦痛に悶(もだ)える。まずい。もうこれ以上はダベルを理耶の中には置いておけない。

「姫咲(きさき)先輩！」

「分かりました」駆け寄ってきた姫咲先輩がしゃがみ込み、理耶の手を握る。「戻ってきなさい、ダベル」

その言葉に応じて、漆黒の嵐が姫咲先輩のもとへと還(かえ)っていく。続けざまにゆゆさんが理耶の額に手のひらをあてがった。

「大丈夫ぷりん理耶ちゃん、痛いの痛いの飛んでいけーぷりん」

暖かな治癒魔法の光が理耶を包み込み、徐々に表情が和らぐ。これで応急処置にはなるだろう。想像を絶するだろう苦痛に耐えきってくれた理耶に僕は胸のうちで感謝した。

しかしいつまでも理耶(りや)の体を案じてはいられない。ダベルがいなくなった今、やはり神がまた理耶の中に戻ろうと動きを見せたのだ。入り込まれる前に終わらせなくては。

僕はみんなに目を向けた。

「槍(やり)です！　流言(るごん)先生を殺した凶器の槍があれば神を倒せる！　あの槍は今、神殺しの槍——ロンギヌスの槍なんです!!」

「分かりました、今すぐ取ってきやがりますです」

いち早く僕の言葉に反応して頷(うなず)いた雨名(うな)の姿が消える。そして次の瞬間には、まさに流言先生を磔(はりつけ)にしていたあの槍を手に戻ってきたのである。

雨名はそれを姫咲(きさき)先輩に向かって放り投げた。

「お嬢様！　そちらをお使いください！　神殺しの槍でやがりますです！」

槍を受け取った姫咲先輩は、瞬く間にヴァイルイーター状態に変身した。

「——よっしゃあ、でかしたぞ駄メイドお！　そして小僧もなあ！　こいつがあればあのクソピカピカボール野郎をぶち殺せるってわけだあ！　そんじゃいっちょこの俺様が世界とやらを救ってやるぜえ！　ギャハハハハハハ！」

そしてダベルは、向かってくる神なる発光体に向かって槍投げの体勢をとった。

『——破壊。抹消。再生。救済。世界ヲ一度空白ヘト還元スルノダ』

「おんなじことを何回も何回もうっせえんだよタコ助があ！　よくもまあ散々俺様のこと

を甚振ってくれたなあピカピカ野郎！　冥土の土産によお、俺様が本当の救済ってもんを教えてやるぜえ！　救済ってのはなあ、てめえみてーな奴をぶっ殺してぶっ殺してぶっ殺してぶっ殺しまくることなんだよお！　そんじゃあばよ！　俺様超絶怒濤のアルティメットウルトラハイパーアンリミテッド死ね死ね死ねミサ――――イルッ!!」

ダベルの強靱な腕力によって投げ放たれた神殺しの槍が、漆黒の稲妻と衝撃波を伴って一直線に疾駆する。闇夜を一閃、切り裂きながら、ついに槍の穂先は神へと到達し、勢いそのままに球体のド真ん中を貫通して遥か彼方へと駆け抜けた。

『――救済。救済。キュウサ……』

中心に大きな穴を穿たれた黄金色の太陽は安定を失って明滅と脈動を繰り返し、やがて光の集合体ですらいられなくなる。悶えるような脈動の果て、神は爆ぜるように四散した。

かつて神だった光の塵が、祝福じみた輝きの雨となって荒れ果てた街に降り注ぐ。

「よっしゃあぶち倒してやったぜえ！　やっぱ俺様って最強だなあ！　ギャハハハハ！」

「やったぷりん～！　正直ちょっと諦めかけてたけどお治し成功だぷりん～！」

「流石ですお嬢様」

それぞれに喜ぶみんなを眺めているうち、ようやく僕も脱力して安堵の息をついた。

ゆゆさんの回復魔法で少しばかり元気を取り戻した理耶が、腕の中から僕の顔を覗く。

「私たち、助かったの？」

どこかまだ放心気味の彼女に、僕は頷き、笑いかけた。

「君の推理のおかげでね」

すると理耶も安堵したように、そして心の底から嬉しそうに息をつく。

「よかった。それじゃ私はこれからも、幸太くんやみんなと一緒にいられるんだね」

光雨と満月に照らされた理耶の満面の笑顔に、思わず僕はどきっとした。日頃から振り回されすぎて忘れそうになるが、理耶の容姿は得も言われぬほどに美しいのだ。そんな美少女の笑顔、それも月明かりに照らされたそれとなれば、流石の僕といえど鼓動を早めずにはいられなかった。

そんな感情を悟られまいと努めて平然を装いながら、僕はまた頬を緩める。

「だな。めでたく世界は滅亡を免れて、僕ら『本格の研究』は存続するってわけだ」

「それは本格的に嬉しい真実だよ」

ふと見れば、既に街並みの復元が始まっていた。逆再生される映像のようにすべてが元あった場所へと還っていく光景は、さながら世界が夢から覚めていくかのようだった。

「すごく不思議な光景だねこれは。にわかには信じがたいよ」理耶が言う。

「でも真実だ」

「どうやらそのようだね」

もうすぐ世界の復元が完了し、事変は完全に終息する。そうすればまた、僕以外にこの

ことを覚えている人間はいなくなるのだろう。もちろん、能力者本人である理耶(りや)だって今夜ここで交わした会話の内容さえも忘れてしまうのだ。

「ねえ幸太(こうた)くん」と、不意に理耶が口を開いた。

「なんだよ」

「幸太くんは……理耶と一緒にいて楽しい？」

理耶がこっちに顔を向けた気配はない。だから僕も彼女の顔を見なかった。

少し考えてから、僕は答える。

「そうだなあ。本格的名探偵なんていうよく分からない肩書きを自称する女の子から勝手に助手に指名されて、それから『本格の研究(スタディ・イン・パズラー)』とかいう意味不明な組織の一員にされて、からのちっとも普通じゃないメンバーがぞろぞろ増えて、そしたら急に事件に遭遇しまくりで、なのに探偵の推理はハチャメチャで、おかげでハルピュイアやヤマタノオロチや果ては神様なんかが現れて世界は滅亡しかけちゃって、こんな毎日が続いたらきっと身が持たないな」

「……そっか」

「でもさ、理耶」

世界の復元が完了する間際、僕は言った。

「そんな毎日が正直、僕は結構楽しかったりするんだよ」

【19】探偵に推理をさせないでください。最悪の場合、世界が滅びる可能性がございますので。

なんてカッコつけたことを言ったけど、正直もう神様がこの世に顕現してしまうような事態は心底ご遠慮願いたい。だって死ぬほど疲れたんだもん。

そしてそれは僕だけでなく、今もこうして事務員室に集うQEDから派遣されてきた特殊任務遂行員——現・SIP所属の助手たちも同じようだった。

「事変中の記憶は一切ないのですけれど、なんだか悪夢を見た後の疲労感のようなものがどうにも抜けないのですわ。ひょっとしてダベルの記憶が影響しているのかしら?」

ティーカップを口許(くちもと)に寄せながら姫咲(きさき)先輩が言った。

「いえお嬢様。実はボクも同じような感覚を覚えてやがりますです」

その傍らに立つメイド服姿の雨名(うな)が小さく頭を下げる。

「やっぱりみんなもそうなんだあ……。実はわたしも今日一日、体が重たくて……。おかげでお直しが全然進まないよぉ〜……ふへ」

ロング丈のナース服に身を包んだゆゆさんが、おそらく医務室を訪れた生徒のものと思われる体育服の修繕を行ないながら困った顔でにへらと笑った。

「そーなんだー。みんな大変かもだねー。イリスはあんまり疲れてないかも。だって昨日もぐっすり眠ったかもだから」

僕の膝の上に乗った目隠し幼女イリスは、勝ち誇ったように袖余りの右手を挙げる。

「まあイリスは昨日、トゥルーアンサーアイズを使った後はずっと眠ってたからね。僕とか、あと後半は雨名がずっと君のことを負ぶってくれてたんだよ。それに君が寝てる間、姫咲先輩とゆゆさんは必死に理耶を乗っ取った神様と戦い続けてくれたんだからな」

そう教えてやると、イリスはわざとらしくがくりと項垂れて、

「ああーイリスもなんだか疲れたかもー。力の使いすぎで体が悲鳴をあげてるかもー」

とかなんとか演技に励むのであった。

「それにしても今回、幸太さんには頭が上がりませんわね」

イリスの名演技に微笑みかけながら姫咲先輩が言う。

「正直、推川さんが神の存在を推理したときは危機感を覚えました。果たして神などというものを打ち倒すことが可能なのかと。事変の終息を把握したときは、ほっと胸を撫で下ろしたものですわ。

最初はわたくしやゆゆさんが頑張って神を倒したのかと思いましたけれど、やっぱり神は無敵だったのですね。しかもまさか推川さんの体を乗っ取るだなんて。きっと、というか間違いなく、わたくしたちだけでしたら世界は滅亡していたことでしょう。ですけど幸太さんが救ってくださいました。幸太さんの機転は実に素晴らしいものでしたわ。まさか

推川さんの推理が生んだ相手への対抗手段を、同じく推川さんの推理を利用して生み出すだなんて。まさに助手としてパーフェクトな立ち振る舞いだったと思います」

「いやあそれほどでも……」

そんなに褒められるとなんだかむず痒い心地がしちゃうなあ。

「それほどすごいんだよ幸太くん……！」今度はゆゆさんがにひゃあとした笑顔を僕に向ける。「幸太くんのおかげでわたしたちは今こうやって生きていられてるんだから……。幸太くんは世界の救世主でまさに勇者なんだあ～……ふへへ。ありがたやあ～……」

「い、いやそれは流石に言いすぎですよ……」

「お兄ちゃんすごーい。えらいえらいしてあげるかもー」

両手を挙げて僕の頭を撫で回してくるイリス。

そんな僕を見て微笑みながら、姫咲先輩はまた話を続ける。

「今回の件を経て、ＱＥＤ上層部は幸太さんへの関心を強めておりますわ。場合によってはメンバーの一員として迎え入れることも検討するとかしないとか」

「いや僕はいいですよ姫咲先輩。僕には先輩たちみたいなすごい異能とかはないですし」

「しかし、その完全観測者としての素質と、間接的に推川さんの『名探偵は間違えない』を制御し得る突発的センスを、ＱＥＤ上層部は幸太さん特有の能力と認定しつつあるということですわ」

……完全観測者としての素質、か。実体験をもとに否応なく受け入れはしたが、改めて考えるとそれは大きな疑問として頭をもたげてくる。

「どうして僕だけが理耶の力が発動している間の記憶を持ち続けることができるんでしょうか」

「現時点では、その謎に明確な回答を差し上げることはできませんね」と、姫咲先輩はそう言った。「強いて言うとするならば、そういう力を幸太さんが持っているから、ということになりますわ。ただし、その具体的なメカニズムについては現状、誰も説明することはできません。だって、イリスさんの『真実にいたる眼差し』ですらも暴き出すことができなかったのですから」

「うんうん、ほんとにお兄ちゃんは不思議かもー」

こくこくと頷いてみせるイリス。

そしてまた姫咲先輩は話を続ける。

「これまでにイリスさんが真実を見通すことができなかったのは、幸太さんのほかには推川さんだけです。ですから、これはあくまでわたくしの個人的な憶測になりますけれど、推川さんの力と幸太さんの力にはなんらかの相関関係があるのかもしれません。あるいは過去、幸太さんと推川さんの間に、幸太さんを完全観測者たらしめるに至ったなにかしらの出来事があったのかも」

「僕と理耶に……？　でも僕が理耶と知り合ったのはつい最近のことですよ」

「あくまで憶測ですから」姫咲先輩は眉を下げつつ目を細めた。「ご自身に秘められた謎に興味が湧いてこられましたか、幸太さん？　でしたらなおのことQEDに入るという選択肢はありかもしれませんわ。わたくしたちの組織には多種多様な能力者が所属していますし、その中には異能の研究を専門にしている人間もいますから。ひょっとすると真実を知ることができるかもしれませんよ？」

そんな勧誘じみた姫咲先輩の言葉を聞きながら、しかし僕は昨夜、腕の中で理耶が語った言葉を思い出した。

——私が私であるためには、本格的名探偵であるしか、そう生きていくしか、ないってことだよ。

彼女に本格的名探偵を自称させることになったその過去に、彼女の能力についての秘密が隠されているなんてことはあり得るのだろうか？　そして、まさかそれに僕が関係しているなんてことはあり得るのだろうか？

考えても答えは分からない。ただ、もし仮に真実を知る日がくるのなら、それは僕がひとりで勝手に暴くのではなく、そこには理耶もいてほしいと、何故（なぜ）か僕はそう思った。

「今は遠慮しておきます姫咲先輩。僕程度じゃ、『本格の研究（スタディ・イン・パズラー）』とかいう謎の組織で自称・本格的名探偵様の助手をやってるだけで精一杯ですよ」

だから僕はそう冗談っぽく言って笑った。すると、やがて姫咲先輩も「そうですか」と言ってふっと笑みを零したのだった。

僕は大袈裟にソファーへともたれかかる。

「まあとにもかくにも、今回はどうにか無事に世界を元通りにすることができたわけで、これからしばらくの間は何事も起こらず平和な日常が続いてほしいもんですね」

僕の言葉にみんなが頷いた。

「ええ、そうですね。ここ最近事変が連続していますから、少しばかり休息が欲しいような気持ちがいたしますわ。あなたはどう、雨名」

「ボクもお嬢様と同じでやがりますです」

「わたしも幸太くんと同じ気持ちだよぉ～……。お治しすることも大事だけど、お治しせずにいられることの方がもっと大事なんだあ～……ふへ」

「イリスははやくお兄ちゃんに本の続きを読んでもらいたいかもー。ねえ読んで読んでー」

と、そこで事務員室の扉が開く。

姿を見せたのは、プラチナブロンドの髪をなびかせ、真紅の双眸に圧倒的自信をたたえた自称・本格的名探偵様だった。

「やあみんな、ちゃんと全員揃ってるようで感心感心。私の助手たちはみんな勤勉で優秀だねえ」

などと言いつつ最奥の両袖机に鎮座する理耶(りや)。

「お疲れ様です推川(おしかわ)さん。紅茶はいかがですか？」

姫咲先輩が問うと、理耶は「それじゃお言葉に甘えて、もらっていいかな」と鷹揚(おうよう)に返した。

「それではボクが用意しやがりますです」

「お願いするわね、雨名」

そうして用意してもらった紅茶を飲みつつ、静かに室内の様子を眺める理耶。そんな彼女になにか言うでもなく、僕たちは思い思いに時間を過ごしていたのだが。

「なにか本格的な謎でも舞い込んでこないかなあ」

おいおい。昨日の今日で勘弁してくれよまったく。

「もうしばらく事件はいいだろ理耶。ちょうど今みんなで話してたところだったよ。ちょっとくらい平和で平凡な日常が続いてほしいってさ」

僕の言葉に助手一同が苦笑とともに小さく頷く。

「そう？」

なんて言いつつしばらく考える素振りを見せていた理耶だったが、やがて笑みを浮かべると大きく頷いた。

「確かにそれもそうだね。いかに本格的名探偵といえど、たまには思いきり遊んで羽を伸ばすことも大切だ。そうだ、今度みんなでどこか遠くへ遊びに行こうよ」

うんうん。それがいい。

「でしたら推川（おしかわ）さん、わたくしにどうかお任せくださいな。万桜花（よろずおうか）家として全国各所に別荘を所有しておりますから。青く澄んだ美しい海に囲まれた無人島などはいかがですか。あるいは空気が美味（おい）しいと評判の山奥にも別荘がございますわ。もしくは私有しているクルーザーでの船旅や、プライベートジェットでの空の旅なんかもご用意できますが」

「姫咲（きさき）先輩、それ全部ミステリ的には事件が起きちゃうやつです」

「あらそうでしたか」

僕の突っ込みと姫咲先輩の反応を見てみんなが笑う。ああ平和だ。この光景を見た誰かは、まさかここにいる人たちがみんな異能力者だなんて思わないことだろう。

本格的名探偵なるものを自称し、その実、推理で世界をねじ曲げてしまうという規格外の能力――『名探偵は間違えない（ルールブック）』を持つ探偵少女、推川理耶（りや）。

ナース服のコスプレ少女と思わせて、実は『十星の魔法陣（スターサークル）』という強大な天体大魔法を扱う十人の魔法使いのうちのひとりに数えられ、『地恵の魔法使い（ナースオブアース）』として地球を司（つかさど）るお治し系魔法少女、癒々島（ゆゆしま）ゆゆ。

目隠し趣味の中二病小学生に見えて、実は『真理の九人』のうちのひとりであり、その中でも真実を担うことから『真実の体現者（マニフェスト）』と呼ばれ、真相を見抜く銀の左眼（さがん）と真実を暴き出す金の右眼――『真実にいたる眼差し（トゥルーアンサーアイズ）』を持つ白髪幼女、イリス。

世界有数の財閥一族本家のご令嬢でありながら、その実、特定領域外不可確認異形種ヴァイルなる生物との主導的融合を果たし、『天魔を喰らいし者（ヴァイルイーター）』――その七番目の成功実験体『NO.7（ナンバーセブン）』としてダベルを体内に宿す二重人格お嬢様、万桜花姫咲。

そして、いまだその力は謎に包まれているものの、時折重度のMっ気が窺（うかが）える姫咲先輩の専属メイド、寿雨名（ことぶきうな）。

最後になんの変哲もない一般男子高校生の僕を加えて、『本格の研究（スタディ・イン・パズラー）』の活動は今日も続いていくのである。

と、そこへ。

――コンコン。ノックの音が室内に響く。

「すみませーん」

なんだなんだ、一体誰だこんな場所に。

「ひょっとして、ついに『本格の研究(スタディ・イン・パズラー)』創設以来、初めての依頼者かな？」と目を輝かせる理耶(りや)。

いやいやそんなわけ……。

「ここにすごい探偵さんがいるって聞いて来たんですけどー。えっと、実はちょっとお願いしたいことがあって」

その瞬間、助手全員が一斉に立ち上がって扉へと殺到する。

扉を開けると、そこには男子生徒がひとり立っていた。

僕らが放つ物々しい圧に慄(おのの)きながら、彼はぎこちない笑みを浮かべる。

「あ、あの……僕、探偵さんに頼みたいことがあるんですけど……」

僕、姫咲(きさき)先輩、雨名(うな)、ゆゆさん、イリスの助手一同は互いに顔を見合わせる。

それから僕たちはこくりと頷(うなず)き合い、口を揃(そろ)えて依頼者にこう言った。

「探偵に推理をさせないでください。最悪の場合、世界が滅びる可能性がございますので」

あとがき

はじめまして。本書にて作家デビューとなりました夜方宵と申します。最初なんで色々自己紹介しようかとも思いましたが……割愛します！　なんせ担当さんから十四行以内に収めてくださいと言われてるんで！　本文書きすぎちゃった！　でもこの馬の骨とも知れない新人作家の自分語りなんかより少しでも可愛い女の子たちが出てくるページが多い方がお得ですよね！　その点この本ってすげえよな、最後まで美少女たっぷりだもん。ってやつです。あ、気づいたらあと八行しかない（絶望）。

さて名残惜しくはありますがお別れの時間が近づいて参りました（出逢って七行）。なので本作『探偵に推理をさせないで』の魅力をPRさせてください！

ずばり、本作は僕自慢の『好きの宝箱』です！　探偵、推理、異能、異形、魔法、バトル。とにかく好きを全部ぶち込んであります！　だからとってもハチャメチャです。どれくらいハチャメチャかというと探偵に推理をさせたら世界が滅んじゃうくらいです！　そんな滅茶苦茶なエンタメを、是非とも皆様には楽しんでいただけたらと願っております。

ということで最後に簡単ですが感謝の言葉を。本書に関わっていただいた皆様、本当にありがとうございました！　それでは読者の皆様、またすぐにお会いしましょう！

夜方宵

MF文庫J

探偵に推理をさせないでください。最悪の場合、世界が滅びる可能性がございますので。

2023年12月25日　初版発行

著者　夜方宵

発行者　山下直久

発行　株式会社KADOKAWA
〒102-8177 東京都千代田区富士見2-13-3
0570-002-301（ナビダイヤル）

印刷　株式会社広済堂ネクスト

製本　株式会社広済堂ネクスト

Printed in Japan　ISBN 978-4-04-683151-4 C0193

◇◇◇

この作品は、第19回MF文庫Jライトノベル新人賞〈審査員特別賞〉受賞作品「探偵に推理をさせないでください。最悪の場合、世界が滅びる可能性がございますので。」を改稿したものです。

【 ファンレター、作品のご感想をお待ちしています 】
〒102-0071 東京都千代田区富士見2-13-12
株式会社KADOKAWA　MF文庫J編集部気付「夜方宵先生」係「美和野らぐ先生」係